DRESSLER

Edith Nesbit

DER TRAUM VON ARDEN

Deutsch von Sybil Gräfin Schönfeldt

Cecilie Dressler Verlag · Hamburg

Umschlag und Illustrationen
von Haidrun Gschwind

2. Auflage

Die englische Originalausgabe erschien erstmals 1923
unter dem Titel *Harding's Luck* bei T. Fisher Unwin Ltd.
Herstellung: Clausen & Bosse, Leck
Printed in Germany 1984
ISBN 3-7915-1436-9

Inhalt

ERSTES KAPITEL

Das Glöckchen und die Mondblumen

Dickie wohnte in New Cross – das ist ein Vorort von London – in einem kleinen häßlichen Haus, das zwischen anderen kleinen häßlichen Häusern am Hang eines sanften Hügels lag. Früher einmal hatten sich hier fruchtbare Felder zum Fluß hinabgesenkt, und inmitten duftender Blumenbeete und üppiger Obstgärten hatten die prächtigen Besitzungen der reichen Deptford-Kaufleute gelegen. Doch die grünen Felder und Parkanlagen waren von der sich mächtig ausdehnenden Stadt verschluckt worden, und jetzt gab es hier nur noch das schmutzige Pflasterbraun der Straßen und das verwaschene Klinkergelb der Häuser.

Zu jedem der schmalen Häuser gehörte ein winziger Hinterhof, den die Bewohner ›Garten‹ nannten, und einige dieser kleinen Vierecke waren auch tatsächlich liebevoll bepflanzt und gepflegt, so wenig von der Straße aus davon zu bemerken war.

Dort allerdings, wo Dickie mit seiner Tante wohnte, wuchs kein Baum und kein Strauch. Hinter dem Haus gab es nur Abfall und die verrotteten Reste eines ehemaligen Kaninchenstalles, der freilich schon lange nicht mehr bewohnt gewesen war. Aber Dickie wußte, wie Kaninchen aussahen, denn einmal hatte ein Junge eines mit in die Schule gebracht. Er hatte das braune weiche Geschöpf fest in seine Jacke geknöpft eingeschummelt, und Dickie durfte es ein paar glückliche Augenblicke lang halten. Seither liebte und hütete er den alten Stall wie einen Schatz, und als seine Tante die kümmerlichen Überbleibsel des alten Verschlages eines Tages an einen Lumpensammler verkaufte, war Dickie fast so unglücklich, als ob in dem Stall wirklich kleine lebendige Kaninchen gehaust hätten ...

Mit diesem Verkauf beginnt die Geschichte von Dick Harding. Denn nachdem er an diesem Tag seiner Tante voller Wut »Du Biest!« ins Gesicht geschrien und mit seiner schmutzigen Faust nach ihr gestoßen hatte, bekam er eine Tracht Prügel und wurde in den verwaisten Hinterhof gesperrt, damit er »wieder zur Besinnung käme«, wie seine Tante sich ausdrückte. Der Junge warf sich verzweifelt und wütend auf den lehmigen Boden, weinte und krümmte sich vor lauter Jammer und Schmerzen und wünschte inbrünstig tausend Dinge, die nie in Erfüllung gehen würden ...

»Wo brennt's denn?« fragte plötzlich der Mann von nebenan und beugte sich über den Zaun. »Hat sie dir die Hammelbeine langgezogen?«

»Der Kaninchenstall ist weg ...« schluchzte Dickie.

»Na und? Der war doch leer!«

»Ich wollte ihn aber behalten!« jammerte der Junge.

»Hat Platz gegeben«, stellte Mr. Baxter sachlich fest und stützte sich gedankenvoll auf seinen Spaten. Es war Sonnabendnachmittag, und dem Nachbargarten war die Sorgfalt anzumerken, mit

der er gepflegt wurde. Narzissen hoben im verstaubten Rasen ihre Köpfe, gelbe Himmelschlüssel blühten, und neben der Wassertonne prangte eine Laube.
»Na los, Freundchen, hör auf zu heulen! Zum Donnerwetter, wie soll ich denn meinen Garten zu Ende umgraben, wenn du hier wie ein Verrückter rumlamentierst? Raff dich auf, trab in die Küche und frag deine Tante, ob sie was dagegen hat, wenn ich ihr den Garten ein bißchen zurechtmache. Ich find schon mal zwischendurch 'ne freie Stunde. Du hättest doch auch Spaß daran, was?«
»Nicht die Spur«, murmelte Dickie bockig, stand aber auf und schlich ins Haus.
»Na«, sagte seine Tante höhnisch, »bist du wieder vernünftig geworden? Schreib dir's hinter die Ohren, Bürschchen: Das war das letzte Mal, daß du mir so gekommen bist!«
Der Junge richtete mürrisch seinen Auftrag aus und kehrte mit ihrer Antwort in den Hof zurück. »Sie sagt, daß sie keine Zeit zu vertrödeln hat. Aber wenn Sie welche hätten, wär's ihr egal, was Sie damit anfingen.«
Mr. Baxter kletterte über den Zaun und stieß seinen Spaten energisch in die Erde. »Knochentrocken! Aber das macht nichts. Wir graben erst einmal ordentlich um. Ein paar Pflanzen und 'n bißchen Samen treiben wir dann schon auf, und zum Schluß werden wir den Park hier nicht wiedererkennen.«
»Ich hab einen halben Penny«, verkündete Dickie stolz.
»Gut. Ich leg noch einen halben drauf, und dann stiefelst du los und kaufst Samen.«
Dickie machte sich auf den Weg. Es ging langsam, denn er war lahm. Und er war lahm, weil ihn seine Tante hatte hinfallen lassen, als er noch ganz klein war. Sie hatte Dick nach dem Tode

seines Vaters bei sich behalten und aufgezogen, obwohl sie gar nicht seine richtige Tante war – sie wohnte damals nur zufällig im selben Haus. Sie hatte ihm aus einem ausgedienten Besen eine Krücke zurechtgebastelt; damit konnte er sich trotz seines lahmen Beines ganz gut behelfen.

Er hinkte zum Laden des Getreidehändlers, einem wahrhaft verlockenden Laden, in dem es aufregend roch. An den Wänden zogen sich viele kleine Schubladen mit viereckigen Schildern entlang, in denen Raps, Hanf, Hirse, Senfsamen und ähnliche Dinge aufbewahrt wurden, und darüber hingen Bilder der Tiere, die mit den hier feilgebotenen Futtermitteln ernährt werden sollten. Am schönsten war ein Papagei in einem unwahrscheinlich glänzenden, in allen Farben des Regenbogens schimmernden Federkleid. Er blinzelte aufreizend mit schwarzen Augen, die allein durch die vorzüglichen Eigenschaften von Perrokets künstlichem Vogelsamen so blank und schwarz funkelnd geworden waren, von seinem Plakat herab.

»Geben Sie bitte von dem da!« verlangte Dickie, indem er sich gegen den Ladentisch lehnte und mit seinem schwärzlichen Daumen auf das Wunderbild deutete. »Für 'n Penny.«

»Hast du denn überhaupt einen?« erkundigte sich der Verkäufer vorsichtig.

Dickie wies das Geldstück vor, mußte sich schweren Herzens von ihm trennen und hinkte wieder heim mit seiner Tüte raschelnder Verheißungen im Arm.

»Nanu«, sagte Mr. Baxter von nebenan erstaunt, »das ist doch kein Samen! Das ist Papageienfutter.«

»Da stand aber was von Vogelsamen drauf«, antwortete Dickie niedergeschlagen. »Ich hab gedacht, es kämen vielleicht solche Blumen raus, buntscheckig wie der Papagei auf dem Plakat, wissen Sie?«
»Na, warum auch nicht?« stimmte der Nachbar tröstend zu. »Ich werd das Zeug nachher aussäen, wenn ich mit Umgraben fertig bin.«
Auf diese Weise wurde das Vogelfutter gesät, und Mr. Baxter versprach, später noch einmal zwei Pence für richtigen Samen zu spendieren.

Es war ein großer Tag für Dickie, und am Abend, als er in seinem Bett lag, erzählte er dem einzigen Vertrauten, vor dem er keine Geheimnisse kannte, von seinem Gartenglück. Sein Kamerad äußerte freilich nichts dazu, aber das geschah nicht etwa aus mangelnder Anteilnahme, denn der geheime Freund des einsamen Jungen war ein dunkel angelaufener Metallstab, an dem kleine schwarzverfärbte Glöckchen hingen. Dickie wußte nicht, was das Ganze vorstellte. Sein Vater hatte es ihm eines Tages gegeben – damals, als Dickie ihn im Krankenhaus besuchte, um Abschied von ihm zu nehmen.
»Das darfst du niemals verlieren«, hatte der Vater ihn beschworen; er hatte weiß und schmal in dem sauberen Bett in einer langen Reihe anderer Betten gelegen und erschreckend fremd ausgesehen. »Es gehört dir, ganz allein dir, mein Junge! Mein Vater hat es mir gegeben, und es hat schon seinem Vater gehört. Laß es dir niemals wegnehmen! Eine alte Frau hat einmal prophezeit, daß es uns Glück bringen wird. Mach's gut, Kerlchen.«

Dickie erinnerte sich genau an jedes Wort, und er hütete seinen Schatz wie seinen Augapfel. Ursprünglich hatte noch etwas anderes dazugehört, das mit einem verblichenen Band an dem Glöckchenstab festgebunden gewesen war. Aber Tante Maud hatte es einmal in die Hand bekommen und an sich genommen, um ›darauf achtzugeben‹, und danach hatte Dickie es nie wieder gesehen. Es war etwas Glänzendes gewesen mit einem weißen Stein, in den ein Muster eingeschnitten war. Von diesem Tage an bewachte Dickie sein verbliebenes Kleinod noch vorsichtiger und freute sich nur heimlich an der zarten Musik der kleinen Schellen, ohne zu wissen, daß er eine altmodische Kinderklapper in Händen hielt.

»... und ich gelobe es dir: Wir werden uns an den lieblichsten Blumen erquicken, die Berg und Tal entsprießen«, flüsterte der Junge, als er an diesem Abend zwischen seinen schmutzigen Dekken lag. »O liebstes Glöckchen, es wird ein prachtvoller Anblick sein: die heiteren Farben des Regenbogens mitten im smaragdenen Grün des jungen Laubes. Ich liebe unseren guten Nachbarn. Er hat ein Herz aus lauterem Gold.«

Diese seltsame Redeweise, in der er sich mit seinem Glöckchenstab zu unterhalten pflegte, hatte er aus Büchern gelernt, die sein Lehrer ihm gelegentlich schenkte. Aus ihnen war Dickie eine ganz neue Welt erstanden, und da die angebeteten Helden in den Ritter- und Abenteuergeschichten auf diese bewunderungswürdige Art miteinander sprachen, sah er nicht ein, warum er sich mit seinem einzigen guten Freund nicht auch so unterhalten sollte.

Als der Junge am nächsten Morgen aufwachte, war er vergnügt wie die Frühlingssonne, die durch die verrußten Fensterscheiben

zu ihm hereinschien. Vielleicht gräbt der Nachbar heute wieder ein bißchen im Garten, überlegte er und stand eilig auf.
Noch auf dem Weg zur Schule dachte er an nichts anderes als an seinen geheimnisvollen Vogelsamen. Er war so vertieft in seine hoffnungsfrohen Überlegungen, daß er plötzlich mit seiner Krükke auf einer Bananenschale ausrutschte und auf den Fahrdamm stürzte. Die Räder eines Fleischerwagens rollten über seinen lahmen Fuß.
Erst im Krankenhaus kam Dickie wieder zu sich. Dieser Ort schien ihm mehr als alles, was er bisher in seinem Leben gesehen hatte, dem Himmel zu gleichen, von dem so viel in seinen Büchern geschrieben stand. Die freundlichen Schwestern und die Ärzte drückten sich fast ebenso gewählt aus, wie es ihm aus seiner Lektüre vertraut war, und als sie den Jungen näher kennenlernten und seine Liebe zu Büchern entdeckten, schenkten sie ihm einige, aus denen er neue Wörter und Ausdrücke lernte. Alle waren sehr gut zu ihm, aber als er endlich entlassen wurde, schnallten sie seinen kranken Fuß in einen unförmigen Stiefel mit einer scheußlichen dicken Sohle und mit eisernen Schienen, die das Bein bis zum Knie umspannten; das kränkte ihn sehr.
Die Tante und alle ihre Bekannten sagten voller Bewunderung: »Wie großartig von den Ärzten!« Doch Dickie haßte diesen Stiefel. Die Kinder in der Schule äfften seinen unbeholfenen Gang darin nach, und das war schlimmer, als wenn sie ihn ›Krücken-Dickie‹ riefen. An diesen Spottnamen hatte er sich schon so gewöhnt, daß er ihn geradezu wie ein Kosewort empfand.
In der ersten Nacht nach seiner Heimkehr stellte er fest, daß er bestohlen worden war. Seine Rassel war nicht mehr in dem Versteck in der Matratze, wo er sie so sicher geglaubt hatte ... An

einer Stelle war der Stoff nämlich mürbe gewesen, und dort hatte Dickie ein richtiges weiches Nest für seinen besten Freund gebohrt. Mutlos durchwühlte er die Seegrasfüllung nach dem Glöckchenstab. Er war verschwunden!

Der Junge wußte genau, daß es keinen Zweck haben würde, nach seinem Verbleib zu fragen. Aber er machte sich am anderen Morgen entschlossen auf die Suche und durchstöberte alle Räume des kleinen Hauses. Sein verlorener Schatz war nirgends zu finden. Doch als Tante Maud einkaufen gegangen war, entdeckte Dick schließlich ganz hinten in der Kommodenschublade zwischen schmutzigen Staubtüchern, alten Wäscheklammern und zerlesenen Groschenromanen ein kleines rechteckiges Stück Pappe. Es war ein Pfandschein für ›1 Rassel. 1 Schilling‹.

Bis zu diesem Augenblick hatte er an nichts anderes denken können, als an sein verschwundenes Kleinod. Er hatte noch nicht einmal einen Blick in den Garten übrig gehabt und sich vergewissert, ob der Vogelsamen aufgegangen war. Es war inzwischen August geworden, so lange hatte Dickie im Krankenhaus liegen müssen.

Jetzt lief er hinaus, um nachzusehen. Am Ende des schmalen Grundstücks schimmerte etwas Grünes, aber im Garten nebenan war das Unkraut wild emporgeschossen. Mr. Baxter war offenbar ausgezogen.

Dort, wo Dickie den Samen gesät hatte, nickten ein paar winzige rosige und gelbe Sterne aus einer grünen Blätterwildnis, und hoch darüber schwankte eine einzelne, seltsame Blüte. Sie war groß wie eine Sonnenblume, aber schneeweiß.

»Oh«, murmelte der Junge, »die ist ja so groß wie ’n Suppenteller! Und der Stengel ist dick wie ’n kleiner Baum!« Er konnte sich nicht daran sattsehen. Die mächtigen Blätter hingen zur Erde,

und ungefähr ein Dutzend kleinerer weißer Blumen wuchs ringsum im Schatten des Laubes.
»Das ist eine Mondblume, natürlich«, sagte er verzückt, »wenn die anderen, die gelben, Sonnenblumen sind ... Die find ich schön! Die find ich wirklich schön!«
Aber er gönnte sich nur wenige Augenblicke der Bewunderung, denn er hatte etwas Wichtiges vor: Irgendwie mußte er zu einem Shilling kommen, damit er seinen geliebten Glöckchenstab einlösen konnte. Grübelnd blickte er sich um. Dort, wo Mr. Baxter keine Zeit mehr zum Umgraben gefunden hatte, sah es unordentlicher aus denn je. Hier gab es wirklich nichts, was er jemandem zum Kauf hätte anbieten können. Außer – ja, warum denn nicht? – außer den Mondblumen!
Dickie holte sich aus der Küche das alte stumpfe Messer, das dort zwischen den Kartoffelschalen rostete, und schnitt sorgfältig ein Dutzend der kleineren Blumen ab. Dann humpelte er zur Bahnstation von New Cross, stellte sich vor dem Ausgang auf, indem er sich auf seine Krücke lehnte, und hielt seinen Strauß den Menschen entgegen, die sich jedesmal nach der Ankunft eines Zuges in dichten, schwarzen Scharen auf die Straße schoben. Aber die Leute waren zu müde und hatten es zu eilig. Manche warfen zwar einen Blick auf die Blumen, aber niemand blieb stehen.
Es hatte keinen Zweck. Dickie wurde müde, und seine Blumen begannen, die Köpfe hängen zu lassen. Er wandte sich schon ab, um enttäuscht nach Hause zu humpeln, da schoß ihm plötzlich ein Gedanke durch den Kopf. Hastig drehte er sich um und ging geradewegs zu dem Pfandleiher, dessen Adresse er sich fest eingeprägt hatte. Über der Tür des Ladens hingen drei schöne goldene Kugeln, und im Schaufenster lag ein buntes Sammelsurium: Rin-

ge und Ketten, Broschen und Uhren, Porzellan und Silber, seidene Taschentücher und Ziehharmonikas.
»Nun, mein junger Herr«, sagte Mr. Jones, der Verwalter aller dieser Schätze, als Dickie mutig das Geschäft betrat. »Womit können wir dienen?«
»Ich möchte meine Mondblumen versetzen«, antwortete der Junge.
Der dicke Mann brach in ein schallendes Gelächter aus. »Meiner Seel!« stöhnte er. »Das ist vielleicht ein Witz! So einen guten hab ich lange nicht mehr gehört! Die werden doch welk, du kleiner Dummkopf! Die sind längst zu Heu geworden, ehe du sie wieder einlösen kommst!«
»Aber Sie sollen sie doch jetzt nehmen. Jetzt sind sie noch frisch«, wandte Dickie friedlich ein.
»Was sind das denn überhaupt für Dinger? Ich kann mich nicht erinnern, schon mal solche Blumen gesehen zu haben, wirklich nicht!«
»Es sind Mondblumen«, erklärte Dickie, »und ich möchte sie versetzen, weil ich mit dem Geld etwas anderes einlösen will.«
»Hast du denn den Pfandzettel von dem anderen?« fragte Mr. Jones, der ein Geschäft witterte.
»Ja«, antwortete Dickie, »hier! Es sind nämlich meine Glöckchen. Sie gehören mir allein, mein Vati hat sie mir gegeben, bevor er starb, und meine Tante hat sie an – hat sie annektioniert, während ich im Krankenhaus gelegen habe.«
Der Pfandleiher studierte den Schein nachdenklich. Schließlich brummte er: »Geht in Ordnung. Gib mir die Blumen. So schlecht sind sie schließlich gar nicht«, tröstete er sich selbst, nachdem der Strauß in sein Eigentum übergegangen war. »Da, Hubert, steck

sie inzwischen ins Wasser. Heute abend nehm ich sie mit heim. Und dann such mal das hier raus!«
Aus dem düsteren Hintergrund des Ladens tauchte ein blasser, junger Mann auf, ergriff schweigend die Blumen und den Pfandzettel und tauchte wieder in der Finsternis des Gewölbes unter.
»Oh, ich danke Ihnen«, rief Dickie überschwenglich, »ich werde mein Leben dem Ziele weihen, Euch Eure Großmut zu vergelten!«
»Werd jetzt nicht frech!« mahnte der Pfandleiher.
Es entstand eine verlegene Pause.
»Das ist keine Frechheit, ich hab es wirklich so gemeint«, sagte Dickie endlich mit feierlichem Ernst, »und eines Tages wird die Wahrheit meiner Worte offenbar werden. Ich las jüngst eine Fabel von einem Löwen – das ist der König aller Tiere – und einer Maus, dem kleinsten und furchtsamsten seiner Untertanen. Wenn Sie Euch unbekannt ist, will ich sie Euch gern erzählen ...«
»Du bist ein verrückter kleiner Bursche«, sagte der dicke Mann. »Wo hast du denn bloß gelernt, solche Reden zu schwingen?«
»In Büchern drücken sich die Leute immer so aus«, erklärte Dikkie und fiel wieder in seine normale Sprechweise zurück. »Weil Sie ein nobler Herr sind, hab ich auch so nobel reden wollen, wie ich nur kann.«
»Liest du gerne Bücher?« fragte Mr. Jones.
»Das können Sie glauben!« erwiderte Dickie. Er merkte, wie der letzte Rest seiner Befangenheit verging.
Als der blasse junge Mann mit einem in ein Stückchen sauberen Stoff eingewickelten Gegenstand zurückkam, flüsterte er seinem Brotgeber etwas ins Ohr.

»Hm, da hätten wir also deinen Schatz ...« murmelte der Geschäftsinhaber, während er das Päckchen aufwickelte und die Rassel eingehend musterte. »Ein sehr schönes Stück.«
»Ja, nicht wahr?« stimmte Dickie aufgeregt zu. Er freute sich über das Lob seiner Glöckchen.
»Ich hab noch was hier, das trägt das gleiche Wappen wie deine Rassel.«
»Wappen?« fragte Dickie interessiert. »Wappen ist doch das, was einer auf dem Helm trägt und auf dem Schild, der weithin leuchtet im Getümmel der Schlacht, nicht?«
Mr. Jones erklärte ihm, daß Wappen heutzutage nicht mehr ausschließlich auf dem Schild angebracht würden, sondern an allen möglichen anderen Gegenständen. Und das sonderbare kleine Tier, das mit feinen Strichen in den Stab eingraviert war, schiene ihm ein Wappentier zu sein.
»Siehst du hier«, setzte er hinzu. »Hubert! Reib mal drüber – aber zuerst gib mir das Siegel her.«
Der blasse junge Mann putzte die Glöckchen und den Stab mit einem rosafarbenen Puder und hantierte danach mit einer Bürste und einem Lederlappen daran herum, während Mr. Jones die beiden Hälften eines gesprungenen weißen Karneols zusammenfügte. »Das ist wahrscheinlich aus einem Petschaft rausgefallen«, meinte er. »Wenn du es magst, kannst du's haben. Ich schenke es dir.«
»Oh«, sagte Dickie überwältigt, »Sie sind aber nett!« Er lehnte seine Krücke gegen den Ladentisch, um dem Pfandleiher die Hand schütteln zu können.
»Mein junger Mann kann es dir rasch ein bißchen zusammenkleben«, fuhr Mr. Jones fort, »und dann legen wir es in eine kleine

Schachtel. Laß es bis morgen drin liegen und faß es nicht an, ehe es ganz trocken ist. Und du darfst natürlich nicht damit siegeln, sonst bringt der heiße Lack den Klebstoff zum Schmelzen. Aber ich würde mich gar nicht wundern, wenn es dir Glück brächte.«
Dickie verließ den Laden ohne seine Mondblumen, dafür jedoch mit den geliebten Glöckchen in der Tasche und einem Exemplar von Erzählungen aus dem Mittelalter und einem Band ›Englische Geschichte‹ unter dem Arm. »Du mußt deinen Geist tüchtig weiterbilden«, hatte Mr. Jones ihm eingeschärft. »Und schau mal wieder bei mir herein. Sagen wir – in vier Wochen!«
»Bestimmt«, hatte Dickie versprochen, »gerne! Und Euer gütiges Herz sei gesegnet! Ich danke Euch zutiefst, und wenn der nächste Mond sich rundet, werde ich zur Stelle sein und berichten, was ich an Weisheit aus diesen Folianten schöpfte!«
»Folianten!« hatte der Pfandleiher sehr beeindruckt wiederholt. »Folianten! Ich würde illustrierte Heftchen dazu sagen ... Na meinetwegen! Leb wohl, mein Junge, bis nächsten Monat!«

Als Dickie daheim ankam, war seine Tante noch nicht von ihren Einkäufen zurück. Aus seinen Büchern wußte er, daß Schätze am sichersten unter einem Dielenbrett verborgen wurden, wenn man sie nicht in Geheimfächern hinter der Wandverkleidung unterbringen konnte. Nun wies dieses Haus freilich keine Wandverkleidung, geschweige denn ein Geheimfach auf, aber es gab in Dickies Kammer eine lose Diele, unter der die Gasleitung verlief. Der Junge bog die Bohle hoch und schob seine Schätze so tief darunter, wie er reichen konnte.
Er war keinen Augenblick zu früh mit dieser Arbeit fertig. Noch

ehe er das Brett wieder in seine ursprüngliche Lage gebracht hatte, schrillte die Stimme seiner Tante durchs Haus: »Komm sofort runter, hörst du? Ich kann dich da oben rumtrampeln hören. Komm auf der Stelle her und hol mir ein Bund Holz zum Feuermachen. Wie soll ich denn den Kessel ohne Feuer zum Kochen bringen, kannst du mir das vielleicht verraten?«

Als Dickie herabgestelzt kam, gab ihm Tante Maud eine aufmunternde Ohrfeige, ehe sie ihn zur Tür schob. Schweigend steckte er den halben Penny ein, den sie ihm hinhielt, und hinkte gehorsam davon.

Aber es sollte außergewöhnlich lange dauern, bis er wieder zurückkehrte. Denn ehe er die Holzhandlung erreichte, fuhr der Wagen eines Kasperletheaters an ihm vorbei. Er hatte noch nie eine Vorstellung gesehen, aber er hatte sich's schon lange brennend gewünscht, und in der Hoffnung, daß der Karren irgendwo haltmachen und seine Wunder enthüllen würde, folgte er ihm kreuz und quer durch unbekannte Straßen, bis er merkte, daß das Gefährt nur zu seiner Unterkunft in einem ehemaligen Kutschenstall rollte.

Siedendheiß fiel ihm das Feuerholz wieder ein. Der halbe Penny, den er fest mit seiner Faust umschlossen hielt, schien die vorwurfsvolle Mahnung nur noch zu verstärken.

Er sah sich um und stellte fest, daß er keine Ahnung hatte, wo er eigentlich war. Im Hof, in dem das Kasperletheater untergebracht war, lehnte ein hagerer Mann in einer zerlumpten Jacke an der Stalltür. Er nahm seine Tonpfeife aus dem Mund und fragte: »Wo brennt's denn, Freundchen? Verlaufen?«

Dickie erklärte ihm seine Lage. »Unsere Straße heißt Lavendelgasse«, schloß er, »da wohne ich: Lavendelgasse, Deptford.«

»In die Richtung muß ich auch«, sagte der Fremde und stieß sich von der Wand ab. »Wenn du willst, können wir den Dampfer nehmen. Schon mal auf 'm Dampfer gefahren?«
»Nein«, antwortete Dickie aufgeregt.
»Möchtste gern?«
»Wenn's keine Umstände macht«, erwiderte der Junge rasch.
Die Fahrt mit dem kleinen Schiff war ein Ereignis für ihn. Es stieß dicke Rauchwolken aus und tutete laut, und sein Motor pochte wie das Herz eines Riesen. Dazu blies ein steifer Wind, und der Fremde mit der zerrissenen Jacke sah sich um und entdeckte ein geschütztes Plätzchen hinter dem Schornstein. Hier war es so still, daß Dickie plötzlich müde wurde. Und gerade als er fragte: »Bin ich eingepennt?«, hielt der Dampfer an einer Anlegestelle.
»Da wären wir«, sagte der Fremde munter. »Und ob du gepennt hast! Wie 'ne Ratte. Aber nun setz dich gefälligst in Bewegung. Wir steigen hier aus.«
»Ist das denn Deptford?« fragte Dickie erstaunt. Die Leute, die schiebend und stoßend zum Ausgang drängten, lachten bei seiner Frage.
»Nich ganz«, erwiderte der Fremde leichthin, »aber es ist schon richtig. Jedenfalls steigen wir jetzt hier aus. Du hast ja heute noch nich mal Tee getrunken, mein Sohn – oder?«
Es war die herrlichste Mahlzeit der Welt, mit Spiegeleiern und Speck – Dickie aß eines, und der Mann verzehrte drei –, Butterbroten und so viel Tee, wie jeder wollte. Als sie alles aufgegessen hatten, fragte der Fremde, ob Dickie die Strecke zu Fuß gehen könnte. Dickie nickte, und dann marschierten die beiden miteinander los.
Schließlich bedankte sich Dickie noch einmal und sagte: »Ich

glaube, ich muß jetzt nach Hause. Ich werd eine schöne Tracht Prügel kriegen. Sie hat nämlich auf das Holz gewartet, um Teewasser aufzusetzen.«
»Deine Mutter?«
»Tante. Aber keine richtige. Ich sag bloß so zu ihr.«
»Taugt sie was?«
»Na ja. Wenn sie gerade keine schlechte Laune hat, geht's.«
»Himmel – da wird sie aber schön in Fahrt sein, wenn du jetzt eintrudelst. Scheinst mir ganz ordentlich in der Tinte zu sitzen, Freundchen. Es ist ja Stunden und Aberstunden her, seit wir uns getroffen haben. Sieh mal – die Sonne geht gerade unter!«
Dickie blickte erschrocken auf. Wahrhaftig: Die Dämmerung warf graue Schatten auf die Landstraße.
»Hinter mich bringen muß ich's doch«, murmelte er beklommen. »Ich geh am besten sofort los ...«
»An deiner Stelle würd ich das nich tun«, widersprach der Mann bedächtig, »ich würde lieber meiner Nase folgen und mir 'n bißchen die Welt ansehen ...«
»Ich?« fragte Dickie verblüfft.
»Klar – warum denn nich? Paß auf, ich schlag dir was vor: Du begleitest mich und läßt dir den Wind um die Nase wehen. Ich will so bis in die Gegend von Brighton trampen und dann wieder retour, immer die Küste entlang. Schon mal das Meer gesehen?«
»Nein«, stotterte Dickie, »nein, ach nein – noch nie.«
»Na also, dann komm doch mit. Verbleu ich dich, wie's deine Tante tut? Gott bewahre, ich spendier dir 'ne Fahrt im Vergnügungsdampfer. Daß du die ganze Tour verpennt hast, is ja nicht meine Schuld. Und zum Überfluß servier ich dir noch 'n Tee wie für die Königin – stimmt's?«

»Ja«, gab Dickie zu, »das stimmt.«
»Da kannste mal sehen, was für eine Seele von Mensch ich bin! Ich mach dir ein anständiges Angebot: Du kommst mit mir und bist mein kleiner Junge, und ich bin dein Vati. Und du kannst Gift drauf nehmen, ich könnte nich besser zu dir sein, wenn du mein richtiger Sohn wärst. Was sagst du dazu, Freundchen?«
Die Art des Fremden war so aufrichtig und herzlich, und das ganze Abenteuer war so verlockend und neu ...
»Ist da auch Land, wo Sie hingehen?« fragte Dickie und betrachtete sehnsüchtig die grünen Hecken.
»Überall, auf dem ganzen Weg«, antwortete der Mann rasch. »Wir wandern immer quer durch. Hetzen soll uns keiner. Wir ziehn an der Küste hoch, wo die reichen Leute zur Erholung hinfahren. Da wirste auch ein bißchen Farbe auf die Backen bekommen. Jetzt siehst du ja aus wie Magermilch und Spucke. Na komm, was sagst du zu meinem Vorschlag? Wär das nich 'ne feine Sache?«
»Es ist schrecklich nett von Ihnen«, sagte Dickie vorsichtig, »aber warum halsen Sie sich so jemanden wie mich auf? Das kostet Sie 'ne Stange Geld – das Essen für mich, meine ich, und so. Warum soll ich mit?«
Der Mann kratzte sich am Kopf und zögerte. Er blickte zum Himmel hinauf und dann auf die Straße hinab. Schließlich murmelte er: »Du bist verdammt helle, mein Bürschchen, das kann man wohl sagen. Also: Ich will dich nich hinters Licht führen, Kamerad. Ich brauch jemanden beim Fechten. Allein zu trampen lohnt sich nich. Und da ich mich nun mal durch die Mildtätigkeit ehrenwerter Herren und Damen am Leben halte, wär es ganz gut, wenn ich 'n kleinen Jungen dabei hätte. Das Geschäft flutscht besser,

wenn man einen Gefährten hat. Und ich mag so ’n Hinkebein ganz gern. Manche von den Kollegen können sie nich ausstehen. Aber ich mag sie.«

Dickie spürte, daß sein sonderbarer Begleiter die Wahrheit sprach.

»Aber wir sind dann doch Bettler, nicht?« meinte er unsicher.

»Ach, was heißt hier Bettler?« wiederholte der Mann gelassen. »Wir wandern über die Landstraßen, und wenn uns ein paar nette Menschen hilfreich mit ’ner kleinen Gabe unter die Arme greifen, dann is beiden Teilen geholfen, wenn das stimmt, was ich in der Sonntagsschule gelernt habe. So ist das und nich anders.«

Die Sonne warf letzte goldene Speere aus Licht durch die Lücken in den Hecken. Ein Vogel unterbrach seinen Flug auf einem nahen Zweig und blieb dort, sich leise wiegend, sitzen. Dickie dachte an die düstere Küche daheim, an die ewig blakende Petroleumlampe, an den schmierigen Tisch, an den Aschkübel voller Schlakken und Papier, an die trockenen Brotrinden, die nach Mäusen schmeckten, und an das abgestandene Wasser in seinem angeschlagenen Steingutbecher. Brot und Wasser – das würde sein Abendessen sein, wenn er nach einer Tracht Prügel ins Bett gekrochen war ...

»Ich komme mit«, sagte er entschlossen, »und vielen Dank auch!«

»Paß auf«, antwortete der Mann bedächtig, »das ist aber keine Kindesentführung! Gezwungen hab ich dich zu gar nichts. Daß du mitkommst, ist dein freier Wunsch und Wille, stimmt’s?«

»O ja, ’türlich.«

»Kannst du schreiben?«

»Klar«, erwiderte Dickie, »wenn ich eine Feder hab!«

»Ich hab 'n Bleistift – halt mal!« Der Mann holte aus den Tiefen seiner Tasche einen funkelnagelneuen Briefumschlag, ein funkelnagelneues Stück Papier und einen funkelnagelneuen gespitzten Bleistift heraus. Dickie kam der Gedanke, daß es aussah, als ob er das alles für einen bestimmten Zweck gekauft hätte. Und vielleicht hatte er das auch getan ...

»So«, befahl der Fremde, »das nimmste jetzt und schreibst. Warte, leg es auf meine Schuhsohle.« Er legte sich auf den Bauch und streckte seine Beine in die Höhe, als ob Schuhsohlen die gebräuchlichsten Schreibpulte der Welt wären. »Schreib auf, was ich dir diktiere! An Mister Beale. Lieber Herr, würden Sie mich freundlicherweise mit auf die Wanderschaft nehmen? Ich habe keinen Vater und keine Mutter, die ich um Erlaubnis bitten müßte, deshalb frage ich nur Sie, ob Sie mich mitnehmen wollen. Wenn Sie ja sagen, so verspreche ich, daß ich Ihnen alles abliefere, was ich verdiene oder sonstwie bekomme, und daß ich mich anständig betrage und Ihnen gehorsam bin. Ich wäre Ihnen sehr verbunden, wenn Sie einverstanden sind. Ihr ergebener Diener ... Wie heißt du eigentlich?«

»Dick Harding.«

»Dann schreib das unten drunter. Fertig? Ein Glück, daß ich nich als Schreibtisch auf die Welt gekommen bin. Aber immerhin, so bleibt man gelenkig.« Er rollte sich wieder herum, ergriff den Brief und las ihn durch, mühsam, aber sorgfältig Wort für Wort buchstabierend. Dann faltete er das Papier zusammen und schob es in seine Tasche. »Das wär geritzt«, sagte er befriedigt, »so stehn wir ehrlich und anständig da vor jedem Gerichtshof in ganz England.«

Für die Bewohner der Lavendelgasse hatte das Wort ›Gerichtshof« einen höchst bedrohlichen Klang. Deshalb fragte Dickie mißtrauisch: »Was hat das mit dem Gericht und der Polizei zu tun? Ich hab doch nichts Schlimmes getan, weil ich das aufgeschrieben habe, was Sie mir vorgesagt haben, oder?«

»Nein, nein, mein Junge«, versicherte der Mann. »Du hast nichts verbrochen. Im Gegenteil, du hast ganz recht gehandelt. Aber die Welt wimmelt von schlechten Kerlen – Polizisten und andrem Gelichter. Und die können mir was andrehen, daß ich dich gegen deinen Willen mitgeschleppt hab und so. Wenn die's drauf anlegen, können sie einen anständigen Mann noch wegen ganz anderer Sachen hinter Schloß und Riegel bringen.«

»Aber es ist doch gar nicht gegen meinen Willen«, beharrte Dikkie, »ich will doch!«

»Das sag ich ja die ganze Zeit«, meinte der Mann fröhlich, »da sind wir uns völlig einig. Und wenn du noch ein Stück laufen kannst, wollen wir uns jetzt nach einem Nachtquartier umsehn. Morgen schlafen wir dann bei Mutter Grün.«

»Davon hab ich in einem Buch gelesen«, rief Dickie begeistert, »und ich hab mir immer überlegt, was es wohl heißt.«

»Das heißt: im Freien pennen«, erklärte sein Begleiter bereitwillig, »unter einer Hecke oder einem Heuhaufen oder so was Ähnlichem. Und raufsehen zu den Sternen, bis du hinüber bist. Eine prima Sache bei gutem Wetter. Und dann läufste ein bißchen und ruhst dich danach wieder aus, und irgendwo auf der Landstraße triffste schon eine mildtätige Seele, die dir 'n Stückchen weiterhilft, und am Abend gönnste dir 'n Gläschen Bier im Gasthaus, und dann suchst du dir das nächste Bett mit grünen Gardinen. Und samstags besorgst du dir 'n Schlag Essen mehr, und am Sonntag bleibst du in allem Frieden, wo du bist.«

»Erleben Sie auch Abenteuer?« erkundigte sich Dickie begierig, denn in dieser Beschreibung meinte er in groben Zügen das Leben eines modernen fahrenden Ritters wiederzuerkennen.
»Abenteuer?« prahlte der Mann. »Abenteuer, soviel du willst! Da hat mich doch erst in der vorigen Woche so 'n Biest von einem Kettenhund ins Bein gebissen. Das war an 'ner Hintertür, auf dem Weg nach Sutton. Und mal hab ich einen Elefanten gesehen.«
»Einen wilden?« fragte Dickie atemlos.
»Fast. Er gehörte zu einem Zirkus. Aber groß war der, sag ich dir! Wilde Elefanten sind nich halb so groß, darauf kannste dich verlassen. Und dann treff ich manchmal Soldaten oder 'ne ganze Jagdgesellschaft hoch zu Pferde in ihren roten Röcken und mit den scheckigen Hunden. Abenteuer? Abenteuer jede Menge!«
»Ach«, seufzte Dickie überwältigt, und dann breitete sich Schweigen zwischen ihnen aus.
»Müde?« fragte Mr. Beale schließlich.
»Nur ein bißchen«, murmelte Dickie tapfer, »es geht schon noch.«
»Morgen treib ich für dich ein Fahrzeug mit vier Rädern auf«, versprach der Mann, »und wenn es nur 'ne Zuckerkiste ist. Ich kann dir das Bein auch so hochbinden, daß es aussieht, als ob es ab wäre ...«
»Das ist nur dieser ekelhafte Schuh«, klagte Dickie, »der tut so weh.«
»Dann weg damit!« ordnete Mr. Beale energisch an. »Da, setz dich auf die Steine. Ab und weg damit. Den andern auch, wenn du willst. Geh das letzte Stück Weg im Gras.«
Das Gras, schon vom Nachttau feucht, schmiegte sich köstlich

weich gegen Dickies müde Füße. Als sie an einer Straßenkreuzung an einer Wasserpfütze vorbeikamen, empfand Dickie sogar den kühlen Matsch, der sich zwischen seine Zehen setzte, als erfrischend. Doch es war ebenso angenehm, den Schmutz wieder vom feuchten Gras abwaschen zu lassen. Es war das erste Mal, daß es ihm wirklich Spaß machte, sauber zu werden. Im Krankenhaus war es fast zu sauber gewesen. Aber es war wohl die Erinnerung an diese Zeit, die ihn plötzlich sagen ließ: »Ich wünschte, ich könnt irgendwo baden.«
»Kannste«, antwortete sein Begleiter auf der Stelle, »du kannst dich richtig von oben bis unten abschrubben, noch heute abend. Ich hab das selber gern. Manche Kameraden meinen, es zahlt sich aus, wenn man im Dreck erstarrt. Da bin ich aber anderer Ansicht. Wenn du nämlich ordentlich geschrubbt bist, dann sagen die Kunden von dir: ›Arm, aber sauber!‹, und wenn du vor Dreck stinkst, dann sagen sie: ›Hat er selber schuld!‹ Wir werden uns nachher schon einen Eimer oder so was besorgen.«
»Sie sind so gut«, sagte Dickie aus vollem Herzen, »ich mag Sie wirklich gern.«
Mr. Beale warf ihm im Schattendämmer des Abends einen Blick zu, einen, wie es Dickie schien, höchst sonderbaren Blick. Dann seufzte er. »Ja, ja, is alles bestens – aber es hat doch keinen Sinn. Wenn's verdreht ist . . . Ich meine, was ich sagen wollte: Sei du nur ein braver Junge, dann mach ich für dich schon alles so, wie es sein soll.«
Schließlich blieb Dickies Begleiter in einer Seitenstraße vor einer offenen Tür stehen. »So, da wären wir!« sagte er. Gelbes Licht flutete ihnen wie eine freundliche Begrüßung entgegen. »Und schreib dir noch einmal hinter die Ohren: kein Widerwort auf das,

was ich vor den Leuten behaupte. Vergiß nicht, daß du mein Junge bist und daß du mich Vati nennen sollst.«
»Ich sag lieber Vater«, erklärte Dickie mit fester Stimme, »ich hab nämlich selber einen Vati.«
»Wieso?« fragte der Mann schnell und blieb wie angewurzelt stehen. »Du hast doch gesagt, daß er gestorben ist!«
»Das ist er auch«, erwiderte der Junge ruhig, »aber er ist doch trotzdem noch mein Vati.«
»Ach, los! Komm!« brummte Mr. Beale ungeduldig und trat vor Dickie in die Gaststube.

ZWEITES KAPITEL

Der Einbruch

Dickie lag zwischen den sauberen, groben Laken des schmalen Bettes, für das Mr. Beale vier Pence bezahlt hatte. »Stopf deine Sachen unters Kopfkissen«, hatte ihm sein ›Vater‹ geraten, »und deine Stiefel auch!« Vorher war es wirklich zu dem versprochenen Bad gekommen: Mr. Beale hatte dem Jungen einen Eimer mit heißem Wasser vor den Herd gestellt, an dem einige zerlumpte, aber sehr vergnügte Leute Heringe schmorten, Würstchen heiß machten und andere Gerichte zubereiteten. Sie hatten aus ihren umfangreichen Bündeln Pfannen und kleine Roste hervorgekramt.
In seinem Bett konnte er die Leute in der Küche noch lange reden und singen hören. Er bedachte zufrieden, wie herrlich es war, ein Landstreicher zu sein und so großartige Kameraden zu haben. Alle diese sonderbaren Menschen schienen zur ›Zunft‹ zu gehören, und das Haus hier war ein richtiges Landstreicherquartier, eines von vielen, die über ganz England verstreut lagen und ›Herberge zur Heimat‹ genannt wurden.
Der vergnügte Trubel schallte noch lange in die Nacht hinaus. Dickie aber war schon längst fest eingeschlafen.

Am nächsten Morgen brachen die beiden neuen Freunde in aller Herrgottsfrühe auf. Mr. Beale hatte sich einen alten Doppelkinderwagen beschafft – der Himmel mochte wissen, auf welche Weise –, er schien für die dicksten Zwillinge der Welt gebaut gewesen zu sein, so breit und geräumig war er. Dann hatte Mr. Beale kunstvoll all den Kram darin verstaut, den Wanderer brauchen, wenn sie jede Nacht in der Schenke zum Silbernen Mond, das heißt bei Mutter Grün, schlafen wollen.

»Was ist denn da überall drin?« fragte Dickie und betrachtete neugierig die sonderbaren knubbligen Bündel, die auf dem Vorderteil des Kinderwagens festgeschnürt waren.

»Unsere Bagage für unterwegs«, erklärte Mr. Beale.

»Und was ist das für ein Packen da auf dem Sitz, der wie ein Kissen aussieht?«

»Da sind deine Kleider drin. Ich hab eine Jacke für dich besorgt, die kannste anziehn, wenn's kalt wird oder wenn's regnet. Und wenn du müde Beine kriegst, brauchst du nur hier raufzuhoppeln und fährst wie der Bürgermeister von London auf vier Rädern durch die Gegend, und ich bin dein Kutschpferd. – Da siehst du«, fügte er hinzu, »was für einen Narren ich an dir gefressen hab ...«

»Ich mag Sie auch sehr gern, das wissen Sie doch«, sagte Dickie ernsthaft. Dann stemmte er seine Krücke fest in den Rasen und schob die schmalen Finger in die Hand seines Begleiters.

Bei der Berührung senkte Mr. Beale den Kopf und wandte sich verlegen ab. »Na so was ...« murmelte er verwirrt. Dann fragte er: »Haste arge Schmerzen, wenn du läufst?«

»Längst nicht mehr so wie vor der Zeit im Spital. Sie haben mir da gesagt, wenn ich den gräßlichen Klumpschuh immer anzieh,

könnt ich laufen wie 'ne Eins; aber es stimmt nicht – der Stiefel tut so scheußlich weh – das ist schlimmer als alles andere.«
»Also gut«, sagte Mr. Beale. »Mach den Mund auf, wenn es gar nich mehr geht. Und dann heidi rauf auf den Bock von deiner Kutsche.«

Es war ein herrlicher Tag für Dickie. Zum erstenmal in seinem Leben sah er eine lebendige Kuh. Sie starrte mit großen sanften Augen über eine grüne Hecke, und er geriet ganz außer sich vor Entzücken. Er hörte das Geklingel der Schafglocken. Er sah Felder mit Gerste und Weizen, sah den Schatten der Wälder und das helle Blitzen eines fernen Wasserlaufes, er sah die braune Wölbung der Hügel, die sich sanft gegen den blauen Himmel hoben. Während er dem triumphierenden Triller einer Lerche lauschte, vergaß er seinen lahmen Fuß und daß er von daheim fortgelaufen war, obwohl er noch am frühen Morgen mit einem unbehaglichen Gefühl von Angst und schlechtem Gewissen ununterbrochen daran gedacht hatte. Er fühlte sich wie ein Prinz, der sein Märchenkönigreich in Besitz nimmt, und schließlich mußte Mr. Beale ihn in die Wirklichkeit zurückrufen.
»Rein mit dir in die Karre!« befahl er plötzlich. »Du mußt ganz schön müde sein. Im Sitzen kannst du alles genauso gut sehen«, fügte er hinzu und legte Dickies Krücke sorgsam über das Vorderteil des Kinderwagens. »Ein Kaninchen! Haste gesehen, wie's über die Straße gefegt is?«
Natürlich hatte Dickie es gesehen. Ein Kaninchen! Genau so eines wie das, von dem er zu Hause vor dem leeren verrotteten Stall immer geträumt hatte. »Das ist bestimmt ausgebüxt!« rief er

aufgeregt und versuchte, aus dem Kinderwagen wieder herauszuklettern. »Los! Wir wollen es fangen und mitnehmen!«
»Das is nich ausgebüxt. Das ist 'n wildes«, erklärte Mr. Beale, »das kriegen wir nie ... Das lebt hier draußen mit seinen kleinen Kameraden«, setzte er in einem jähen Anfall von Phantasie hinzu, »und wohnt in Löchern in der Erde. Besorgt sich sein Essen selber und tollt rum.«
»Das muß schön sein«, murmelte Dickie und rutschte unruhig auf seinem Sitz hin und her. Plötzlich hatte er einen schattenhaften Begriff von Freiheit bekommen. »Wenn ich doch ein Kaninchen wär ...« sagte er sehnsüchtig.
»Bleib du nur hübsch brav, mein kleiner Junge!« unterbrach ihn Mr. Beale. »Und ruckle nich so hin und her! Wie soll ich denn unsere Karre vorwärts bringen, wenn du wie 'n Bündel Aale drin rumzappelst?«
Mittags machten sie am Rande eines Wäldchens halt. Sie ließen sich auf weichem Gras nieder, entfachten im Schatten hoher Büsche ein kleines Feuer und brieten sich Heringe in einer Pfanne, die Mr. Beale aus einem der Bündel herausgezogen hatte.
»Das ist viel schöner als Weihnachten!« sagte Dickie begeistert.
Später wanderten sie weiter, und als sie am Nachmittag einen Hügel halbwegs erklommen hatten, begegnete ihnen eine Dame mit einem kleinen Mädchen an der Hand.
»Jetzt wird's ernst«, zischte Mr. Beale Dickie hastig zu. »Humple mal, so doll du kannst! Und wenn sie dich fragt, dann erzählste, du hättest seit gestern abend nichts in den Leib gekriegt, nur eine Rinde trocken Brot, verstanden?«
»Geht in Ordnung!« flüsterte Dickie, dem das neue Spiel großen Spaß machte.

»Und denk dran: Du mußt Vater zu mir sagen!«
»Ja freilich«, antwortete Dickie gehorsam und hinkte höchst erbärmlich neben dem Kinderwagen her.
Mr. Beale ging immer langsamer, und als die Dame und das Kind ihn fast erreicht hatten, blieb er stehen und berührte seinen Mützenrand. Dickie beeilte sich, es ihm nachzumachen.
»Würde uns die Gnädige vielleicht mit einer Kleinigkeit aushelfen?« fragte der Mann höflich und bescheiden. »Mein kleiner Junge – Sie sehen's ja, er ist lahm. Das ist ein hartes Leben ...«
»Er wäre zu Hause bei seiner Mutter bestimmt besser aufgehoben«, erwiderte die Dame freundlich, aber mit leisem Vorwurf.
Mr. Beale fuhr sich mit seinem Jackenärmel über die Augen. »Er hat keine Mutter mehr«, murmelte er. »Sie hat uns so plötzlich verlassen müssen – zuerst war's nichts als ein Schnupfen, und dann is es ihr nach innen geschlagen. Vor drei Monaten ist sie gestorben, meine Dame. In der Poliklinik. Und wir konnten uns nicht mal eine schwarze Jacke zur Beerdigung leisten ...«
»Armer kleiner Kerl!« sagte die Dame sanft. »Du vermißt gewiß deine Mutter sehr, nicht wahr?«
»Ja«, antwortete Dickie und schaute sie mit traurigen Augen an. »Aber Vater – Vater ist so gut zu mir. Ich möcht auch gar nicht mehr leben, wenn Vater nicht wäre.«
Bravo! dachte Mr. Beale anerkennend, und laut sagte er: »Letzte Nacht haben wir in einem Heuhaufen geschlafen. Und wenn uns nicht eine mildtätige Seele ein bißchen weiterhilft, dann mag der Himmel wissen, wo wir heute bleiben.«
Die Dame suchte schon in ihrer Tasche nach der Geldbörse, da fragte das kleine Mädchen mit seiner hellen Stimme: »Wo hast du denn deine Spielsachen?«

»Ich hab nur zwei«, antwortete Dickie wahrheitsgemäß, »und die sind zu Hause. Eins davon ist aus Silber, aus ganz echtem Silber. Mein Großvater hat damit gespielt, als er klein war.«
»Wenn Sie solche Kostbarkeiten besitzen, brauchen Sie doch nicht zu betteln«, sagte die Dame scharf und ließ ihre Tasche wieder zuschnappen.
Mr. Beale runzelte die Stirn.
»Es bringt im Leihhaus nur einen Shilling«, erklärte Dickie rasch, »und Vater weiß, wie ich dran hänge.«
»Ein Shilling ist 'ne Menge Geld, gewiß«, gab Mr. Beale bereitwillig zu, »aber das würd mir doch nicht einfallen, daß ich dem Kleinen sein einziges Spielzeug wegnehme! Nee – das würd ich für kein Geld tun«, schloß er großzügig und warf Dickie einen liebevollen Blick zu.
»Sie sind ein guter Vater«, sagte die Dame gerührt.
»Ach, Mutti«, rief das kleine Mädchen eifrig, »darf ich dem Jungen meinen Penny schenken?«
Als die beiden Wanderer sich wieder allein auf der Landstraße gegenüberstanden, waren sie um einen Penny und eine halbe Krone reicher. Sie strahlten sich an wie zwei Schauspieler, vor denen sich nach einer glanzvollen Vorstellung der Vorhang gesenkt hat. »Das war saubere Arbeit«, sagte Mr. Beale zufrieden, »wirklich sauber. – Aber nun mal ehrlich: Du hast das doch früher schon mal gemacht! Oder?«
»Nein, ganz bestimmt nicht«, beteuerte Dickie. »Hier – da haben Sie den Penny.«
»Den steck nur selber ein«, antwortete Mr. Beale großmütig, »so ein Mordskerl wie du!«
Sie zogen gemächlich weiter und erzählten sich immer wieder von

neuem, wie sie der Dame das Geld aus der Börse gelockt hatten. Keiner hatte ein schlechtes Gewissen, denn für einen alten Landstreicher wie Beale war Betteln ein richtiger ernsthafter Beruf, und es machte ihm Spaß, daß er in dem kleinen lahmen Jungen einen begabten Geschäftspartner entdeckt hatte. Und für Dickie war alles so neu und aufregend, daß ihm gar nicht in den Sinn kam, seine erfolgreiche Schauspielerei für etwas Schlechtes zu halten.

Gegen Abend hatten sie sieben Shilling und sechs Pence verdient.

»Davon bleiben glatt vier Pence Reinverdienst«, stellte Mr. Beale befriedigt fest.

»Aber wir schlafen doch trotzdem bei Mutter Grün, nicht?« sagte Dickie.

»Klar. Wenn mich nich alles täuscht, gibt's vor der Stadt einen prima Heuschober. Los, Junge, komm!«

Dickie schlief also zum erstenmal unter freiem Himmel. Zuerst konnte er nicht zur Ruhe kommen, denn die warme Dunkelheit war von tausend unbekannten Geräuschen erfüllt: Kleine Tiere raschelten in der Hecke, ein Hund bellte fern in einem Bauernhof, Grillen zirpten ihren immer gleichen Ton, und von einem nahen Weiher schallte das Quaken der Frösche.

Am nächsten Morgen wurde er vom Gesang der Vögel geweckt. Er kuschelte sich tiefer ins warme Heu und schaute schläfrig hinauf in den Himmel, der sich langsam heller färbte. Dickie atmete tief die frische, süße Luft ein und wunderte sich, wie er jemals in einer dieser elenden Schachteln mit kleinen Löchern darin hatte schlafen können, die ›Häuser‹ heißen.

Sein neues Leben machte Dickie Spaß, es gefiel ihm großartig,

den Leuten erfundene Geschichten zu erzählen und sie anzubetteln. Die Tage und Wochen vergingen wie im Fluge, und mit der Zeit entwickelte Dickie ein solches Geschick in seinem ungewöhnlichen Beruf, daß sein ›Vater‹ nicht aus dem Staunen herauskam.

Eines Tages begegneten sie einem Kerl mit einem mächtigen roten Schnauzbart. Er sprang plötzlich aus einer Hecke hervor, stellte sich ihnen in den Weg und sagte, er hätte schon fast eine ganze Woche hier herumgetrödelt, um sie zu treffen. Mr. Beale schickte Dickie Pilze suchen, und der Junge begriff, daß er sich mit dem Fremden unter vier Augen unterhalten wollte.

Kaum war Dickie verschwunden, begann der Landstreicher hastig: »Früher konnt ich wirklich nicht kommen. Ich hab keinen Jungen erwischt.«

»Und da haste gedacht, besser den als keinen, was? Der ist doch nicht zu gebrauchen, Mensch!«

»Der?« antwortete Mr. Beale aufgebracht. »Hast du 'ne Ahnung! Der ist 'n Wunderkind, darauf kannste Gift nehmen. Der wickelt die Damen um den kleinen Finger wie nischt. Der ist schlau wie ein Polizeihund, und was er macht, das ist alles auf seinem eigenen Mist gewachsen. Und dann – wenn ich so hör, wie er neben mir hertrappelt, da wüßt ich nichts, wogegen ich das eintauschen möchte. Nee, ehrlich: Ich hab mir schon überlegt, ob ich nich lieber so weitermache, statt daß ich mich wieder mit so einem Kumpel wie dir einlaß, Tom ...«

»Du verdienst wohl klotzig, he?« erkundigte sich der Rotbart lauernd.

»Na ... einigermaßen«, erwiderte Mr. Beale vorsichtig. »Wir mogeln uns so durch. Und der Junge hat auch schon rote Backen

gekriegt und ’n bißchen Fleisch auf die Knochen. Bald werden die Leute sagen, daß wir ihre Groschen nich mehr nötig haben!«
»Häng ihm doch den Brotkorb höher«, schlug der andere vor.
Mr. Beale lachte. Dann spuckte er aus und sagte nachdenklich: »Zu komisch: Mir geht’s Herz auf, wenn ich seh, wie der kleine Lump sich rausmacht. Und dabei verdirbt’s uns das Geschäft! Aber das is es eben: Es schadet nich mal was, wenn er ’n bißchen fett wird. Mit seinem Köpfchen macht er das wieder wett. Du solltest den mal reden hören!«
Er fand kein Ende mit seinen Lobeshymnen, bis ihn der Mann mit dem roten Schnauzbart schließlich anfuhr: »Du scheinst an deinem Goldjungen ja einen schönen Narren gefressen zu haben! Das hätt ich mir nie träumen lassen, daß es mal so weit mit dir kommt, alter Idiot!«
»Tatsache!« erwiderte Mr. Beale treuherzig. »Aber es ist nur, weil er so gescheit ist.«
»Hoffentlich ist er schlau genug, daß er pariert, wenn man ihm was sagt. Und die Klappe hält. Das ist die Hauptsache.«
»Darauf kannste dich verlassen!« prahlte Mr. Beale.
»Wenn er nichts taugt, dann kann er was erleben. Verstanden?« knurrte der andere. »Und jetzt müssen wir zwei beide ein ernstes Wort miteinander reden. Den Plan hab ich fertig. Das wahre Kinderspiel! Ich denke, Dienstag wird der richtige Tag sein. Der Chef ist nicht zu Hause. Das ist ein Lord: Sir Edward Talbot, und er hat ’ne schwache Gesundheit, deshalb ist er im Ausland. Ende des Monats soll er wieder zurückkommen. Hübsche kleine Überraschung zum Willkomm, he? Am Montag rückt Abrams an, und dann ...«
Seine Stimme wurde zu einem heiseren Flüstern.

Als Dickie nach einer Weile zurückkam, war der Mann mit dem roten Schnauzbart verschwunden.
»Hast du dir den Kerl vorhin angeguckt?« fragte Mr. Beale sofort. »Der da hinter der Hecke stand?«
»Na klar«, erwiderte Dickie erstaunt.
»Dann schreib dir's hinter die Ohren: Den kennste nich! Wenn dich einer fragt, dann sagst du, daß du ihn noch nie in deinem ganzen Leben zu Gesicht gekriegt hast. Wenigstens könnt'ste dich nich an ihn erinnern, verstanden?«
»Ja«, sagte Dickie.
»So«, fuhr Mr. Beale fort. »und jetzt werden wir wie die Herzöge mit der Eisenbahn reisen, und später spendiert uns der Boß ein rauschendes Freudenfest, darauf kannst du dich verlassen!«
Dickie platzte fast vor Neugierde, aber Mr. Beale war kein Sterbenswörtchen zu entlocken.
Allerdings traten sie ihre großartige Reise nicht sofort am nächsten Tag an – das war ein Sonnabend –, und auch am Sonntag war es noch nicht soweit, denn nach Mr. Beales unerschütterlichen Lebensregeln war der Sonntag allein zum Ausruhen und Hemdenwaschen da.

Sie fuhren also erst am Montag in eine wunderschöne kleine Stadt am Meer. Die Straßen waren mit roten Ziegelsteinen gepflastert. Die Häuser leuchteten weiß und hatten grüngestrichene Balkons und Fensterläden; es schien Dickie die hübscheste Stadt der Welt zu sein. Doch sie durchquerten den Ort nur und wanderten zu den Hügeln dahinter hinauf. Über ihnen jubilierten die Lerchen, inmitten der Felder wuchsen mächtige Steinmauern in den Himmel.

»Was ist denn das?« erkundigte sich Dickie bewundernd.
»Das is wohl so 'n Schloß, weißte – wie der König in Windsor hat.«
»Wohnt denn hier auch ein König?« fragte Dickie überrascht.
»Nee, hier wohnt keiner, mein Junge«, sagte Mr. Beale und lachte, »das sind Ruinen, und in Ruinen hausen bloß Eulen und Ratten.«
»Hat denn mal jemand da gewohnt?« wollte Dickie wissen.
»Das würd mich sehr wundern«, entgegnete Mr. Beale unbestimmt. »Oder ja, muß wohl mal, wenn man's recht bedenkt. Haste denn davon nichts in der Schule gelernt? Das nennt man doch Hirstorie oder so.«
Dickie dachte einen Augenblick angestrengt nach. »Haben Sie mal von Prinz Eisenherz gehört?« fragte er dann.
»Prinz Eisenherz? Nee, kenn ich nich.«
»Den hätten Sie auch nicht kennen können. Der ist nämlich historisch. Soll ich mal von ihm was erzählen?« Die Geschichte reichte aus, bis der rumpelnde, schwankende Kinderwagen zwischen dicht wuchernden Stechginstersträuchern vor Anker ging.
Am nächsten Morgen rasierte sich Mr. Beale sorgfältig. Es geschah zum ersten Male, seitdem sie London verlassen hatten. Dikkie hielt den Napf und die Seife und bewunderte seinen vollständig veränderten Gefährten, der schließlich auch noch einen Anzug aus einem der vielen Bündel herauskramte.
»Jetzt hör zu«, begann Mr. Beale dann ernsthaft, »heute faulenzen wir noch den ganzen Tag hier rum. Und morgen abend hauen wir auf die Pauke. Der Kerl mit den roten Haaren, den du nich kennst, der wird dich zu einem vergitterten Fenster hochhieven. Weil du so klein bist, kannste da ganz leicht durchrutschen. Und

dann huschst du leise wie ein Mäuschen los, ich sag dir noch genau Bescheid wohin, und machst die Seitentür auf: den Riegel, den Schlüssel, die Vorlegekette und unten noch einen Riegel über dem Fußboden. Der obere ist durchgefeilt, und alles andere ist prima geölt. Du hast doch keine Angst, oder?«
»Nein«, erwiderte Dickie ohne Zögern. »Warum sollte ich denn Angst haben?«
»Na gut«, fuhr Mr. Beale etwas verwirrt fort, »das wär's. Was würdste denn machen, wenn du erwischt wirst?«
»Wer kann mich denn erwischen? Ein Hund?«
»Hunde gibt's da keine. Aber ein Mann oder 'ne Frau oder sonst wer aus dem Haus. Nimm mal an, sie kriegen dich am Schlafittchen. Was tust du dann?«
Dickie schaute ihn aufmerksam an. »Das, was Sie mir sagen«, erwiderte er mit seiner hellen Stimme.
Mr. Beale schlug sich verblüfft aufs Knie. »Mein Junge, wie er leibt und lebt!« murmelte er bewundernd, und dann erklärte er: »Also, wenn sie dich schnappen, dann sagste wortwörtlich, was ich dir nachher noch beibringen werd. Und bei der ersten Gelegenheit brennste durch und rennst zum Bahnhof. Wenn sie hinter dir her sind, dann sag, du willst zu deinem Vater nach Dover, und lauf wieder weg, sobald es geht. Schlag dich dann zu dem Haus in Gravesend durch, wo wir zuerst übernachtet haben. Das Geld für die Fahrkarte hab ich dir hier in den Gürtel eingenäht – so, den schnall ich dir jetzt um. Und daß du keiner Menschenseele verrätst, daß du in Wirklichkeit nach Gravesend willst, kapiert?«
»Und wenn sie mich nicht erwischen?«
»Dann schiebst du einfach das Tor auf, und ich und der Kerl mit den roten Haaren kommen rein.«

»Und was machen Sie drin?« fragte Dickie unbeirrt weiter.
»Wir – öh – wir wollen was suchen, Handwerkszeug, das hat er voriges Jahr liegenlassen, als er 'ne Leitung repariert hat. Und – und sie rücken die Sachen nich wieder raus, ich meine: Sie lassen nich anständig mit sich reden. Deshalb müssen wir selber hin.«
»Quatsch!« widersprach Dickie kurz. »Ich bin doch kein Wickelkind. Ihr wollt einbrechen ...«
»Du solltest dein vorlautes Mundwerk besser hüten!« fuhr ihn Mr. Beale ärgerlich an. »Zerbrich dir deinen Kopf nicht über Sachen, die dich nichts angehen, und mach, was wir dir sagen. Mehr verlangt keiner, verstehst du? Also jetzt weißt du, was du zu tun hast, wenn sie dich schnappen. Und wenn nich, dann muckste dich nich, bis wir mit dem Werkzeug wieder rauskommen. Klar?«
»Und wenn sie mich festhalten, was soll ich dann sagen?«
»Dann quasselst du irgendwas von einem fremden Mann, der dich auf der Landstraße bedroht hat, einer mit einem schwarzen Bart und 'nem roten Taschentuch ums Kinn. Er hat dir 'ne Tracht Prügel versprochen, wenn du nich durchs Fenster kletterst. Sag einfach, daß du deinen Vater in der Stadt verloren hast und daß der Bursche wußte, wo er war. Und wenn du mich siehst, dann kennste mich nich. Und den Mann mit den roten Haaren, den du noch nie gesehen hast, den kennste natürlich auch nich ...«
Er starrte einen Augenblick schweigend in das eifrige, zu ihm emporgewandte Kindergesicht und murmelte zärtlich: »Was biste bloß klein! Ich weiß gar nich, wieso ich das nich schon früher gemerkt hab ... Meinste denn, daß du's schaffst? Du mußt nich, wenn du nich willst, Kamerad!«
»Es wird ein herrliches Abenteuer werden«, erwiderte Dickie begeistert in seiner Büchersprache. »Ich werde Prinz Eisenherz

sein, vermummt in eines niederen Knaben Lumpen, um einen Schatz für den König auszukundschaften!«
»Na, denn man los!« sagte sein Begleiter verwirrt. »Aber fang nich an, so geschwollen mit ihnen zu reden, wenn sie dich schnappen! Sonst denken sie gleich, du bist wo entsprungen!«
Abends streifte Dickie wie immer seine Stiefel ab und legte sich schlafen. Mitten in der Nacht weckte ihn sein Kumpan und flüsterte: »Steh auf!« Dann nahm er den Jungen huckepack und

machte sich auf den Weg. Es war stockfinster, denn der Mond hatte sich hinter Wolken verborgen. Sie gingen durch dunkle Straßen, durch rabenschwarze Wälder und über finstere Wiesen. Plötzlich regte sich der düstere Schatten eines Gestrüpps, eine Hälfte davon kam auf sie zu. Es war der Mann mit dem roten Bart. Kurz darauf tauchte noch eine Gestalt aus einer Senke auf, und nun kletterten alle drei über einen Parkzaun. Jenseits des Gitters stahlen sie sich zwischen Bäumen und Unterholz hindurch, und Dickie, der noch immer auf seines ›Vaters‹ Schultern hockte, bewunderte die Behendigkeit und Geräuschlosigkeit, mit der sich der große schwere Mann bewegte.
Wie ein Schattenteppich mit dunklen Tupfen von Blumenrabatten und Gebüschen lag der Park in der stillen Nacht. In der Ferne hob sich die Fassade eines großen Hauses schwach von den hohen Baumgruppen ab. Nirgends brannte Licht.
Die Männer konnten im Schutz der Dunkelheit fast ganz bis an das Gebäude heranschleichen. Dickies Herz klopfte schnell. Jetzt würde gleich seine Rolle in diesem Abenteuer beginnen.
»Hier – halt fest!« flüsterte Mr. Beale, und Dickie spürte, wie er hochgehoben wurde. Mit beiden Händen griff er nach einem Fensterbrett. Die steinerne Brüstung fühlte sich eisig an.
Er wußte genau, was er zu tun hatte, denn Mr. Beale hatte es ihm im Laufe des Tages immer wieder erklärt. Er kauerte sich auf dem breiten Fenstersims nieder und hielt sich an den eisernen Stäben fest, während der Mann mit dem roten Schnurrbart geschickt und schnell ein Stück der Fensterscheibe herausschnitt. Er hantierte mit Pech und einem Taschentuch, damit kein Geräusch von zerbrechendem Glas entstehen konnte. Dann fuhr Dickie mit seiner Hand durch die Öffnung und klinkte den Fensterflügel auf. Ge-

räuschlos schob er sich durch den schmalen Spalt zwischen zwei Stäben, umklammerte sie von innen und ließ sich vorsichtig hinunter, bis seine Füße den Tisch trafen, von dem in den Instruktionen die Rede gewesen war, und von dort glitt er auf den Fußboden.

Jetzt muß ich meine Gedanken zusammenhalten, damit ich den richtigen Weg finde, dachte Dickie, aber sonderbarerweise brauchte er gar nicht nachzudenken. Er wußte plötzlich genau, wo die Tür lag, und als er sie geöffnet hatte, stellte er fest, daß er nicht eine Sekunde zweifelte, nach welcher Seite er sich wenden mußte, um die Seitenpforte zu erreichen, die er für die drei Männer öffnen sollte. Es kam ihm vor, als wäre er schon früher einmal hier gewesen oder als hätte er diese Räume in einem Traum durchwandert.

Er kroch auf allen vieren leise vorwärts und zog den lahmen Fuß geräuschlos nach. Sein Herz schlug so laut, daß er meinte, das ganze Haus müsse davon wach werden. Er fürchtete sich auch – aber dann dachte er an Mr. Beale und bemühte sich, tief und regelmäßig zu atmen, bis er die bewußte Seitentür erreicht hatte. Mit geschickten, schnellen Griffen tastete er nach dem Schloß und stieß den Riegel zurück. Dann kam die Kette an die Reihe. Dickie hielt die Eisenglieder mit einer Hand fest, damit sie nicht klirrten, und ließ den Knopf aus der Schiene gleiten. Jetzt mußte er nur noch den Schlüssel im Schloß herumdrehen. Er richtete sich dazu auf seinem gesunden Knie auf und umfaßte den Schlüssel mit beiden Händen, denn der war ungewöhnlich groß. Dann drückte er mit der größten Vorsicht die Klinke nach unten, zog – und die Tür öffnete sich wirklich. Nichts jagte ihm jetzt noch Angst ein. Er hatte seine Aufgabe gelöst und stand triumphierend auf seinem gesunden Bein an die geöffnete Tür gelehnt und wartete. Als jemand ihn berührte, wußte er, daß Mr. Beale und die beiden anderen Männer sich an ihm vorbeistahlen.

Doch die Hand an seiner Schulter weckte ein neues Gefühl in Dickie. Sein Stolz verschwand; er schämte sich. Plötzlich wußte er mit überwältigender Klarheit, daß er nicht zu denen gehörte, die im Dunkel der Nacht Einbrechern die Wege ebnen. Er packte die letzte Schattengestalt, die an ihm vorüberstrich, am Ärmel und flüsterte: »Vater – tu's nicht! Kehr wieder um! Ich mach alles wieder zu! O bitte, Vater, laß es sein!«

»Halt die Klappe!« zischte der Mann mit dem roten Schnurrbart. Seine grobe Stimme war unverkennbar. »Halt die Klappe! Sonst kannst du was erleben!«

»Bleib hier, Vater!« wiederholte Dickie trotz der Drohung.

»Kann die Kumpels jetzt nich im Stich lassen«, flüsterte Mr. Beale heiser zurück, »das mußt du einsehen, Kerlchen!«

Und Dickie begriff: Das Abenteuer hatte begonnen, und nichts konnte es aufhalten. Er hockte sich hinter die offene Tür und hörte die gedämpften Schritte der Männer rasch verklingen. Sie hatten Wollsocken über die Stiefel gezogen, damit sie möglichst leise vorwärts kämen.

Tiefe Stille und rabenschwarze Dunkelheit umgaben ihn. Er war müde, und die Anstrengung der letzten Stunde hatte ihn erschöpft. Er war fast eingenickt, als ihn ein Donnerschlag jäh auffahren ließ. Schritte polterten eine Treppe herab, Stiefel trampelten in stolpernder, hastiger Flucht. Jemand rannte an ihm vorüber, dann dröhnte wieder ein Donnerschlag, ein greller Lichtschein, fast wie ein Blitz, folgte. Noch jemand stürzte an Dickie vorbei in die Nacht hinaus, und dann erklang die

Stimme einer Frau: »Edward! Nicht! Laß sie doch laufen! Nicht! Du sollst ...«
Plötzlich blendete Helligkeit auf. Dickie blinzelte und fuhr mit der Hand an seine Augen. Eine hochgewachsene Dame mit einer Lampe in der Hand huschte an ihm vorbei, und ein Herr, der wie ein Geist aus der Finsternis aufgetaucht war, folgte ihr. »Halte das Licht!« befahl sie atemlos, und dann verriegelte und verschloß sie die Tür, hakte die Kette wieder ein, drehte sich um – und erblickte den am Boden hockenden Jungen.
»Was ist denn das?« rief sie erschrocken. »O Edward – schnell! Hier ist noch einer! Aber – ach, es ist ja ein Kind!«
Und dann kamen noch mehr Leute mit Leuchtern und Laternen die Treppe herabgestürzt und schrien aufgeregt durcheinander. Dickie, der noch nie in seinem Leben Schlafröcke gesehen hatte, starrte wie verzaubert auf die bunten Gewänder, die sie trugen. Doch auf einmal begann sich alles wie ein Karussell im Kreis zu drehen – schnell und immer schneller ...
Das nächste, woran er sich erinnerte, war ein schöner, heller Raum mit herrlichen Möbeln, in dem sich viele Menschen drängten. Jemand hielt ihm ein Glas an die Lippen, es roch wie Männer, die aus einer Kneipe kamen. Dickie drehte den Kopf weg und murmelte: »Nein ...«
»Geht's jetzt besser?« fragte eine Dame, und der Junge stellte überrascht fest, daß sie ihn im Arm hielt.
»Ja, danke sehr«, erwiderte er höflich und versuchte, sich aufzurichten. Aber er ließ sich schnell wieder zurückfallen. Er hätte sich nie träumen lassen, daß es so schön sein könnte, in einem weichen Schoß zu liegen.
»Also, nun heraus damit, junger Mann«, befahl eine energische

strenge Stimme, »jetzt kannst du uns ja erzählen, wie du hierhergekommen bist und wer dich angestiftet hat!«
»Ich bin ...« begann Dickie mit schwacher Stimme, »ich bin durch das Fenster von der Speisekammer geklettert ...« Und während er die Worte aussprach, kam ihm erst zu Bewußtsein, daß er genau wußte, um welches Fenster es sich handelte, obwohl ihm das niemand gesagt hatte.
»Weswegen?« fragte ein Herr mit verstrubbelten Haaren. Er trug einen locker sitzenden Anzug, dessen Jacke mit Kordeln verschnürt war.
»Um ...« Dickie zögerte. Dies war der Augenblick, für den er so sorgfältig geschult worden war. Jetzt mußte er aufpassen, daß er nichts Falsches vorbrachte.
»Ja, ja«, sagte die Dame sanft, »es ist ja alles gut! Hab keine Angst, mein Kerlchen, niemand will dir etwas tun!«
»Ich hab keine Angst«, erwiderte Dickie stolz, »jetzt nicht mehr.«
»Nun gut. Also: um ...?« fuhr die Dame fort.
»Um den Mann reinzulassen.«
»Was für einen Mann?«
»Weiß ich nicht.«
»Es waren aber drei oder vier«, unterbrach der Herr im Schlafanzug, »oder auch fünf!«
»Was war das für ein Mann, mein Junge?« fragte die Dame wieder.
»Er hat gesagt, er weiß, wo mein Vater ist«, leierte Dickie herunter, denn inzwischen war ihm seine Geschichte wieder eingefallen, »und dann bin ich mit ihm gegangen, und dann kamen wir in einen Wald, und dann hat er gesagt, er schlägt mich tot, wenn ich

nicht durch das Fenster steige und die Tür aufmache. Er hat gesagt, er hat hier sein Handwerkszeug vergessen und Sie hätten's ihm nicht wiedergeben wollen.«
»Siehst du«, sagte die Dame triumphierend, »das Kind hat keine Ahnung gehabt. Er ist vollkommen unschuldig!« Sie beugte sich über Dickie und küßte leicht und zärtlich sein Haar.
Der Junge hatte plötzlich das Gefühl, als ob er ersticken müßte. Sein Kopf schien zu platzen, seine Ohren brannten, aber seine Hände wurden eiskalt. »Doch – ich hab alles gewußt«, stieß er heiser hervor, »und ich hätte es auch gar nicht zu tun brauchen, wenn ich nicht gewollt hätte!«
»Das Kind hat Fieber«, rief die Dame erschrocken. »Er weiß schon nicht mehr, was er sagt! Sieh doch nur: Sein Kopf glüht!«
»Ich hab's gewollt«, stammelte Dickie, »ich hab gedacht ... das ist ein Spaß ... und es war auch einer!« Er wartete, daß er jetzt unsanft geschüttelt und zu Boden geworfen würde, und versuchte verzweifelt, sich darauf zu besinnen, wo seine Krücke war. Beale hatte sie unter dem Arm gehabt. Wie sollte er ohne Krücke nach Gravesend kommen?
Aber die Dame erhob sich und sagte: »Ich bringe ihn ins Bett. Du kannst ihn heute nacht nicht mehr ausfragen, Edward! Morgen ist Zeit genug dazu!« Sie trug Dickie in einen großen Raum mit blauen Wänden und blaugrünen Vorhängen und wunderschönen Möbeln. In der Mitte stand ein breites Himmelbett mit Seidenvorhängen und mit mehr Kissen beladen, als Dickie je beisammen gesehen hatte. Die Dame wusch ihn in einer großen blau- und goldgeblümten Waschschüssel mit warmem, duftendem Wasser und zog ihm ein spitzenbesetztes Nachthemd an, offenbar eines von ihren eigenen, denn für Dickie war es viel zu groß.

Dann legte sie ihn in das weiche Bett, stopfte die Decken fest und streichelte ihm übers Haar. Dickie schlang seine dünnen Arme um ihren Hals und flüsterte: »Ich hab Sie schrecklich gern, aber ich muß wieder zu Vater ...«
»Wir wollen uns morgen darüber unterhalten, ja? Trink jetzt deine Milch aus«, sie hielt ihm ein Glas hin, »und dann schlaf gut. Morgen kommt alles wieder in Ordnung!«
»Ja«, sagte Dickie schläfrig und setzte dann hinzu: »Gott segne Euch, edle Wohltäterin ...«
In dieser Nacht schlief der kleine lahme Junge aus Deptford zwischen lavendelduftenden Laken aus feinstem Leinen auf einem daunenweichen Kopfkissen und zugedeckt mit einer seidenen Steppdecke. Die Schnitzereien am Fußende des großen Bettes zeigten ein Wappenschild mit einem Hund. Er schlief, und sein Traum führte ihn zurück zu Mr. Beale, zu dem Versteck im Stechginster und dem Nachtlager unter den rauschenden Blättervorhängen.

Drittes Kapitel

Die Flucht

Als sich Lady Talbot am anderen Morgen über Dickie beugte, um ihn zu wecken, stieg in ihrem Herzen der heiße Wunsch auf, selbst solch einen Jungen zu haben, und als Dickie aufwachte und in ihre liebevollen Augen schaute, war er davon überzeugt: Wenn er noch eine Mutter gehabt hätte, so würde sie gewiß dieser Dame geglichen haben. Wenigstens das Gesicht, dachte er, nicht wie sie sich zurechtmacht oder ihre Haare oder sonst was ...

»Hast du gut geschlafen?« fragte sie und strich ihm zärtlich über die Haare.

»Wie ein Murmeltier«, antwortete er fröhlich. »Ich kann mich nicht erinnern, daß ich schon einmal so weich geschlafen hab.« Dann fragte er schüchtern: »Haben Sie einmal einen kleinen Jungen gehabt?«

»Nein, mein Herz. Wenn ich einen Sohn hätte, könnte ich dir jetzt etwas von seinen Sachen geben. Aber so müssen wir dich leider wieder in deine eigenen stecken ...«

Dickie sah nicht die geringste Ursache zum Bedauern. »Mein Vater hat mir einen Mantel gekauft, den zieh ich an, wenn es in der Nacht mal kalt ist«, erzählte er stolz.

»In der Nacht? Wann bist du denn nachts draußen?«
»Na immer, wir schlafen doch bei Mutter Grün«, erklärte Dickie, »so wie Prinz Eisenherz, wissen Sie?« Am liebsten hätte er der schönen Dame gleich die ganze Geschichte seines verehrten Helden erzählt, aber Lady Talbot schlug vor, damit bis nach dem Frühstück zu warten. Jetzt sollte er erst einmal baden.
»Komm«, sagte sie freundlich und schlug die Steppdecke zurück.
Doch Dickie konnte den Gedanken nicht ertragen, daß sie ihn jetzt auf allen vieren ungeschickt zu der Badewanne hinüberkriechen sehen sollte. Ohne seine Krücke war er ja völlig hilflos. Tränen stiegen ihm in die Augen.
Die Dame sah es sofort und beugte sich über ihn. »Was ist denn, mein Herz? Was bekümmert dich so?« fragte sie dicht an seinem Ohr, und Dickie schluchzte: »Ich hab keine Krücke mehr ... und ohne Krücke kann ich nicht laufen ... und wenn es nur ein alter Besen wäre, das ginge schon, wenn der Stiel ein bißchen abgeschnitten wird ...«
Lady Talbot trug ihn selber zum Bad hinüber, wo duftende Seife, ein dicker Schwamm und ein molliges Badelaken bereitlagen.
»Seit Gravesend habe ich nicht gebadet«, sagte Dickie unbedacht und errötete sofort wegen seiner Unvorsichtigkeit.
»Seit wann, mein Herz?« fragte die Dame.
»Seit Mittwoch«, murmelte Dickie verlegen.
Später frühstückte er mit Lady Talbot in einem sonnendurchfluteten weitläufigen Raum, dessen hohe Fenster in einen grünen Garten hinausgingen. Eine Fülle von unbekannten Speisen stand in Silbertellern und -schalen auf dem Tisch; selbst die Eier hockten in silbernen Bechern, und auf allen Gabeln und Messern und Löffeln war das Bild des Hundes zu sehen, der auf der Bettwand ge-

wesen war – überall, außer auf einem einzigen kleinen Löffel, mit dem Dickie sein Ei essen sollte. Hier war kein Hund eingraviert, sondern etwas ganz anderes ...
»Nanu!« sagte Dickie und strahlte vor Freude über das unvermutete Wiedersehen. »Auf meinen Glöckchen ist genau das gleiche Bild! Haargenau das gleiche!«
Daraufhin mußte er natürlich alles von seinem geheimen Schatz erzählen, und die Lady wurde sehr nachdenklich dabei. Später kam ihr Mann ins Zimmer, er beugte sich über seine Frau, um sie zu küssen, und dann begrüßte er Dickie: »Guten Morgen, junger Herr! Na, wie geht's uns denn heute?«
Dickie mußte die ganze Geschichte von seiner Rassel noch einmal erzählen, und anschließend sagte die Lady sehr rasch etwas zu ihrem Mann. Es begann mit: »Ich habe es dir doch gleich gesagt!« Und es endete: »Ich war sofort überzeugt, daß er kein gewöhnlicher Junge ist!« Alles dazwischen entging Dickie, denn das Gelbe seines Frühstückseies hatte sich selbständig gemacht und war über den Becherrand gelaufen, und es war nur zu retten, indem er seine Zunge zu Hilfe nahm.
Sir Edward lachte. »He!« rief er. »Iß den Becher nicht auf, mein Junge, den brauchen wir noch mal!«
Dickie war verlegen, und er atmete auf, als der Lord das Zimmer wieder verließ.
Nach dem Frühstück wurde eine neue Krücke angemessen, das heißt: Ein Besen wurde neben den Jungen gestellt und der Stiel in der richtigen Höhe abgesägt. Dann wickelte Lady Talbot ein Stück Flanell um die Borsten und überzog das so entstandene Kissen zum Schluß mit schwarzem Samt.
Es wurde eine prachtvolle Krücke, und Dickie sagte, daß er noch

nie eine so schöne besessen hätte. Um seiner Gönnerin seine Dankbarkeit zu zeigen, spazierte er stolz vor ihr auf und ab, aber sie sah ihm nur eine oder zwei Minuten zu, dann wandte sie sich plötzlich ab und blickte aus dem Fenster.

Der Junge benutzte die Gelegenheit, sich gründlich in dem Zimmer umzusehen. Es war anders eingerichtet als alle Räume, die er je gesehen hatte, und dennoch erfüllte ihn wieder das sonderbare Gefühl, als ob er dies alles schon längst kannte: die hochlehnigen, mit geblümtem Stoff überzogenen Sessel, die geschnitzten Bücherschränke mit den langen Reihen goldgeprägter Lederrücken, den Eckschrank mit den Glastüren, hinter denen kostbares Porzellan in Rot, Blau und Gold schimmerte ...

Plötzlich drehte sich Lady Talbot zu ihm um, kniete neben ihm nieder, legte ihm sanft die Hand unter das Kinn und blickte ihm forschend in die Augen. »Dickie«, fragte sie leise, »möchtest du nicht hierbleiben?«

»Das möcht ich schon«, erwiderte der Junge, »aber ich muß doch zu Vater zurück.«

»Und wenn es dein Vater erlaubt?«

»Das tut er ganz bestimmt nicht«, versicherte Dickie aus vollster Überzeugung. »Außerdem sind ja da auch noch meine Glöckchen ...«

»Also gut«, entschied Lady Talbot, »dann bleibst du wenigstens einstweilen als mein Pflegesohn bei mir, bis wir deinen Vater gefunden haben. Am besten werden wir die Polizei benachrichtigen ...«

»Die Polizei?« unterbrach Dickie sie entsetzt. »Warum denn? Vater hat doch nichts angestellt.«

»Nein, nein, natürlich nicht«, beruhigte ihn Lady Talbot, »aber die Polizei weiß alles, wo sich jemand aufhält und was er tut und ...«

»Polizisten wissen immer eins zuviel«, murmelte Dickie düster und grübelte, als er bald darauf mit einem prachtvollen Bilderbuch allein im Zimmer zurückgelassen wurde, angestrengt darüber nach, wie er den Mann, der so freundlich zu ihm gewesen war, der ihn Meilen und Meilen im Kinderwagen durch eine Zauberwelt gerollt hatte, der ihm einen Mantel für feuchte und kalte Nächte geschenkt hatte, vor Unannehmlichkeiten bewahren könnte. So verlockend es auch war, hier zu leben – es ging nicht. Wenn die Polizei sich einmischte, konnte er unmöglich bleiben. Er mußte versuchen, sich zu der Landstreicherherberge in Gravesend durchzuschlagen, wo Mr. Beale auf ihn wartete.

Das Buch lag aufgeschlagen vor ihm auf dem Tisch, aber er hatte keine Augen für die prächtigen Bilder, er starrte vor sich hin und überlegte, wo er jemanden finden könnte, der ihm half.

Ein hübsches Mädchen in einem rosa Kleid mit schneeweißem Häubchen kam mit einem Staubtuch in der Hand ins Zimmer. Sie warf Dickie einen giftigen Blick zu. »Na?« zischte sie gehässig. »Du hast dich ja schön ins warme Nest gesetzt.«

»Hab ich nicht«, widersprach Dickie.

»Wenn sie sich schon um so einen Balg verrückt macht, hätte sie sich ebensogut an mich halten können«, sagte das Mädchen mit verächtlich hochgereckter Nasenspitze, »wo ich so viele gescheite und anständige Geschwister habe.«

»Sagt ja kein Mensch was dagegen«, antwortete Dickie, »und meinetwegen macht sich kein Mensch verrückt.«

»Hach!« machte das Mädchen schnippisch. »Hast du's vielleicht nicht darauf angelegt? Kommt frech hier rein, hat noch nie ein sauberes Hemd auf dem Leib gehabt und tut, als ob er nicht bis drei zählen könnte! So muß man's machen, da sieht man's mal wieder! Hat sie dich vielleicht nicht gefragt, ob du ihr süßer kleiner Zuckerjunge sein möchtest, he?«

»Doch«, gab Dickie zu.

»Na, siehst du, du bleibst also! Aber das kann ich dir sagen: Wenn sie von mir verlangen, daß ich dich Master Hinkebein nennen soll – oder wie dein verflixter Name ist, dann kündige ich auf der Stelle.«

»Aber ich will doch gar nicht hierbleiben!« unterbrach Dickie sie, »wenigstens ...«

»Das kannst du jemand anders einreden!« fuhr ihn das Mädchen ungeduldig an und rauschte aus dem Zimmer, ohne auch nur ein einziges Staubkörnchen entfernt zu haben.

Später wurde Dickie zu einer Fahrt in einem kleinen Einspänner abgeholt. Ein sanftes weißes Pony zog den Wagen, und der Junge durfte selber die Zügel halten. Doch selbst jetzt noch dachte er an Mr. Beale und erkundigte sich vorsichtig, ob Lady Talbot die Polizei schon benachrichtigt hätte. Er fühlte sich außerordentlich erleichtert, als sie den Kopf schüttelte, und genoß die Fahrt mit leichterem Herzen.

Vor dem Schlafengehen sagte Lady Talbot: »Markham wird dir nachher noch ein Glas warme Milch heraufbringen. Trink sie aus und schlaf dann recht gut, mein Herz.«

Dickie schlang die Arme um ihren Hals und schmiegte sich zärtlich an sie. »Auf Wiedersehen«, murmelte er. »Sie sind so gut ... ich habe Sie so lieb!«

Als das rosa Mädchen, Markham, seine Feindin, mit der Milch erschien, fragte er ohne Umschweife: »Du möchtest mich gerne raus haben, nicht wahr? Also, wie komm ich denn mit meiner Krücke weg von hier?«

»Willst du damit sagen, daß du wirklich verduften willst?«

»Ja«, antwortete Dickie.

»Du hast Nerven«, sagte das Mädchen, »da kann man sich bloß wundern.«

»Weißt du«, sagte Dickie, »ich will zu meinem Vater zurück.«

»So was«, murmelte Markham, »und ich dachte, du ...«

»Hilfst du mir? Wenn ich erst mal aus dem Park raus bin, komm ich ganz gut allein weiter.«

»Denkst du, ich will meinen Posten hier verlieren?« fragte das Mädchen empört. »Halt deinen Rand und bring uns nicht unnütz in Schwierigkeiten!«

Aber Dickie dachte nicht daran aufzugeben, er bettelte und redete, und als Markham ihn verließ, kuschelte er sich befriedigt in seine Kissen, denn zum Schluß hatte sie gesagt: »Na, ich werd mal sehen ...«

Es war noch längst nicht Tag, als sie ihn weckte. Sie zog ihn an, trug ihn mit seiner Krücke über die Hintertreppe hinunter und schob ihn in dieselbe Speisekammer, durch deren Fenster er hereingekommen war.

Im Haus schien noch niemand auf zu sein.

»So«, flüsterte das Mädchen, »der Gärtner hat hier ein paar Körbe bereitgestellt mit Obst und Blumen, er fährt damit immer ganz früh am Morgen zur Bahn. Es sind Sachen, die sonst nur verderben, wenn wir sie nicht verkaufen, verstehst du? Er ist ein guter Freund von mir, und auf einen Korb mehr oder weniger kommt es

ihm nicht an. So also – und jetzt ab mit dir! Jack«, rief sie gedämpft, »Jack, bist du da?«
Als von draußen eine leise Antwort ertönte, hob sie Dickie auf die Fensterbank und gab ihm einen Klaps. »Mach's gut!«
Im nächsten Augenblick war er durchs Fenster geglitten und in Jacks Armen gelandet, der ihn in einen bereits vorbereiteten, mit Stroh ausgepolsterten großen Korb packte.
»Ich lad dich mit dem andern Kram in den Güterwagen«, flüsterte der Gärtner, während er den Deckel zuklappte, »und wenn der Zug erst mal losgefahren ist, dann brauchst du nur die beiden Stricke am Deckel durchzuschneiden. Hier hast du ein Messer dafür. Dann kletterst du einfach raus aus dem Korb. Ich bring das mit dem Bahnbeamten schon in Ordnung. Er kennt mich, und er wird dir helfen, wenn du aussteigen willst.«
»He!« rief Markham noch einmal leise von oben und streckte ihren Arm durchs Gitter. »Vergeßt nicht, seinen Proviant mitzunehmen. Da – fangt auf!«
Sie hatte wunderbare Sachen zusammengepackt: fünf kalte Schnitzel, Berge von Butterbroten, zwei große Stücke Napfkuchen und eine Flasche Milch. Dickie futterte sich vergnügt durch diese merkwürdige Zusammenstellung, nachdem er sich so gemütlich wie möglich in seinem weichen Lager eingerichtet hatte. Das Rumpeln des Gemüsekarrens störte ihn nicht, denn von dem alten Kinderwagen her war er ganz anderes Gerüttel gewohnt. Er aß mit größtem Appetit, und als er satt war, verstaute er den beträchtlichen Rest in seinen Taschen und ließ sich tiefer in das knisternde Stroh sinken. Draußen war es noch finster, und am vergangenen Tag hatte er so viel erlebt, daß er sich noch immer todmüde fühlte.

Er schlief so lange und so fest, daß er die Stricke des Weidenkorbes nicht mehr durchzuschneiden brauchte. Das hatte schon jemand anders für ihn besorgt.
Der Deckel war zurückgeschlagen, drei oder vier verwunderte Gesichter beugten sich über ihn, und eine Mädchenstimme rief erstaunt: »Da liegt ja ein kleiner Junge!«
Dickie richtete sich verschlafen auf.
»Ja, gibt es denn so etwas?« sagte eine zweite Stimme. »Komm raus, Herzchen, du brauchst keine Angst zu haben!«
Was für nette Leute das sind, dachte Dickie und hielt seine Arme den Händen entgegen, die nach ihm ausgestreckt wurden. Ein junges Mädchen in einem schwarzen Kleid hob ihn aus dem Korb und setzte ihn in einen Sessel. Dickie ließ seine Augen umherschweifen und stellte fest, daß er sich in einem Laden voller Blumen und Obst befand.
»Mr. Rosenberg«, rief das junge Mädchen, »kommen Sie bitte einmal herüber! Hier ist ein kleiner Junge, in diesem Extrakorb ...«

Ein dunkelhaariger stattlicher Herr erschien in der Tür.
»Was soll denn der Unsinn?« fragte er grämlich. »Ist der Gärtner vom Schloß verrückt geworden?«
»Er kann nichts dafür«, sagte Dickie und richtete sich eifrig in seinem Stuhl auf. »Es ist alles meine Schuld! Ich bin nämlich eingeschlafen. So fest, als ob ich ein Schlafmittel bekommen hätte – wie damals im Krankenhaus, wissen Sie! Wenn Sie mir bitte meine Krücke geben würden, dann verschwinde ich sofort.«
Davon wollten die jungen Mädchen jedoch nichts wissen. »Er darf doch hierbleiben, Mr. Rosenberg, nicht wahr? Ach bitte! Nach Geschäftsschluß kann ihn ja eine von uns nach Hause bringen ...«
»Na schön«, gab der Händler widerwillig nach, »aber ich bitte mir aus, daß die Arbeit nicht darunter leidet!«
Triumphierend trugen die Mädchen Dickie in eine Hinterstube des Ladens. Dort falteten sie ein paar Säcke und Decken zurecht und betteten ihn auf dieses Lager, dann brachten sie ihm Weintrauben, eine Banane und Kekse und versprachen, öfters nach ihm zu sehen. Dickie lächelte sie dankbar an, aber im Grunde wartete er nur auf eine günstige Gelegenheit zum Entwischen. Er mußte sich freilich bis zum späten Nachmittag gedulden, als eine der jungen Verkäuferinnen Teewasser auf dem Spirituskocher aufgesetzt hatte und eine zweite eilig fortlief, um Dickie zu Ehren Kuchen einzukaufen.
Obwohl er gerade deswegen ein schlechtes Gewissen hatte, mußte er jetzt schnell handeln, denn das dritte Mädchen und Mr. Rosenberg waren im Laden mit einem Kunden beschäftigt. Dickie hangelte sich langsam zur Tür. Er klammerte sich an den Regalen fest, um sich nicht durch das Tap-Tap seiner Krücke zu verraten.

Über einen Hinterhof erreichte er eine ausgestorbene Straße, die schließlich in eine abgelegene Gasse mündete.
Dort blieb er aufatmend stehen, zog das Messer aus der Tasche und wollte das Geld aus dem Gürtel heraustrennen, den Mr. Beale so sorgsam vorbereitet hatte.
Doch der Gürtel war verschwunden. Hatte er ihn verloren? Oder hatten Markham und er in der Hast des nächtlichen Aufbruchs vergessen, ihn umzubinden? Er wußte es nicht, er wußte nur, daß er jetzt mutterseelenallein und ohne einen Penny mitten in London stand – und daß Mr. Beale ihn in Gravesend vergeblich erwartete.
Er humpelte zur Hauptstraße zurück und fragte den ersten Vorübergehenden, der nicht allzu unfreundlich aussah, nach dem Weg nach Gravesend, wenigstens die ungefähre Richtung möge er ihm sagen.
Der Mann blieb stehen und musterte den Jungen forschend. Dann wies er mit seinem schmutzigen Daumen über die Schulter.
»In die Richtung. Mindestens dreißig Meilen. Haste denn Moneten?«
»Verloren«, antwortete Dickie niedergeschlagen. »Und mein Vater ist da und wartet auf mich!«
»Kein Geflunker, Junge? Is das wahr, daß dein Vater in Gravesend wartet? Kannste das beschwören? Auf die Bibel?«
»Ja«, antwortete Dickie.
»Dann paß auf: Zuerst geht es nach rechts und dann die nächste Ecke nach links. Da kriegst du den Bus zum ›Elefanten‹, damit kommst du schon ein Stück näher ran. Bei der Endstation fragste wieder. Und hier – das ist für den Fahrschein.«
Er hielt Dickie ein paar Kupfermünzen hin.

Dickie bedankte sich überschwenglich und machte sich auf den Weg.
Die Haltestelle beim Wirtshaus ›Elefant und Schloß‹ war nur allzu schnell erreicht. Als Dickie aus dem Autobus geklettert war, erkundigte er sich nach dem weiteren Weg. Diesmal fragte er eine alte Frau, die am Straßenrand hockte und Streichhölzer zum Verkauf anbot. Sie deutete mit der kleinen Schachtel, die sie gerade in der Hand hielt, unbestimmt vor sich hin und sagte mit müder Stimme: »Es ist aber weit, dreißig Meilen mindestens.«
Dickie bedankte sich, faßte seine Krücke fester und nahm die dreißig Meilen tapfer in Angriff. Er hinkte die Alte Kenter Landstraße entlang, und plötzlich fand er sich in einer vertrauten Umgebung, denn die Alte Kenter mündet in die New Cross Landstraße, und die führt geradewegs durch den Vorort mit den gelben Backsteinhäusern, in dem seine Tante wohnte.
Er wagte nicht weiterzugehen, um ihr nicht etwa unversehens in die Arme zu laufen. Wenn sie ihn wieder am Wickel hätte ... Dickie mochte nicht einmal daran denken, was dann geschehen würde.
Vor der Schenke ›Zum Herzog von Granby‹ stand ein Lastwagen, und die Nasen der beiden strammen Pferde davor zeigten aus London hinaus.
Oben auf den Kisten wäre bestimmt Platz – bis zum Dach schien noch ein guter Meter frei zu sein ... Sollte er den Fuhrmann bitten, ihn mitzunehmen, wenn er aus dem Gasthaus kam? Oder sollte er versuchen, trotz seines lahmen Beines auf die Kisten zu klettern und sich dort zu verstecken – auch auf die Gefahr hin, daß er gefaßt würde? Er legte seine Hand auf das Rückbrett des Wagens.

»He – Dickie!« schrillte plötzlich eine Stimme. »Bist du's oder bist du's nicht?«
Dickie fühlte sich wie ein Tier in der Falle. Er wandte sich hastig um und stand einem ehemaligen Schulkameraden gegenüber.
»Hast du mir einen Schreck eingejagt!« stotterte er. »Ich dachte schon, meine Tante hätte mich erwischt. Erzähl ihr bloß nicht, daß du mich getroffen hast.«
»Deine Tante? Aber weißt du denn gar nichts?« fragte der Junge erstaunt.
»Was soll ich denn wissen?«
»Sie ist doch auf und davon! Der alte Hurlinger hat sie weggefahren, und er sagt, er hätte keine Ahnung mehr wohin. Aber du kannst dich drauf verlassen: Sie hat ihm einen ausgegeben, damit er's nicht mehr weiß!«
»Und wer wohnt jetzt da im Haus?« fragte Dickie gespannt. Es kümmerte ihn wenig, wo seine Tante lebte, aber eine andere entsetzliche Angst war siedendheiß in ihm aufgestiegen.
»Niemand. Das Haus ist abgeschlossen und leer. Der Besitzer will's vermieten«, erzählte der Junge. »Was machst du jetzt?«
»Weiß noch nicht genau«, antwortete Dickie und wandte sich von dem Planwagen ab, der seine Bedeutung verloren hatte. »Mach's gut, vielleicht treffen wir uns später wieder. Ich muß jetzt so rum ...« sagte er.
Damit entfernte er sich ein paar Schritte, wartete, bis sein Schulkamerad verschwunden war, und humpelte die alte Straße entlang, hinunter zu dem Haus, in dessen Hinterhof einst die Mondblumen so weiß und wunderschön geblüht hatten. Wie lange war das alles her! Dem Kalender nach nicht mehr als einen Monat, aber es schien ihm eine Ewigkeit seither vergangen ...

Die Nachricht vom Verschwinden seiner Tante änderte alles. Sein Wunsch, nach Gravesend zu gelangen, wurde zumindest für den Augenblick von der brennenden Sorge um seinen Glöckchenstab verdrängt. Hatte seine Tante die Schätze entdeckt und mitgenommen? Und wenn nicht, sollte er die Sachen nicht am besten sofort holen? Am Ende würden sonst fremde Leute in das Haus ziehen und sie stehlen ... Ja, es war ganz gewiß das gescheiteste, gleich heute nacht noch zu handeln.

Niemand achtete auf den müden Jungen, als er dicht an den Vorgartengittern entlanghumpelte, und das Fenster ließ sich ohne Schwierigkeiten öffnen. Dickie kletterte ins Haus und zog die Krücke hinter sich her. Auf allen vieren kroch er leise die Treppe hinauf zu der lockeren Diele in seiner früheren Kammer. Er hob das Brett hoch, griff in die Höhlung darunter und spürte zu seinem Entzücken das weiche Lumpenbündel, das die Glöckchen und das Siegel umhüllte. Er stopfte es in sein Hemd und schleppte sich mühsam wieder hinunter. Obwohl er zum Umfallen müde war, hatte er sich entschlossen, noch eine oder zwei Meilen in Richtung Gravesend zu wandern. Aber vorher wollte er wenigstens einen Abschiedsblick auf seine Mondblüte werfen.

Er hinkte in den Garten hinaus, wo der Stamm der großen Blume wie ein lichter Strich vor dem dunkelnden Nachthimmel stand. Er tupfte liebevoll dagegen. Es raschelte leise, und drei oder vier Körner fielen ihm auf den Kopf.

»Samen – ganz klar!« sagte sich Dickie. Seit damals, als er das Papageienfutter gekauft hatte, waren seine Kenntnisse von Pflanzen und Sämereien erheblich gewachsen.

Er zog das Messer aus der Tasche, mit dem er die Stricke des Gemüsekorbs in der Bahn hätte durchtrennen sollen, und schnitt

die Mondblume ab. Vorsichtig, daß kein Körnchen mehr herausfallen und verlorengehen konnte, trug er sie ins Haus.
Es war unterdessen stockfinster geworden, aber eine Straßenlaterne warf ihr blasses Licht in das staubige, kahle Vorderzimmer. In einer Ecke lag ein Berg alter Zeitungen. Dickie breitete ein Blatt vor sich auf der Erde aus, ließ sich auf die Knie nieder und schüttelte sacht die Mondblumenblüte über dem Papier aus. Knisternd fielen die runden, ziemlich großen, flachen Samenkörner heraus, und Dickie ließ sie spielerisch durch seine Finger rinnen. Dann zog er den Glöckchenstab und das Siegel aus seinem Hemd und legte sie dazu. Plötzlich wurde ihm bewußt, daß er viel zu erschöpft war, um in dieser Nacht noch weiterzuwandern.
»Ich werde hier schlafen« murmelte er, »und morgen früh bin ich längst weg, ehe die Leute wach werden.«
Er nahm das Zeitungspapier, sammelte alles Stroh, das er in dem verlassenen Haus auftreiben konnte, und baute sich in einer Ecke des kahlen Raumes ein Lager, das vom Fenster aus nicht gesehen werden konnte. Er fürchtete sich nicht in dem leeren Haus, er kam sich im Gegenteil höchst großartig vor, daß er ein ganzes Haus zur Verfügung hatte. Er aß, was er noch in seinen Jackentaschen fand, und trank sich in der Waschküche satt, wo er nur den Kopf unter den Hahn zu halten brauchte.
Dann spielte er noch ein wenig mit seinen Schätzen. Er bettete seine Rassel und das weiße Siegel auf ein Blatt Zeitungspapier und ordnete die Mondblumenkerne in Mustern darum herum. Die Samenkerne waren flach, wie geschaffen für alle möglichen Spiele.
Nachdenklich schob er die silbrig schimmernden Plättchen zu ei-

nem sechseckigen Stern zusammen und legte seine Glöckchen und das Siegel in die Mitte. Das Licht der Straßenlaterne überzog das Muster mit mattem Glanz.
»So ist es am allerschönsten«, flüsterte Dick Harding, allein in dem einsamen Haus in Deptford.
Und dann begann der Zauber.

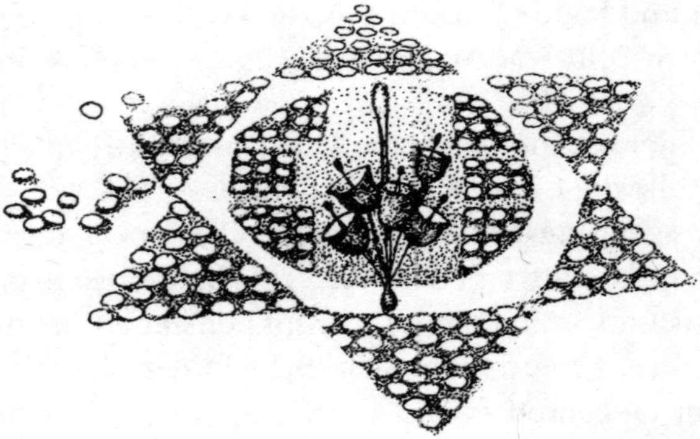

VIERTES KAPITEL

Der Zauber

Die beiden gekreuzten Dreiecke aus den hellen Mondblumenkernen, die silberne Rassel und der weiße Siegelstein verschwammen plötzlich vor Dickies Augen, die vor Müdigkeit brannten. Er mußte sie schließen und hatte dabei das sonderbare Gefühl, als sähe er durch seine geschlossenen Lider hindurch, wie sich etwas in der Mitte des sechseckigen Sterns bewegte.

Eine Stimme sprach Worte, die er nicht verstand, und er meinte, nun hätte ihn doch ein Schutzmann allein in einem fremden Haus erwischt, aber er war zu müde, um Angst zu haben. Er dachte nur: Meinetwegen soll er ruhig ... Doch für einen Polizisten, der gewöhnlich laut und respekteinflößend redet, klang die Stimme eigentlich zu sanft, wie sie fragte: »Also, wo willst du hin?«

»Is mir völlig schnuppe«, murmelte Dickie schlaftrunken. Nun erhoben sich plötzlich zwei zarte Stimmen, es war fast wie ein Schlummerlied.

»Er gehört dir mehr als mir«, zirpte die eine.

»Du gehörst ihm mehr als ich«, girrte die zweite.

»Du bist älter als ich«, sagte die erste.

»Du bist mächtiger als ich«, wisperte die zweite.

»Wir wollen darum würfeln«, schlug die erste vor, und dann erklang ein Summen, das in einem leisen Klappern endete.
»Es ist entschieden!« rief die zweite Stimme. »Hier?«
»Und wann?«
»Drei ist eine gute Zahl.«
Dann war alles still, und Schlaf umhüllte Dickie wie ein weicher Mantel.
Als er die Augen wieder aufschlug, dachte er: Das war aber ein verrückter Traum – und blinzelte in das Tageslicht. Er lag in einem Bett, in einem großen, fremden Bett in einem Raum, den er nie in seinem Leben gesehen hatte. Die niedrigen, langgestreckten Fenster bestanden aus vielen kleinen Scheiben, das dunkle Holz des Fußbodens war sonderbarerweise mit Blumen und Kräutern bestreut. Das Himmelbett, in dem er lag, glich dem, in dem er in Schloß Talbot geschlafen hatte, und die weißen Figuren auf den grünen Vorhängen sahen genauso aus wie das Zeichen auf seiner Rassel und dem Siegelstein.
An den Wänden hingen schwere, mit Bildern bestickte Stoffe. An einer Seite stand ein riesiger geschnitzter Schrank, ihm gegenüber war eine strenge Reihe seidenbezogener Sessel mit hohen Rückenlehnen aufgestellt.
Dann gab es noch ein Tischchen mit Bechern und Flaschen – jede Flasche trug ein steifes Pergamentschild um den Hals –, und in einem Lehnsessel zu Füßen des Himmelbettes saß eine kleine Frau in einem weiten faltigen Kleid, mit einer komischen weißen Haube auf dem Kopf und einem sonderbaren Kragen um den Hals.
»Was für ein merkwürdiger Traum«, murmelte der Junge verwirrt.

Die Frau hob den Kopf und sah ihn an. »Habt Ihr endlich Eure Sprache wiedergefunden?« fragte sie erleichtert. »Wer in so schweres Fieber fiel wie Ihr, gesundet nur an merkwürdigen Träumen. Gottlob, daß Ihr nicht mehr mit fremder Zunge stammelt wie in den vergangenen Tagen.«
»Aber ich dachte, ich bin im Vorderzimmer in ...« begann Dickie.
»Ihr seid hier!« unterbrach ihn die Alte sanft. »Alles andere ist ein

Traum. Vergeßt ihn, und sprecht auch nicht mehr davon. Von solchen Trugbildern zu reden bringt nur Unheil. Und jetzt ist es Zeit für Euren Würztrunk.« Sie stand auf und zog ein irdenes Töpfchen von einem Dreifuß im Kamin, wo trotz des Sommerwetters ein kleines Feuer brannte. Denn es war auch hier Sommer, Dickie konnte von seinem Bett aus die grünen Wipfel der Bäume vor dem Fenster im Sonnenlicht erkennen.

Die Frau goß etwas aus dem Topf in eine Silbertasse und gab Weißwein zu dem Brei. Nachdem sie das Ganze tüchtig umgerührt hatte, fütterte sie den erstaunten Jungen wie ein Baby. Es schmeckte süß und lecker. Dickie streckte sich behaglich in seinem Bett aus und schlief sofort wieder ein.

Als er das nächste Mal aufwachte, hatte er tausend Fragen: »Wie bin ich denn hierhergekommen? Bin ich rückwärts in die Zeit gerannt? Is dies 'n Krankenhaus? Und wer sind Sie denn?«

»Ach, jetzt beginnt Euer Geist sich wieder zu verwirren«, rief die Frau in der weißen Haube bekümmert. »Ihr seid daheim, im besten Bett, das im Hause Eures Herrn Vaters in Deptford steht. Ihr habt das Pestfieber gehabt, und nun geht es Euch besser – oder sollte es wenigstens –, doch wenn Ihr Eure alte treue Amme nicht erkennt . . .«

»Ich hab nie 'ne Amme gehabt«, unterbrach Dickie sie ungeduldig, »keine alte und keine junge. Sie verwechseln mich mit irgend 'nem andern Kind! Wo haben Sie mich denn aufgelesen? Hier bin ich noch nie gewesen!«

»Oh, phantasiert nicht wieder, junger Herr!« bat die Kinderfrau. »Liegt jetzt still und denkt nach! Die eigene Amme nicht mehr kennen! Nächstens werdet Ihr mir noch erzählen, Ihr hättet Euren Namen vergessen!«

»Nee«, erwiderte Dickie kichernd, »das hab ich nicht!«
»Seht Ihr wohl!« sagte die Amme zufrieden. »Wie heißt Ihr also?«
Aber auf die prompte Antwort »Dick Harding« riß sie ihre hellen Augen weit auf. »Bewahr mich Gott!« murmelte sie erschrocken. »Die Leute sagen zwar, das Pestilenzfieber trübe die Erinnerung, doch ich kann unmöglich glauben ... Wollt Ihr mir wirklich weismachen, daß das Fieber Euch den Sinn so verwirrt hat, daß Ihr Euren wahren Namen nicht mehr kennt? Richard ...« Sie nannte einen Nachnamen, den Dickie nicht richtig verstand, er schien ihm jedoch nicht im entferntesten wie Harding zu klingen.
»Das ist mein Vatername?« fragte er.
»Das ist er wahrlich«, bestätigte sie.
Dickie hatte das unbestimmte Gefühl, in einer Klemme zu stekken. Als er sich vorhin nach der Mahlzeit in dem Himmelbett zurechtgelegt hatte, war er darauf gefaßt gewesen, daß der sonderbare Traum im Schlaf enden und daß er wieder allein in dem leeren Haus in der Lavendelgasse aufwachen würde. Aber nun umgab ihn noch immer derselbe Raum, und er fing an, sich zu überlegen, ob er nicht vielleicht wirklich hierhergehörte und ob das andere Leben im Schmutz und in der Armut von London nicht nur ein schrecklicher Traum gewesen war, ein Traum, den das Fieber hervorgebracht hatte. Er lag still in dem großen Bett und dachte nach. Seine Augen wanderten durch das schöne Zimmer, über das klare, freundliche Gesicht der Amme, zu den sommergrünen Baumwipfeln vor dem Fenster.
Nach einer langen Weile sagte er leise: »Hallo ...«
»Aha!« murmelte die Kinderfrau zufrieden. »Wußt ich es doch, daß Ihr Euch fassen würdet! Was gibt es denn, mein Herz?«

»Wenn ich wirklich der mit dem Namen von vorhin bin, dann hab ich's vergessen. Du mußt mir alles über mich erzählen!«
Die Alte nickte, und dann erzählte sie von seinem Vater, der Sir Richard hieß. Im vergangenen Jahr erst hätte ihn der König zum Ritter geschlagen, und der Ort, an dem sich Dickie befand, sei das Landhaus seines Vaters inmitten der Felder und Obstgärten von Deptford. Dann erzählte sie weiter, wie er, Dickie, von der Pestilenz befallen wurde, sich jedoch nun dank der Pflege des guten Doktor Carey auf dem Wege der Besserung befand. »Und wenn Ihr wieder wohlauf und kräftig genug seid und wenn wir aus diesen Mauern den Hauch der Ansteckung vertrieben haben, dann sollt Ihr Euch zu Eurem Vetter und Eurer Kusine in ihr Stadthaus begeben und den Glanz Londons kennenlernen. Und da«, schloß sie mit einem Blick aus dem Fenster, »sehe ich den Doktor kommen. Seid tapfer, liebes Herz, falls er Euch wieder zur Ader läßt, wofür Ihr meiner Meinung nach noch viel zu schwach seid. Doch was verstehen diese gelehrten Herren schon von Kindern? Ihre Tränke und Tinkturen sind für starke Männer gebraut!«
Dickie setzte sich im Bett auf und stellte zu seiner Verblüffung fest, daß er sich springlebendig fühlte, und als der Arzt in einem eleganten schwarzen Anzug, mit langen schwarzen Strümpfen und einem schwarzen spitzen Hut an das Bett trat und den Puls fühlte, mußte auch er zugeben, daß Dickie erstaunlich wohl aussähe.
»Es war eine Pferdekur, mein Söhnchen«, verkündete er, »wahrhaftig eine Pferdekur, die wir hinter uns gebracht haben, Ihr und ich! Jetzt muß die Küche auf den Plan treten: kräftige Rindsbrühe und Haferbrei – und Wein dazu, weißer vom Rhein und roter aus

Frankreich! Nicht zu vergessen auch den Saft von Apfelsinen und Limonen oder frischen Äpfeln. Na – gefällt Euch das? Laßt Euch nur alles von Herzen schmecken, denn es ist lange her, daß Ihr mit Appetit gegessen habt!«
Er hielt Dickie den Griff seines Spazierstockes unter die Nase, und der Junge schnupperte. Überrascht sog er einen bittersüßen Duft ein. Der goldene Knauf war durchlöchert wie der Deckel eines Salzstreuers, und der geheimnisvolle Geruch – ein bißchen nach Gewürzladen und ein bißchen nach Apotheke – schien daraus hervorzuströmen.
»Was ist das denn?« fragte Dickie.
»Er hat alles vergessen«, mischte sich die Amme hastig in das Gespräch. »Es ist doch der Pomander des Herrn Doktor, die Räucherkapsel, die Gewürze und Kräuter gegen Ansteckung enthält!«
»Wenn ich den Knauf in der Hand erwärme, läßt er seine reinigenden Düfte verströmen«, vollendete der Arzt ihre Erklärung. Dann befahl er: »Und jetzt, da das Fieber besiegt ist, muß das Gemach ausgeräuchert werden. Nimm Bernstein und Salpeter und Wurmfarn, Essig und Quitten und Myrrhe«, wandte er sich an die Amme, »dazu Kampfer und die frischen Blüten der Kamille. Und Muskat! Vergiß nur den Muskat nicht – er wirkt vorzüglich gegen Ansteckung. Laß den Dampf dieses Suds wie Wolken durch die Kammer wallen. Streue frische Kräuter und Blüten aus, sorge für Sauberkeit und Ordnung und sprich ein Dankgebet, daß du zu unseres jungen Herrn Genesung rüstest und nicht zu seiner Leichenfeier.« Damit nickte der schwarzberockte Arzt seinem kleinen Patienten freundlich zu und stolzierte hinaus.
Verwirrt ließ sich der Junge in die Kissen zurückfallen. Plötzlich

fiel ihm Lady Talbot ein. Irgendwie erinnerte ihn dies alles hier an sie. Sie hätte ihn gern bei sich behalten. Vielleicht hatte der Junge, dessen Platz er jetzt eingenommen zu haben schien, eine Mutter, die auch so lieb war ...

Die Kinderfrau hatte geschäftig allerlei Zutaten in einen eisernen Topf mit drei Beinen getan und ihn in die heiße Glut des Kamins geschoben. Nachdem alles tüchtig durchgekocht war, ließ sie den Anordnungen des Arztes entsprechend das Gefäß, dem dicke Wolken eines süßen Brodems entströmten, von zwei Mädchen im Zimmer umhertragen.

»Amme!« rief Dickie leise. Die alte Frau kam sofort zu ihm, und der Junge fragte begierig: »Habe ich eine Mutter?«

Sie schloß ihn liebevoll in die Arme. »Freilich habt Ihr eine Mutter, aber eben liegt sie krank im anderen Hause Eures Vaters darnieder, denn Ihr habt jüngst einen kleinen Bruder bekommen, Richard.«

»Dann denke ich«, erwiderte Dick, »ich bleib wirklich hier. Und ich werde versuchen, ob mir nicht einfällt, wer ich bin – ich meine: wer ich deiner Meinung nach bin. Ich will nicht mehr von New Cross und von Mr. Beale träumen. Wenn dies hier auch ein Traum ist, dann ist er wenigstens schöner als der andere.«

Friedliche Tage und Nächte verstrichen. Dick und die alte Kinderfrau redeten miteinander und schwiegen miteinander, und ganz allmählich kam er dahinter, wer er jetzt sein sollte. Er hatte der Amme schließlich eingestanden, daß er sich an nichts aus seinem alten Leben mehr besinnen könnte, und danach hatte sie sich angewöhnt, jeden Tag eine Weile an seinem Bett zu sitzen und ihm tausend Kleinigkeiten aus dem Dasein des Jungen zu berichten, dessen Rolle er übernommen hatte und der auf jeden Fall

nicht Dick Harding hieß. Und stets, wenn sie ihm etwas Neues erzählte, stellte er mit Verwunderung fest, daß er sich daran erinnern konnte – nicht, wie man sich vielleicht an eine Geschichte erinnert, die man schon einmal gehört hat, sondern wie an ein Ereignis aus dem wirklichen Leben.
Im Laufe der Zeit wuchs die Gewißheit in ihm, daß er tatsächlich jener andere Richard war und daß er das elende Dasein bei seiner Tante in New Cross und die vergnüglichen Vagabundenabenteuer mit Mr. Beale nur geträumt hatte; er konnte nur nicht begreifen, wie ihm so schreckliche Sachen überhaupt hatten einfallen können.
Endlich kam der Tag, an dem die Kinderfrau ihm fremdartige, aber sonderbarerweise recht bequeme, kostbare Kleider anzog. Dann trug sie ihn zum Fenster und setzte ihn in einen mächtigen Eichenstuhl mit hoher Lehne. Von diesem Platz aus konnte er die grünen Felder sehen, die sich sanft zum Flußufer hin senkten, und die Masten der Schiffe, die stromauf und stromab glitten.
»Da hinunter möcht ich und mir die Schiffe genau ansehen«, sagte er sehnsüchtig, und die Amme entgegnete: »Wenn Ihr erst ganz genesen seid, könnt Ihr so wie früher zur Werft laufen. Dann werdet Ihr auch wieder Eure eigene Galeone haben wollen.«
»Was ist denn das?« unterbrach Dickie sie neugierig, und die Kinderfrau erklärte ihm mit ihrer nie ermüdenden Geduld. Galeonen seien große Kriegsschiffe mit drei Masten und drei bis vier Verdecken übereinander, die nach Amerika segelten, mit Soldaten und Geschützen darauf zum Kampf gegen die Seeräuber, die sie unterwegs etwa anfielen.
Dickie fühlte sich sehr glücklich. In seinem neuen Leben schien mehr Platz zu sein als in seinem früheren Dasein, und alle Men-

schen hatten mehr Zeit. Niemand hetzte sich ab, und im Umkreis einer halben Meile gab es kein zweites Haus, nur stille, grüne Felder und Weiden. Außerdem schien er eine Art Respektsperson zu sein. Die Bedienten sagten »Master Richard« zu ihm, und der Ton ihrer Stimmen verriet, daß sie ihn nicht nur als Sohn seines Vaters ehrerbietig behandelten, sondern weil sie von ihm erwarteten, daß er dereinst die Pflichten eines Edelmannes erfüllen würde: seinen Leuten Schutz und Gerechtigkeit zu gewähren und die Verantwortung für sie zu übernehmen, und der Gedanke machte sein Herz weit. Er, der kleine lahme Dickie aus Deptford, würde das Schicksal vieler Menschen in seiner Hand halten. Oh, ihm war nur zu gut bekannt, was arme Leute brauchten, denn er war ja selber arm gewesen – oder hatte er nur geträumt, daß er bettelarm gewesen war? Doch das machte in diesem Fall keinen Unterschied.

Allmählich verwandelte er sich jeden Tag, jede Stunde und Minute ein wenig mehr von dem kleinen verlassenen Jungen aus der Lavendelgasse in den Richard mit dem anderen Nachnamen, der ein gutes Leben führte.

Er liebte die gutmütige alte Kinderfrau, die ihn betreute und umsorgte, die freundlichen Dienerinnen und den alten Arzt mit seinen weitschweifigen Reden. Sein großes Bett gefiel ihm, sein schönes Zimmer, die Schiffe, der Fluß, der Garten, die Bäume – und er fand, daß sich selbst der Himmel hier reiner und strahlender über ihm wölbte als der Himmel der Lavendelgasse, unter dem Dickie Harding gelebt hatte.

Eines Tages kleidete ihn die Kinderfrau wie üblich an und forderte ihn auf, zum Fenster zu gehen, statt ihn wie sonst zu seinem Stuhl hinüberzutragen.

»Wo ...« stotterte Dickie, »wo ist meine ... wo hast du meine Krücke hingetan?«
Die alte Amme lachte auf. »Krücke?« fragte sie. »Nun wacht endlich aus Euren Träumen auf, törichtes Kind! Mit zwei so geraden, hübschen, kräftigen Beinen braucht Ihr keine Krücke! Steht nur getrost auf und kommt!«
Dickie sah zweifelnd auf seine Füße und schüttelte den Kopf.
»Kommt!« wiederholte die Amme aufmunternd.
Gehorsam rutschte er von dem hohen Bett hinunter. Schließlich kostete ein Versuch ja nichts, und die Kinderfrau schien zu glauben ... Er berührte mit beiden Füßen zugleich den Fußboden, fühlte seine Glätte und Festigkeit – mit dem kranken Fuß so gut wie mit dem gesunden. Er stieß sich ab und stand frei im Zimmer, bewegte den einen Fuß hin und her, den er immer hatte bewegen können, und dann den anderen, der steif gewesen war. Er tat zwei Schritte – drei – vier – dann machte er plötzlich kehrt, warf sich gegen die Bettkante und vergrub sein Gesicht in den Armen.
»Aber mein Lämmchen, du wirst doch nicht weinen!« rief die alte Frau bestürzt und kam eilig zu ihm.
»Ach Amme, liebe Amme«, schluchzte Dickie, »ich hab geträumt, ich wäre lahm! Und ich dachte, es wäre wahr! Aber es stimmt ja nicht! Es ist nicht wahr – es ist gar nicht wahr!«

Bald nach diesem Tage durfte er in den Garten. Die Wege lagen im grünen Schatten der Obstspaliere, und hinter dem Haus dehnte sich eine samtene Rasenfläche. Dieses neue Leben war voll nie gekannter Fröhlichkeit. Es wäre ja schon ein großes Glück gewesen, wenn er die schattigen Gänge nur hätte entlanghinken können. Aber nun sprang er sogar Treppen auf und ab, konnte zwei oder drei Stufen auf einmal nehmen, konnte durch die Alleen laufen und rennen wie die anderen Kinder, denen er immer sehnsuchtsvoll zugesehen hatte.

Eines Tages besuchte er die Schiffswerft. Dort arbeitete ein Mann, den die Amme Sebastian genannt hatte, in einem großen Lederschurz an einem dicken Balken. Er begrüßte Dickie wie einen guten alten Freund und breitete einen leeren Sack für ihn auf einem Holzstapel aus. Dann forderte er den Jungen auf, sich dort in die Sonne zu setzen und auszuruhen. »Wie schön, daß Ihr endlich wieder hier seid, Master Richard«, sagte er mit seiner tiefen Stimme. »Und jetzt seid Ihr wohlauf? Nichts mehr, was Euch plagt? Dann will ich Euch wieder im Schiffsbau unterweisen, wie ich es Euch versprochen habe!«

»Tut Ihr das wirklich?« fragte Dickie aufgeregt.

»Ja freilich«, erwiderte der Mann und lachte vergnügt. »Aber schaut Euch zuerst an, was ich für Euch gebastelt habe: ein echtes englisches Kriegsschiff!« Er legte seinen großen Bohrer nieder, verschwand in einer niedrigen Hütte und war im nächsten Augenblick wieder da. Vorsichtig trug er ein kleines Schiff in der Hand, ein getreues Abbild der hochgebauten Segler, die Dickie von seinem Fenster aus auf dem Strom beobachtet hatte. »Es ist ein Modell der ›Golden Venture‹«, erklärte er stolz, »auf der ich mit Master Raleigh in See gestochen bin und geholfen habe, die verfluchte Armada zu versenken und der spanischen Majestät den Bart anzusengen!«

»Die Armada!« stieß Dickie hervor. Er mußte plötzlich mit einem Schwindelgefühl kämpfen. »Doch nicht die spanische Armada?«

»Welche denn sonst?« fragte der Schiffsbauer erstaunt. »Die Geschichte habt Ihr doch schon ungezählte Male vernommen!«
»Aber ich möchte sie zu gerne noch einmal hören!« sagte Dickie geistesgegenwärtig, setzte sich zurecht und lauschte der Erzählung von der großen Gefahr, in der England gewesen war, und seinen Siegen.
»Wie lange ist das her, das alles?« erkundigte sich Dickie gespannt. Wenn ihn sein Gedächtnis nicht narrte, mußte sich das vor ewig langer Zeit zugetragen haben: vor drei- oder fünfhundert Jahren.
»Wie lange? Das werden wohl so zwanzig Jahre sein«, erwiderte der Schiffsbauer. »So – und nun nehmt endlich Eure Galeone, ich hab sie ganz allein für Euch geschnitzt!«
Es war eine wunderschöne Arbeit, ein genaues Modell der Schiffe aus der Zeit Königin Elisabeths I., hoch gebaut an Bug und Heck. Alles war vorhanden: Oberdeck und Unterdeck, Heck und Bug, Anker und Masten, Aufbauten und Kabinen, Bullaugen und Kanonen, Segel und sogar die geschnitzte Galionsfigur. Das Holz war rot, weiß und grün bemalt und an Bug und Heck mit vergoldeten Schnitzereien verziert.
»Das soll für mich sein?« fragte Dickie ungläubig. »Wirklich für mich? Und das habt Ihr selber geschnitzt?«
»Um der Wahrheit die Ehre zu geben: Ich hatte es schon vor vielen Monaten, an den langen Winterabenden, begonnen«, gestand der Schiffsbauer, »doch jetzt ist es Euer Eigentum. – Und nun paßt auf, ich werde Euch auch einen Lederschurz umbinden, und dann seid Ihr mein Lehrling und baut unter meiner Anweisung ein zweites Schiff, schlank und schön wie dieses hier, und später

könnt Ihr beide auf dem Teich in Eures Vaters Garten schwimmen lassen.«

Dickie ließ sich bereitwillig eine lederne Schürze umbinden und griff nach dem glatten Schaft eines Werkzeugs, das Sebastian ihm in die Hand drückte. »Eines versteh ich nicht«, sagte er, »Ihr könnt Euch an die Armada erinnern und sagt, die Seeschlacht sei vor zwanzig Jahren gewesen, aber ich hab immer gedacht, es wär Hunderte und Aberhunderte von Jahren her!«

Der Schiffsbauer schüttelte den Kopf: »Nicht einmal zwanzig Jahre – genau gesagt – es war Anno Domini 1588, und jetzt schreiben wir das Jahr 1605. Nach meiner Rechnung macht das siebzehn Jahre.«

»Aber ich lebe doch im zwanzigsten Jahrhundert«, sagte Dickie verwirrt. »Ich meine: in meinen Fieberträumen!«

»Im Fieber«, entgegnete Sebastian gleichmütig, »unternimmt man weite Reisen, das hat nichts zu bedeuten. – Nun seht her: So wird das Holz gehalten und das Messer so ...«

Dickie gewöhnte sich an, jeden Tag nach seinen Schulstunden zur Werft hinunterzulaufen. Er hatte jetzt wieder Unterricht, und zwar bei einem grämlichen Hofmeister, der ständig tiefschwarz gekleidet umherging und den Dickie aus tiefster Seele verabscheute. Der Lehrer schien seinen Schüler allerdings auch nicht besonders zu schätzen.
»Das Kind hat in seinem Fieber alles vergessen, was es jemals bei mir gelernt hat«, beklagte er sich bitter bei der alten Amme, die weise nickte und sagte, Master Richard werde schon wieder nachholen, was ihm entfallen sei.
Tatsächlich lernte Dickie erstaunlich rasch eine Menge Dinge, das heißt: Er brauchte weniger zu lernen, als sich vielmehr nur versunkenen Wissens zu erinnern.
Sein zweiter Lehrer gab ihm Unterricht in Fechten und Tanzen, Laufen, Springen und Ballspielen. Dickie mochte ihn gern und freute sich auf jede Stunde.
Viele Wochen verstrichen, und Dickies Eltern waren immer noch nicht heimgekommen. Er hatte etwas Griechisch gelernt und viel Latein, er konnte fechten, und er hatte eine hübsche Dose angefertigt mit dem Wappen auf dem Deckel, und der Deckel paßte sogar. Er konnte sich wie ein Höfling verneigen, wie ein Edelmann unterhalten und eine einfache Melodie auf der Violine spielen.
Eines Morgens zog die alte Kinderfrau Dickie ein Staatsgewand aus purpurrotem Samt an, mit einem Gürtel, an dem ein kleiner Degen hing, und einem flachen Barett. Sein Fechtmeister ruderte ihn in einem kleinen Boot über den Fluß zu einem prächtigen Schiff hinüber, auf dem viele kostbar gekleidete Damen und Herren saßen. Sie küßten ihn und riefen immer wieder erstaunt, wie

sehr er seit seinem Fieber gewachsen sei. Einer der eleganten Herren schien sein Onkel zu sein, und eine liebenswürdige Dame in Blau und Silber seine Tante. Und der nette Junge und das Mädchen, die sich gleich neben ihn setzten und sich vergnügt mit ihm unterhielten, waren sein Vetter und seine Base.

Becher mit Wein und Silberplatten mit Früchten und Gebäck wurden herumgereicht. Das Schiffsdeck war mit frischen Blumen bekränzt, und von einem zweiten großen Boot in der Nähe klang Musik herüber.

Hoch am Himmel strahlte die Sonne und überglänzte das klare Wasser des Flusses, und immer mehr Schiffe glitten heran, alle mit Blumengirlanden geschmückt.

Plötzlich erklang lautes Jubelgeschrei, der Fluß warf funkelnd die Blitze gezogener Degen zurück und die farbigen Schatten der Schals und Tücher, mit denen die Damen winkten. Eine große Barke kam langsam stromabwärts, ein ganzes Rudel kleinerer Fahrzeuge folgte ihr dicht.

»Seine Majestät der König und die Königin«, flüsterte Vetter Edred Dickie ins Ohr, als das Königsschiff vorübertrieb, hinter dem nun alle anderen Boote sich ordneten und in einer langen, prächtigen Prozession den Fluß hinabglitten.

Dickie fühlte sich glücklich. Die beiden Kinder neben ihm waren so nett und vergnügt, alle Erwachsenen so freundlich – es war ein Tag wie ein Traum. Sie fuhren an Erlen und Weiden vorüber. In schattigen Buchten wuchsen blasse Wasserlilien, gepflegte Gärten grenzten an das Ufer, und schließlich erreichten die Boote eine kleine Stadt.

»Hier legen wir an«, rief Dickies kleine Kusine Elfrida. »Der König wird bei Sir Thomas Bradbury übernachten, und wir schlafen

im Hause unseres Großvaters. Und morgen ist im Park von Sir Thomas Maskenfest – wir dürfen zusehen!«
Das Boot legte am Kai an, und Dickie fragte: »Und wo sind wir jetzt?«
»Gravesend, das müßtest du doch wissen«, antwortete Elfrida erstaunt.
»Gravesend?« wiederholte Dickie mit einer fremden Stimme.
»Kommt, Kinder, rasch!« rief die Tante, und der Junge dachte, was für ein Riesenunterschied zwischen ihr und der anderen Tante bestand, die ihn in Deptford so oft geprügelt hatte und schließlich auf Nimmerwiedersehen verschwunden war. Die jetzige Tante fuhr fort: »Ihr Knaben – erinnert euch daran, wie ich euch gelehrt habe, meine Schleppe zu tragen! Und mein kleines Mädchen weiß hoffentlich, wie es die Blumen aus dem goldenen Korb zu streuen hat, wenn der König und die Königin die Treppe heruntergeschritten kommen!«
Alles, was nun folgte, sah und erlebte Dickie wie eine Vision: Das Haus und den Garten des Großvaters, den stattlichen, aufrechten alten Mann selbst mit seinen weißen Haaren, den alle Mylord nannten und der offenbar der Vater seiner Tante war – das Festbankett bei Sir Thomas, seine Bildergalerie und der Park, der im Licht vieler kleiner Öllämpchen erstrahlte, die in Girlanden von Baum zu Baum gezogen waren, die Musik, die züngelnden Fakkeln, das Maskenfest, das eine Art Theateraufführung ohne Worte zu sein schien, bei dem jeder so phantastisch und kostbar wie möglich gekleidet war. Doch durch den herrlichen, bunten, verwirrenden Traum geisterten immer die gleichen Worte, sacht und leise, aber unüberhörbar: Gravesend – da ist die Herberge, in der Beale auf dich wartet. Du hast versprochen, daß du, sobald du

kannst, dorthin kommst ... Warum bist du nicht hingegangen? Gravesend – da ist die Herberge, in der Beale ...
Wie kann man noch an irgend etwas Gefallen finden, wenn sich solche Gedanken vor alles schieben, was man sieht, die alles übertönen, was man hört, und alles begleiten, was man empfindet? Das schlimmste war aber etwas anderes: Zum erstenmal seit dem Augenblick, in dem Dickie entdeckt hatte, daß er nicht lahm war, stieg die Gewißheit in ihm auf, daß sein altes Leben in New Cross kein Fieberbild gewesen war und daß Beale in Gravesend wirklich auf ihn wartete. »Dies hier ist der Traum«, murmelte er bedrückt, »und ich muß aufwachen! Ich muß!«
Es gelang ihm jedoch nicht. Die Bäume und die Wiesen, die Lichter, die freundlichen, vornehmen Herren und Damen in ihren prunkvollen Gewändern, der König und die Königin – alles das weigerte sich, zu verblassen und sich in Nichts aufzulösen, wie sich das für Traumgestalten gehören würde. Sie blieben weiter greifbar und lebendig, aber sie hatten plötzlich ihren Glanz und ihre Schönheit verloren.
Als Dickie schließlich erschöpft und verzweifelt zum Haus seines Vaters in Deptford zurückkam, war es nicht weiter verwunderlich, daß er in Tränen ausbrach, während die Kinderfrau ihn entkleidete.
»Was quält mein Lämmchen denn?« fragte sie.
»Ich kann's nicht erklären«, sagte Dickie, »du würdest es doch nicht verstehen!«
»Versuch es nur«, forderte sie ihn mit tiefem Ernst auf.
Dickie ließ seine Augen durch das Zimmer wandern und betrachtete die Wandteppiche und die schweren Möbel. »Ich kann's nicht«, wiederholte er.

»Versuch's ...« sagte sie noch einmal.
»Es ist – ach bitte, lach nicht, Amme! Ich habe einen Traum geträumt, der wie die Wirklichkeit ist. Und dort ist es so schrecklich, so ganz anders als hier. Aber ein Mann wartet da auf mich, der gut zu mir war, als ich ... als ich nicht ... Er war eben gut zu mir. Und er wartet in dem Traum auf mich, und ich muß zurück zu ihm. Aber es geht nicht!«
»Du bist hier besser aufgehoben als in jener schrecklichen Welt«, sagte die alte Frau und strich sanft über sein Haar.
»Ja – aber da ist eben Beale! Ich weiß doch, daß er auf mich wartet! Ich wünschte, ich könnte ihn hierherholen.«
»Das geht jetzt nicht«, erwiderte die Amme zu seinem Erstaunen. »Es ist schwer, Menschen, die wir lieben, von einem Traum in den anderen mitzunehmen.«
»Von einem Traum in den anderen?«
»Hast du nie gehört, daß unser Leben nur ein Traum ist?« fragte sie. »Doch du wirst nicht aufgehalten werden, wenn du gehen mußt. Der Himmel möge verhüten, daß einer deinesgleichen seinen Freund verriete! – Schaut, ich habe Euer Bett frisch bezogen. Legt Euch jetzt hin und denkt an ihn, der so gut zu Euch war.«
Dickie lag eine lange, lange Weile, ohne sich zu regen. Er war fest entschlossen, in seinem alten, harten, unbarmherzigen Leben aufzuwachen, in Armut, Verlassenheit und – lahm. Er hatte keine Wahl: Er mußte sein Wort einlösen. Aber er konnte den Gedanken kaum ertragen, daß er dies alles verlassen sollte, den schönen Garten, das Haus, die Spiele, das erst halbgebaute Boot, die sauberen, weichen Kleider und die freundlichen Menschen.
Aber es half nichts, er mußte fortgehen.
Die Kinderfrau hatte eine Schaufel voll Glut aus dem Kamin ge-

nommen und häufte sie auf einen Silberteller. Dann streute sie etwas auf die glimmenden Brocken.
»Liegt still und rührt Euch nicht«, befahl sie, »und wünscht Euch dorthin, wo Ihr wart, als Ihr jenen Traum verließt.«
Gehorsam folgte Dickie ihrer Anweisung. Eine Wolke undurchsichtigen süßen Dampfes stieg von dem kleinen Feuer in der Silberschale auf, und die Amme summte mit leiser Stimme:

»Menschen vergehen,
der Mensch vergeht nicht.
Zeiten verwehen,
die Zeit verweht nicht.«

Mehr konnte er nicht verstehen, aber er hörte, daß sie weitersang. Er hatte das Gefühl, tief in einen sanften See aus Schlaf zu sinken, in seiner Dünung zu schaukeln und von seinen Wellen plötzlich und rauh an einen harten Strand geworfen zu werden.
Er erwachte und schlug die Augen auf.
Er befand sich in dem kleinen kahlen Vorderzimmer in New Cross. Die Rassel und das weiße Siegel lagen zwischen den durcheinandergeworfenen Mondblumenkernen, und das fahle Morgenlicht fiel auf die Zeitungen und leeren Säcke im Winkel.
»Das war vielleicht 'n Traum«, sagte Dickie fröstelnd und noch ganz versponnen. »Ein toller Traum.«
Er steckte die Rassel und das Siegel in seine rechte Tasche, sammelte die Mondblumensamen sorgfältig zusammen und schüttete sie in die linke Tasche. Dann zog er sich die Zeitungen über den Kopf und schlief wieder ein, bis die Morgensonne ihn endgültig weckte. Komisch, dachte er, was man träumen kann – Wochen und Monate in einem kurzen Stück Nacht.
Ach – wenn es doch Wirklichkeit gewesen wäre!

Er sprang auf, denn mit einem Mal konnte er es nicht erwarten, nach Gravesend zu kommen. Aber der unternehmungslustige Satz endete in einem schmerzhaften Fall, und sein Kopf schlug heftig gegen das Fensterbrett.

»Ich hätt auch nie für möglich gehalten, daß ein Traum genügt, mich meinen Fuß vergessen zu lassen!« murmelte er.

Er kroch zu seiner Krücke hinüber, zu dem alten kurzgeschnittenen Besen, den Lady Talbot für ihn mit schwarzem Samt überzogen hatte, und verließ das Haus. Beim Anblick der schmutzigen Straße fiel ihm das Deptford seines Traumes wieder ein.

Er schüttelte sich ein bißchen, dann hinkte er eilig weiter.

›Klicketi-klack‹ machte seine Krücke auf dem staubigen Pflaster, und sein Rücken begann zu schmerzen. Der lahme Fuß brannte wie Feuer, und auch sein gesundes Bein war müde und steif. In seinem Traum würde ungefähr zu dieser Zeit eine Schüssel mit Haferbrei auf dem langen Eichentisch dampfen, und ein hoher geschnitzter Stuhl würde für einen kleinen Jungen zurechtgerückt werden, der nicht mehr da war. Dickie biß die Zähne zusammen und marschierte weiter, aber die Schmerzen überwältigten ihn fast.

Und da erblickte er über sich die drei goldenen Kugeln, das Wahrzeichen über der Ladentür seines alten Freundes Mr. Jones. Er blieb stehen und starrte empor, dann zuckte er die Schultern und trat ein.

»Hallo!« rief der Pfandleiher. »Da bist du ja wieder. Willst wohl deine Rassel versetzen, was?«

Dickie schüttelte den Kopf. »Nein«, sagte er. »Aber was würden Sie mir für das Siegel geben, das Sie mir geschenkt haben?«

Mr. Jones glotzte Dickie an und brach dann in Gelächter aus.

»Das ist ja allerhand!« stöhnte er. »Ich schenk dir was, und dann kommst du damit an und willst es verpfänden.«
»Ich würde es lieber behalten«, erklärte Dickie ernsthaft, »denn ich mag es sehr gern. Aber ich brauche Fahrgeld nach Gravesend. Dort ist nämlich mein Vater und wartet auf mich. Und ich möchte mich nicht gern von der Rassel trennen.« Er zog sie aus der Tasche und schüttelte die Glöckchen leise.
»Können Sie mir für das Siegel den Fahrpreis geben?«
Der Pfandleiher zögerte und schaute den Jungen durchdringend an. »Nein«, antwortete er, »nein. So viel ist es nicht wert. Das hat nichts damit zu tun, daß es ein gutes Siegel ist«, fügte er rasch hinzu, »sogar ein ausgezeichnetes.«
»Hören Sie«, sagte Dickie plötzlich, »ich weiß jetzt, was Ehre ist und was das Wort eines Edelmannes bedeutet. Sie wollen mich das Siegel nicht verpfänden lassen. Dann lassen Sie mich mein Wort verpfänden – mein Ehrenwort. Leihen Sie mir das Geld für die Fahrkarte nach Gravesend, und ich verspreche Ihnen, daß ich Ihnen Ihr Geld innerhalb eines Monats zurückzahlen werde.«
Dickies Stimme klang fest. Er redete nicht mehr wie ein Londoner Gassenkind, er drückte sich aus wie ein Junge, der sich der Verpflichtungen bewußt war, die ein gutes Elternhaus, zwei Lehrer und ein großer Garten, ein Platz beim Sommerfest des Königs, liebevolle Verwandte und die Erziehung zu einem aufrechten Edelmann mit sich bringen.
Der Pfandleiher musterte ihn lange und eindringlich. »Du bist ein sonderbarer kleiner Kerl«, sagte er schließlich, »aber du hast Schneid, und das gefällt mir. Am Ende läßt sich jeder mal zum Narren halten«, fügte er sozusagen als Entschuldigung für seine geschäftswidrige Milde hinzu.

»Heißt das, daß Sie mir helfen wollen?« fragte Dickie aufgeregt.
»Ich bin ein alter Narr«, seufzte der Mann mürrisch und nickte.
»Sie werden es nicht zu bereuen haben«, beteuerte Dickie, während der Pfandleiher ein paar Münzen auf die Ladentheke legte. »Ich verspreche Ihnen, daß ich es Ihnen irgendwann danken werde. Ich weiß noch nicht wann und wie, aber irgendwann tu ich es ganz bestimmt. Wir vergessen niemals ...« Er hielt inne, denn es wurde ihm jäh bewußt, daß er nur der kleine lahme Dick Harding war, der nicht das Recht besaß, im Namen eines Traumjungen etwas zu tun oder zu sagen.
Er schob die Münzen zusammen, und als er sie in die Tasche steckte, bekam er die Mondblumensamen in die Hand. »Ich kann Ihnen Ihre Güte jetzt nicht vergelten«, sagte er, »aber diese Samenkörner – die Mondblumenkerne«, er zog eine kleine Handvoll aus der Hosentasche, »haben Ihnen die Blumen gefallen?«
Er schob eine nicht zu knapp bemessene Anzahl Samen über das rotbraune polierte Holz.
»Danke schön, mein Söhnchen«, erwiderte der Pfandleiher, »ich werde sie bei guter Wärme ziehen.«
»Ich glaube, sie wachsen am besten bei Mondschein«, sagte Dickie.
Auf diese Weise kam er nach Gravesend und zu dem bescheidenen Gasthof, und als das Klicketi-klack seiner Krücke auf der Schwelle erklang, erhob sich ein erschöpfter, niedergeschlagener und tiefbesorgter Mann von seinem Platz vor dem Kamin. »Wenn das nich mein Hinkebeinchen ist!« rief er und lief, so schnell ihn seine müden Füße trugen, zur Tür und legte seine Arme um Dik-

kie. »Der kleine Bursche! Nee wirklich – wie er leibt und lebt! Ich hab schon Angst gehabt, sie hätten dich geschnappt, wenigstens fast! Aber ich weiß ja, wie fix du bist. Das war doch klar, daß du hier wieder aufkreuzt!«

»Ja«, sagte Dickie leise und warf einen Blick in die Küche der Landstreicher, und dabei kam ihm der lange, reinliche, gobelinverkleidete Eßsaal aus seinem Traum in den Sinn. »Ja, ich mußte doch kommen. Sie wollten doch, daß ich wiederkomme, nicht wahr?«

»Und ob ich das gewollt hab«, antwortete Mr. Beale. Er hielt den Jungen fest in den Armen und betrachtete ihn, wie man einen Schatz betrachtet, den man mit viel Zeit, Mühe und Geld erworben hat. »Darauf kannste dich verlassen, daß ich das gewollt habe! Und wie!« Damit zog er Dickie in die Küche und schloß die Tür.

»Dann bin ich froh, daß ich gekommen bin«, flüsterte Dickie. Aber in seinem Herzen fühlte er keine Freude – er sehnte sich nach dem Haus, in dem er der junge Herr gewesen war und mit gesunden Beinen hatte umherspringen können.

Zum Tee gab es Heringe, und später schlief Dickie fest in dem harten Bett, unter dessen Kopfpolster er wieder Stiefel und Kleider gestopft hatte. Er träumte nichts in dieser Nacht, aber als er am nächsten Morgen aufwachte, fragte er sich verwirrt: Ist dies ein Traum? Oder war das andere ein Traum?

Es schien eine törichte Frage zu sein, denn er konnte die klammen Bettlaken auf seinem Körper spüren, konnte die stickige Luft des engen Schlafraumes riechen und vernahm die Stimme von Mr. Beale: »Raus aus den Federn, mein Sohn! 's gibt Würstchen zum Frühstück!«

FÜNFTES KAPITEL

Die geschnitzte Dose

»Nee«, versicherte Mr. Beale aus vollem Herzen, »so'n Ding wird nich mehr gedreht. Bestimmt nich! Es is zu gemein, das kann man wohl sagen. Du hast ganz recht – zu gemein isses. Na, dann woll'n wir mal wieder durch die Gegend tippeln, was?«
Sie saßen in der Sonne an einem Feldrain, und Dickie hatte seine Abenteuer erzählt, angefangen von der Minute, als ihn der Rotschopf zum Speisekammerfenster von Schloß Talbot emporgestemmt hatte, bis zu dem Augenblick, da er zur offenen Tür der ›Herberge zur Heimat‹ hereinhinkte.
»Was du doch für'n prima kleiner Ganove bist«, murmelte Mr. Beale voll Bedauern, »wie gemacht für'n propren Einbruch: fix und gerissen genug, sich aus jeder Schlinge rauszumogeln ... Aber ich laß die Finger davon«, ergänzte er hastig, »Einbrüche kommen nicht mehr in die Tüte, nee, darauf kannste Gift nehmen, Jungchen! Ich weiß auch nich, wie das kommt, aber ich hab ewig Pech dabei, nischt wie Ärger, es is zum Auswachsen«, schloß er nachdenklich.
Dickie hatte sieben Strohhalme aufgelesen und begonnen, daraus einen Zopf zu flechten. Die alte Kinderfrau in seinem Traum hat-

te ihm das gezeigt, als er noch schwach vom Fieber im Bett liegen mußte.
»Das ist aber famos, was du da machst«, sagte Mr. Beale. »Wo hast'n das abgeguckt?«
»Das hab ich in einem Traum gelernt«, erwiderte Dickie zögernd. »Ich hab geträumt, ich hätte Fieber. Soll ich's Ihnen erzählen, ja? Es ist 'ne spannende Geschichte, mindestens so gut wie die von Prinz Eisenherz.«
Mr. Beale legte sich behaglich zurück, steckte seine Pfeife zwischen die Zähne und sagte: »Na, denn schieß mal los!«
Der Junge ließ sich nicht weiter bitten, und als er mit seiner Geschichte am Ende war, senkte sich die Sonne schon langsam zum Wolkensaum im Westen hinab. Eine Weile blieb es still. Dann sagte Mr. Beale voll Anerkennung: »Dunnerlittchen! Das is ja'n ganzer Roman. Auf was du nich alles kommst! Wann hast'n das ausgebrütet?«
»Ich habe es geträumt. Das hab ich Ihnen doch schon gesagt«, antwortete Dickie.
»Ja – die Leute anschmieren, das haste immer schon aus dem Effeff gekonnt«, brummte der Mann bewundernd.
»Ich werde niemanden mehr anschmieren, nie mehr!« rief Dickie leidenschaftlich. »Dort, wo ich war, hieß das: lügen und betrügen – ich meine, in meinem Traum war das so.«
»Man darf so'n kleinen Burschen wirklich nich aus den Augen lassen«, meinte Mr. Beale betrübt. »Es kommt nichts raus dabei! Erst war er mein bester Geschäftspartner, und jetzt schwatzt er was daher von ›lügen und betrügen‹ . . . Wie soll'n wir uns denn ehrlich unser Brot verdienen? Können Sie mir das vielleicht verklaren, junger Herr?«

»Ich weiß auch nicht«, sagte Dickie zögernd. »Aber ich denke, irgendwie werden wir's schon schaffen.«
»Das schaffen wir nie – bei den vielen Arbeitslosen, die überall rumlungern«, behauptete Mr. Beale düster. »Außerdem hast du fürs Fechten 'ne ganz unwahrscheinliche Begabung. 'n Talent nennt man das ja wohl. Und das willste einfach so wegschmeißen? Aber von allem mal ganz abgesehen, kannste es einfach auch gar nich. Wir müssen ja schließlich was zum Beißen haben!«
»In meinem Traum«, antwortete Dickie, »in meinem Traum, da gab's gar keine Arbeitslosen, glaub ich. Jeder hatte irgendwas zu tun, wissen Sie, ein Gewerbe oder so was. Ich wünschte, hier wär's genauso ...«
»Isses aber nicht«, unterbrach ihn Mr. Beale kurzangebunden. »Ich hab nie'n Handwerk gelernt und du ja wohl auch nich.«
Dickie ließ sich nicht beirren. »Unser Pech!« sagte er. »Aber ich kann eine ganze Menge aus meinem Traum – Spiele und so was –, und ich hatte gerade angefangen, ein Schiff, eine Galeone, zu bauen. Dort hatte nämlich alles andere Namen. Und dann hab ich auch eine Dose geschnitzt. Auf dem Deckel oben drauf war das Wappen meines Vaters.«
»Deines Vaters was?«
»Wappen. Es gibt verschiedene, wissen Sie – so wie Muster. Und die Edelleute dort ließen sie überall anbringen: auf ihrem Silber und ihren Kutschen und ihren Möbeln ...«
»Was bringense da an?« fragte Mr. Beale.
»Ihr Wappenschild. Alle adligen Leute haben eins.«
»Ich werd dir gleich die Kehrseite veradligen, wenn du nicht sofort die Klappe hältst«, polterte der Mann in plötzlich ausbrechendem Jähzorn los. »Ich will den Quatsch nich mehr hören!

Keinen Mucks mehr, verstanden? Diese verdammten Talbots haben dir ja schöne Motten in den Kopf gesetzt!«
»Die Talbots?« sagte Dickie kichernd. »Ach je, die Talbots sind erst vor höchstens zweihundert Jahren geadelt worden. Unsere Familie dagegen läßt sich bis zu König Alfreds Zeiten zurückverfolgen.«
»Nu mach 'n Punkt!« schrie Mr. Beale, noch wütender als zuvor. »Ich merk schon, was du im Sinn hast: Du willst mir die Partnerschaft kündigen, weiter nischt! Na bitte, dann geh doch! Lauf zurück zu deinen dämlichen Talbots, und spiel da das Zierpüppchen. Zieh samtene Kniehosen an, und laß dir jede Woche 'n frisches Taschentüchelchen geben. Na, lauf doch, Mensch – ich wein dir keine Träne nach!«
Dickie starrte zum Fluß hinüber.
»Ich kann doch nichts für das, was ich träume, oder?« fragte er leise. »Im Traum hab ich 'ne Menge Verwandtschaft gehabt: Onkel und Tanten und 'n kleinen Bruder. Den hab ich noch nicht mal gesehen. Und Vater und Mutter und ... ach ... hier ist alles ganz anders. Hier hab ich keine Seele – nur Sie, Vater!«
»Na, wenn es so is«, sagte Mr. Beale besänftigt, »warum bringste mich denn erst in Braß?«
»Das wollt ich doch gar nicht«, antwortete Dickie. »Ich hab nur gedacht, Sie hätten es gern, wenn ich Ihnen alles erzähle.«
Ein unbehagliches Schweigen breitete sich zwischen ihnen aus. Dickie konnte es nicht verhindern, daß ihn das fleckige Hemd, das ungewaschene Gesicht und der drei Tage alte Bart seines Freundes abstießen, und er mußte an seinen anderen Freund denken, an Sebastian, den Schiffsbauer. Als er merkte, wie Mr. Beale sein schmutziges Gesicht hob und ihn mit seinen hellblauen Au-

gen vorwurfsvoll musterte, sagte er entschuldigend: »Seien Sie doch nicht gleich so böse! Ob ich nun verrücktes Zeug träume oder nicht, Sie und ich, wir gehören zusammen. Aber wir drehen keine krummen Touren mehr, nicht wahr? Keine einzige! Ich weiß bestimmt, daß wir auch anders zurechtkommen können. Womit würden Sie denn am liebsten Geld verdienen, wenn Sie sich's aussuchen könnten? Überlegen Sie doch einmal!«

»Ich hab nie 'n Handwerk gelernt«, wiederholte der Mann widerwillig. »Nur mit Pferden kann ich umgehen. Als Junge hab ich mal 'nem Fuhrmann geholfen. Das war in Ordnung. Pferde mag ich. Oder Hunde«, setzte er lebhafter hinzu. »Bloß was nutzt das schon? – Mit meinen Händen bin ich nicht sehr geschickt. Wenigstens nich, was das Arbeiten anbelangt.«

Dickie verscheuchte die abenteuerliche Vorstellung, er könne in seinen Traum zurückkehren, dort irgendein nützliches Handwerk lernen, aufwachen und es dann seinem Freund beibringen.

Daraufhin dachte Dickie eine Weile angestrengt darüber nach, ob vielleicht in Träumen erlernte Handfertigkeiten für das wirkliche Leben haften blieben. Das Griechisch und Latein aus der anderen Zeit summte ihm nämlich noch immer im Kopf herum.

»Regen Sie sich nicht gleich wieder auf, wenn ich noch einmal davon anfange«, sagte er, »aber Sie können sich nicht vorstellen, was für ein Traum das war. Ich hab Sie wirklich nicht zum besten gehalten. In meinem Traum konnte ich Holz schnitzen und Dosen und so etwas machen. Wenn ich ein Stück feinporiges, hartes Holz hätte, würd ich zu gern mal versuchen, ob ich's noch kann. Mit dem Messer, das der Gärtner mir geschenkt hat, geht es bestimmt. Das ist prima scharf.«

»Was für'n Holz müßte es denn sein?« fragte Mr. Beale.

»Die Dose, die ich meine, war aus Mahagoni«, antwortete Dickie.
»Übergeschnappt!« murmelte Mr. Beale. »Total meschugge! Aber ich hab ja selber schuld. Was nehm ich den kleinen Kerl auch mit nach Schloß Talbot. Das war Männerarbeit!« Er reckte und streckte sich und stand auf. »Ich beschaff dir dein Stück Mahagoni schon von irgendwoher«, versprach er. »Und ich hab's auch nich so gemeint, Kumpel. Bleib du man bei deinen Träumen. Stört mich gar nich. Hör's sogar ganz gerne. – Und jetzt woll'n wir uns noch 'n fetten Räucherhering zu Gemüte führen, und dann nichts wie in die Federn!«
Am nächsten Tag brachte Mr. Beale ein einzelnes Sofabein an, ein dickes, rundes, gedrechseltes Stück altes, glattes Mahagoniholz. »Is dies richtig?« fragte er.
Dickie griff voller Eifer danach. »Ich bin schrecklich gespannt, ob ich's noch kann«, sagte er aufgeregt. »Aber ich hab das Gefühl, als ob es ginge. Ach bitte, Vater, könnten wir nicht in den Wald gehen? Irgendwohin, wo es still ist und einen niemand sieht und immerfort fragt: ›Was machst'n da?‹ und einen auslacht?«
Mr. Beale nickte, und sie entdeckten bald einen friedlichen Platz ganz nach Dickies Wunsch, ein warmes, sonniges Nest mitten im Wald. Der Mann räkelte sich den lieben langen Herbsttag faul im Sonnenschein, während der Junge mit blassem, entschlossenem Gesicht an seinem Sofabein herumschnitt und schabte und bohrte und schnitzte. Denn sofort, als sein Messer das Holz berührte, wußte Dickie, daß er nichts vergessen hatte und daß er alles, was er unter den kritischen Augen von Sebastian auf der Werft in Deptford gelernt hatte, hier in den Wäldern bei Gravesend allein weiterführen konnte.

Nach dem Mittagessen – es gab Brot und Wurst und Bier aus einer flachen Flasche – wurde Mr. Beale neugierig. »Dunnerlittchen«, sagte er überrascht, »das sieht ja richtig nach was aus. 'ne Dose, wie?«
»Ja«, bestätigte Dickie, während er eine rauhe Kante glättete, »mit einem Deckel. Obendrauf will ich unser Wappen schnitzen.«
Er arbeitete wie besessen und hörte nicht auf, bis es so dunkel geworden war, daß er kaum noch etwas erkennen konnte. Doch bevor das Tageslicht ganz erlosch, hatte er die Dose fertig – mit einem Deckel, der richtig schloß und als Verzierung ein sorgsam gefertigtes Wappen trug.
»Fabelhaft!« rief Mr. Beale und riß ein Streichholz an, um besser sehen zu können. »Das nenn ich ein sauberes Stück Arbeit. Da wird's manchen geben, der dafür 'n halbes Pfund locker macht, schätze ich. Kann er seinen Knaster reintun oder so was. Das is ein Geschäft, mein Sohn! Warum haste damit nich schon früher angefangen? – Verflixt! Jetzt hab ich mir die Finger verbrannt!«
Das Zündholz erlosch, und die beiden wanderten einträchtig zurück in die Herberge.

Nach dem Abendessen stand Mr. Beale auf und stellte sich vor den Kamin. »Ich werd jetzt was veranstalten, und zwar eine Auktion«, verkündete er der bunt zusammengewürfelten Gesellschaft unter dem trüben Hängelampenlicht. »Hier hab ich was sehr Schönes – 'ne Tabaksdose oder 'ne Dose für Kopfschmerztabletten oder für Ihre Goldmünzen oder Diamanten, meine Herren! Wer bietet?«

»Zeig mal her«, forderte ihn eine schwarzhaarige Frau auf.
»Ja – ja, gewiß«, antwortete Mr. Beale bereitwillig. »Aber keiner kriegt's in die Hand! Ich geh selber mit rum!« Er trug die Dose von einem zum anderen, pries die Schnitzerei und wies stolz auf den gutschließenden Deckel hin.
»Wo hast'n das Ding her?« erkundigte sich ein Mann mit einem roten Taschentuch um den Hals.
»Mein Kumpel hat's gemacht«, antwortete Mr. Beale.
»Geklaut!« warf jemand ein.
»Ich hab zugesehn, wie er's geschnitzt hat«, antwortete Dickies ›Vater‹ mit gerunzelter Stirn.
»Laß mich mal 'n Blick drauf werfen«, bat ein schäbiger grauhaariger Landstreicher, der allein in einer Ecke saß. Aus irgendeinem Grunde gestattete Mr. Beale ihm, die Dose in die Hand zu nehmen. Aber er blieb dicht vor dem Mann stehen und ließ ihn nicht aus den Augen.
»Wahrhaftig, aus einem Stück«, sagte der Alte anerkennend. »Ich weiß nicht, wer das gemacht hat, und es geht mich auch nichts an, aber der versteht sein Handwerk. Ich war früher mal Kunsttischler. Das glaubst du vielleicht nicht, wenn du mich jetzt so siehst, aber es stimmt. Und ich sag dir: Von uns allen hier kann dir keiner so viel zahlen, wie das kleine Ding wert ist! Reib's mit 'nem Tropfen Leinöl ein, und dann laß es die Nacht über stehen. Und morgen polierst du's an deiner Hose, daß es ordentlich blank wird. Dann muß es in den Dreck, damit sich der Staub in die Ritzen setzt, dann fettest du's noch mal ein und tust es wieder in den Dreck, und dann zahlt dir jeder 'n halbes Goldstück für deine hübsche, echt antike Dose. So wird's unter Brüdern gehandhabt, und so solltest du's auch machen.«

»Schönen Dank«, sagte Mr. Beale, »und ob ich's so mache!«
Er ließ die kleine Büchse in seine Tasche gleiten, und als Dickie sie das nächste Mal vor die Augen bekam, sah sie so echt und ehrwürdig aus, daß er sie kaum wiedererkannte.
»Jetzt brauchen wir bloß noch einen Laden zu finden, wo sie so'n alten Kram verkaufen«, überlegte Mr. Beale, während sie auf der Landstraße nach London wanderten. Der Junge schleppte sich blaß und bedrückt neben seinem Begleiter her.
Die ganze Welt schien riesengroß und grausam feindselig zu sein. Die Straße dehnte sich endlos vor seinen müden Füßen ... Es war ihm nie mehr gelungen, seinen Traum zu träumen. Vielleicht hatte er ihn für immer verloren?
Er stolperte und wäre der Länge nach hingeschlagen, wenn sein ›Vater‹ ihn nicht im letzten Augenblick am Arm erwischt hätte. Als er ihn zu sich herumdrehte, sah er, daß dem Jungen Tränen in den Augen standen. »Haste dir weh getan?« fragte er erschrokken. Er hatte seinen Partner noch nie weinen sehen.
»Nein«, stammelte Dickie und verbarg sein Gesicht an Mr. Beales Jackenärmel, »es ist nur ...«
»Na was denn?« fragte der Mann in ungewohnter und fast vergessener Zärtlichkeit. »Komm, sag's deinem alten Vater.«
»In meinem Traum«, flüsterte Dickie, »da war ich nicht lahm.«
»Nu stell dir so was vor!« staunte Mr. Beale. »Das sollteste jede Nacht träumen, Kerlchen, dann ist es vielleicht am Tag nich so schlimm.«
»Ach, das stimmt nicht«, sagte Dickie und schnüffelte heftig, »es ist viel schlimmer.«
Der Mann machte wortlos in dem hochbeladenen Kinderwagen Platz, hob den müden Jungen hinauf und marschierte weiter. Dik-

kies Schluchzer verstummten allmählich, und nach einem langen Schweigen murmelte er: »Es tut mir leid, daß ich mich so albern aufgeführt hab. Sie haben mich noch nie heulen sehen, und ich werd's auch nie wieder tun.«

»Is schon in Ordnung, mein Kerlchen«, sagte Mr. Beale unbehaglich.

»Sind wir gut bei Kasse?« erkundigte sich der Junge ein wenig später.

»Es geht so«, antwortete Mr. Beale vorsichtig.

»Ich möchte nämlich die kleine Dose jemand geben, von dem ich mir das Geld für die Fahrkarte nach Gravesend geborgt habe.«

»Kannst du's nich'n andermal einrichten, wenn wir 'n bißchen flüssiger sind?«

»Ich möcht's gerne jetzt in Ordnung bringen«, beharrte Dickie. »Ich kann ja noch eine Dose schnitzen. Es ist doch noch ein Stück von dem Sofabein übrig, nicht?«

Sie stöberten in ihren Habseligkeiten, fanden schließlich das Holz, und Dickie arbeitete. Er nutzte die vielen leeren Augenblicke des Tages – die Zeit vor den Mahlzeiten und vorm Schlafengehen oder morgens vor dem Aufbruch.

Zuweilen bettelte Mr. Beale aus alter Gewohnheit Leute an, die ihnen begegneten, aber er merkte bald, daß der Junge nicht mehr bereit war mitzuspielen. Meistens machte er den Mund überhaupt nicht auf, und wenn er, angeredet, eine Antwort nicht vermeiden konnte, sagte er höchstens: »Vater ist sehr gut zu mir. Ich wüßte nicht, wie ich ohne ihn leben sollte.«

Endlich erreichten sie wieder New Cross, und Mr. Beale verschwand auf ein kühles Glas Bier im Bahnhofshotel, während Dickie zu seinem Freund, dem Pfandleiher, humpelte.
»Na, da wären wir ja wieder!« begrüßte ihn Mr. Jones. »Willst wohl deine Rassel versetzen, wie?«
Dickie lachte. Das Versetzen der Glöckchen schien zu einem alten und vertrauten Spiel zwischen ihnen zu werden. »Sehn Sie mal«, sagte er, »da war doch das Geld, das Sie mir geliehen haben, damit ich nach Gravesend fahren konnte«, er hielt inne und fügte mit anderer Stimme hinzu: »Das war sehr freundlich von Ihnen, mein Herr ...«
»Ich denke nicht daran, dir noch einen einzigen Penny zu geben, wenn du darauf hinauswillst«, unterbrach ihn der Pfandleiher entschlossen, denn er hatte sich in der Zwischenzeit wegen seiner sträflichen Großmut schon die bittersten Vorwürfe gemacht.
»Ich will nicht im geringsten auf so etwas hinaus«, antwortete Dikkie würdevoll. »Im Gegenteil, ich möchte Ihnen das Geld zurückerstatten.«
»Hast du so viel beisammen?« fragte Mr. Jones und lachte gutmütig.
»Nein«, erwiderte Dickie, »aber ich hab das hier.« Er schob die Dose über den Ladentisch und blickte seinen Freund erwartungsvoll an.
»Wo hast du die denn her?«
»Ich habe sie selber gemacht.«
Der Pfandleiher lachte wieder. »Schön, schön. Ich werde dich nichts fragen, dann brauchst du mich nicht zu belügen, nicht wahr?«
»Selbstverständlich belüg ich Sie nicht«, entgegnete Dickie mit

der ruhigen Gelassenheit des Traumjungen, der kein Krüppel war und einen großen Besitz und einen edlen Namen erben würde.
»Können Sie die Dose statt des Geldes annehmen?«
Mr. Jones drehte das Büchschen hin und her, während in seinem Inneren Gutherzigkeit und Anstand einen heftigen Kampf mit den Sitten des Geschäftslebens ausfochten. Dickie musterte die Porzellanvasen, die Ziehharmonikas und die in Fächerform zusammengebundenen Teelöffel im Schaufenster und wartete geduldig auf Antwort.
»Dies ist mehr wert, als ich dir geliehen habe«, sagte Mr. Jones schließlich mit großer Überwindung. »Jeder würde das nicht so bereitwillig zugeben, das kannst du mir glauben!«
»Ja, sicher«, antwortete Dickie. »Würden Sie die Dose bitte als Bezahlung meiner Schulden annehmen? Und wenn sie wirklich mehr wert sein sollte, so betrachten Sie das als ein Zeichen der Erkenntlichkeit von jemandem, der immer Ihr dankbarer Schuldner bleiben wird.«
»Du könntest dir bei Gericht einen Namen machen«, bemerkte der Pfandleiher. »Wie du deine Worte setzt – das schlägt alles! Hochvornehm, wirklich. Und deine Dose nehme ich als vollen Gegenwert für deine Schulden. Dafür könntest du mir aber auch sagen, wo du sie her hast.«
»Ich habe sie selber gearbeitet«, wiederholte Dickie mit schmalen Lippen.
»Wahrhaftig? Dann will ich dir was vorschlagen: Ich zahl dir vier Silberstücke für jede Dose, die du mir bringst. Vielleicht könntest du verschiedene Wappen schnitzen, ja?«
»Ich hab nur dieses eine gelernt«, erwiderte der Junge.
In diesem Augenblick kam eine Kundin herein, eine Frau, die

zwei Bettlaken und ihren Sonntagsstaat versetzen wollte, weil ihr Mann arbeitslos war und die Kinder Hunger hatten.
»Also ab mit dir«, sagte Mr. Jones eilig, »heute hab ich nichts mehr für dich!«
Dickie wurde blutrot und humpelte aus dem Laden.

Drei Tage später klapperte seine Krücke wieder vor der Tür des Pfandleihers. Der Flügel wurde aufgestoßen, und Dickie legte zwei kleine Büchsen auf den Ladentisch.
»Hier haben Sie, was Sie wollten«, sagte er.
Mr. Jones prüfte die Dosen und stieß begeisterte Rufe aus, stellte Fragen und überlegte und schüttelte verwundert den Kopf, und schließlich verließ ihn der Junge mit acht silbernen Shillingstükken in der Hosentasche. Das waren die ersten großen Münzen in seinem Leben, und sie kamen ihm völlig anders vor als alles Geld, das je durch seine Finger gegangen war.
Sein ›Vater‹ erwartete ihn vor dem Bahnhof von New Cross. Als er den Jungen kommen sah, steckte er seine kalte Pfeife in die Tasche und schlenderte ihm entgegen. Dickie zog ihn in eine stille Seitenstraße und zeigte ihm das Silber.
»Für zwei Tage Arbeit!« erklärte er stolz. »Zu tippeln brauchen wir nun höchstens noch zu unserem Vergnügen. Ich hab jetzt ein richtiges Gewerbe. Wieviel macht das in der Woche, wenn man am Tag vier Silberstücke einstreicht? Vierundzwanzig Shilling nach meiner Rechnung!«
»Dunnerlittchen«, stieß Mr. Beale hervor. Vor Staunen blieb ihm der Mund offenstehen.
»Sie müssen mir noch 'n paar alte Sofabeine und einen Wetzstein

und ein Leder besorgen, damit ich mein Messer schärfen kann, und dann haben wir alles, was wir brauchen. Vierundzwanzig Shilling pro Woche sind für uns Tippler gar nicht so übel, nicht wahr, Vater? Ich hab mir alles schon genau überlegt, wie wir's uns einteilen. Solange das Wetter hält, bleiben wir unterwegs, und ich hab den Wald als Werkstatt. Und wenn die Nächte kalt werden, mieten wir uns ein Zimmer und leben den Winter über wie die Fürsten, ja?« Dickie starrte seinen Kameraden mit vor Aufregung glänzenden Augen an.

»Bei meiner Seele«, sagte Mr. Beale in höchster Verwunderung, »ich glaube gar, du magst die Arbeit gern!«

»Viel lieber als Fechtengehen«, erwiderte Dickie.

Sie richteten alles ein, wie er wollte, und zwei Tage lang war Mr. Beale zufrieden, nichts anderes tun zu müssen als zu essen, vor sich hin zu druseln oder in den Himmel zu starren, Dickies flinken Fingern bei der Arbeit zuzusehen und wieder zu essen und zu dösen. Aber am dritten Tag verkündete er, daß er langsam Ameisen in die Beine bekäme.

»Ich muß mal'n bißchen andre Luft schnappen«, murrte er. »Bis Sonnenuntergang bin ich wieder da. Vergiß nich, daß du mittagessen mußt, wenn die Sonne die Spitze von dem großen Baum da drüben erreicht hat. Mach's gut, Kumpel!«

Er bummelte in seinem alten verlotterten Anzug in den Sonnenschein hinaus, und Dickie blieb mit seiner Arbeit allein auf der grüngoldenen Lichtung zurück. Tiefes Schweigen umfing ihn. Er rührte sich kaum, und die Späne, die beim Schnitzen aufs Moos fielen, verursachten weniger Geräusch als die dürren Ästchen oder die Bucheckern, die manchmal bei einem Windstoß aus einem der Wipfel herunterfielen.

Es war ein langer, herrlicher Tag, der erste, den Dickie jemals ganz allein verbrachte. Er arbeitete mit noch größerem Eifer als sonst, und als das Licht schwand, lehnte er sich aufatmend gegen eine Baumwurzel, um den müden Rücken zu entspannen und sich an dem Gedanken zu erwärmen, daß er an einem einzigen Tag zwei Dosen fertiggestellt hatte. Das bedeutete acht Shillinge, acht glänzende Shillinge.
Die Sonne war schon lange untergegangen, als Mr. Beale wieder auftauchte. Er sah unnatürlich dick aus, und als er sich schnaufend auf dem Moos niederließ, zappelte und winselte irgend etwas unter seiner Jacke.
»Was haben Sie denn da?« fragte Dickie und richtete sich auf. Er war im Handumdrehen wieder hellwach. »Ist das etwa ein Hund? O Vater, Sie können sich nicht vorstellen, wie sehr ich mir immer einen Hund gewünscht habe!«
»Na siehste, und nun hast du einen! Und gleich in dreifacher Ausführung.« Mr. Beale strahlte. Er knöpfte sich die Jacke auf und holte zwei Handvoll seidige, in der Luft herumfahrende Pfoten und Näschen und Schwänze und Ohren heraus: drei winzige weiße runde Hundebabys. Er hielt sie einen Augenblick hoch, ehe er sie ins Gras setzte.
»Was für drollige kleine Kerle!« seufzte Dickie glücklich. »Wo haben Sie die denn her?«
»Sie wurden mir zu treuen Händen übergeben«, sagte Mr. Beale und zerrte an einem Knoten in seinem Schnupftuch, »von einer Dame vom Lande, jawohl!« Er starrte in das tiefe Blau des dämmernden Himmels hinauf.
»Denken Sie sich eine andere Geschichte aus«, sagte Dickie ruhig.

»Ha! 's hat wirklich keinen Zweck, das kleine Hinkebein anzuschwindeln. Der is helle für zwei!« rief der Mann in einer Mischung von Stolz und Verwirrung. »Also gut, damit du klarsiehst, Jungchen: Ich hab sie gekauft. Für fünf Shilling. Und ich werde sie für dreimal soviel weiterverkaufen, darauf kannste Gift nehmen!«
»Womit haben Sie sie gekauft?« Die Frage kam blitzschnell.
»Mit – mit Geld, Kamerad, mit Geld natürlich.«

»Aber wo hatten Sie das her?« Und nach einer Pause, als keine Antwort kam: »Sie haben's doch nicht etwa geklaut?«
»Nee, bei meiner Seligkeit, das nich«, antwortete Mr. Beale bestürzt, »damit kommt man nur ins Schlamassel. Ich hab mein Fett weg, ein für allemal!«
»Dann haben Sie also gebettelt«, stellte Dickie fest.
»Ja«, gab der Mann zu. »Was ist denn dabei?«
»Sie haben alles wieder verdorben!« rief Dickie wütend und schmetterte die beiden Dosen zu Boden. Dann saß er mit gerunzelter Stirn und niedergeschlagenen Augen da und rührte sich nicht.
Mr. Beale suchte auf allen vieren die Dosen wieder zusammen. »Zwei!« murmelte er ehrfürchtig. »So einen wie dich gibt's auch kein zweites Mal.«
»Ach, was haben wir denn davon«, sagte der Junge verzweifelt. »Sie machen alles kaputt, und lügen tun Sie auch noch. Alles ist umsonst! Ich wünschte, ich wäre nie aus dem Traum zurückgekommen, nie, nie, nie!«
»Jetzt sei vernünftig«, unterbrach ihn der Mann mit fester Stimme. »Fang nicht so an, das kann ich nu mal nich vertragen! Bin ich der Chef oder wer? Meinste denn, das geht so weiter, daß du mich herumschubst und alles bestimmst? So'n kleiner Kerl wie du, den ich mit einem Finger umlegen könnte, so leicht wie eins von den Viechern da!« Er stieß mit dem Fuß in das Durcheinander von Pfoten und Nasen vor sich. Die Hunde jaulten auf, winselten und schlugen ihre scharfen kleinen Zähne in seine zerrissenen Stiefel.
»Tun Sie's doch!« rief Dickie trotzig.
»Na, na, Jungchen!« Mr. Beales Ton schlug plötzlich zu liebevol-

lem Vorwurf um. »Das ist doch nich ernst gemeint. Du weißt recht gut, daß ich dir kein Haar auf dem Kopf krümmen könnte!«
»Die Hunde sind ja wirklich lieb«, sagte Dickie einrenkend. Sein Ausbruch tat ihm leid. Er wußte ja, daß Mr. Beale es nur gut mit ihm meinte. »Wir wollen sie doch nicht alle drei wieder verkaufen, oder? Ich würd gern einen behalten. Ich könnte ihn Treu nennen. Einer von den Hunden aus meinem Traum hieß so. Sie sind mir doch wieder gut, Vater, ja?«
»Aber klar«, sagte Mr. Beale versöhnt.

Auch am nächsten Tag blieb Dickie allein im Wald zurück, aber alles war ganz anders, weil ein winziger Hund sich neben ihm räkelte und jappte und spielte und während der Arbeit um ihn herum kobolzte. Eine alte Frau, die sie am Morgen auf der Landstraße überholt hatten, hatte ihnen zum Dank dafür, daß sie ihren Marktkorb ein Stückchen des Weges auf den Kinderwagen stellen durfte, eine blaue Schleife als Halsband für das kleine weiße Fellknäuel geschenkt.
An diesem Nachmittag bekam Dickie nur eine Dose und ein wenig vom Unterteil der zweiten fertig. Während er über seine Schnitzerei gebeugt saß, schritt in London ein ehrbar aussehender Mann die Regent Street auf und ab. Er trug unter jedem Arm einen weißlockigen kleinen Hund. In kurzer Zeit hatte er beide Tiere verkauft.
»Zuerst kam 'ne Dame in 'ner Kutsche«, erzählte er später Dikkie, »und ich hab zwei Goldstücke als Preis verlangt, jawoll. Da kenn ich ja nix. Sie hat sich auch gar nich um den Preis geküm-

mert. Sie rief bloß, was das für ein süßes kleines Schnuckiputzi wär und daß sie's haben wollte. Unbedingt! Ein Narr nimmt rasch Abschied von seinem Geld, sag ich immer! – Den andern hab ich billig abgegeben, für vierzehn Shilling. Ein schwarzer Geistlicher hat ihn genommen, schwarz wie ein Rabe, der kam sicher irgendwoher aus Afrika. Jetzt sind wir also reich wie die Fürsten, und ich werd mir heute noch 'nen neuen Frack anmessen lassen! Was soll denn das Zimmer kosten, von dem du neulich gesprochen hast?«

So fing ihr neues Leben an. Dickie schrieb mit einem Stück Kreide ihre Einnahmen und Ausgaben säuberlich auf eine Steinplatte neben der Pferdetränke des Gasthofs ›Zum Karo‹ auf, wo Mr. Beale sich mit einem Glas Bier stärkte.

Bevor er seine Kreidezeichen wieder wegwischte, vergewisserte er sich, daß der Unterschied zwischen 29 und 70 Shillingen ungefähr 40 Shilling, also 2 Pfund betrug, und das war mehr, als er in seinem ganzen Leben und sein ›Vater‹ wohl seit vielen Jahren besessen hatten.

Schließlich kam Mr. Beale aus der Gaststube, wischte sich den Bierschaum vom Mund, und sie wanderten ohne große Eile zusammen weiter. Eine Wohnung – oder besser: ein Zimmer, das war jetzt die wichtigste Entscheidung, die sie treffen mußten.

»Wo möchtest du denn gerne unterschlupfen?« erkundigte sich Mr. Beale. »Am liebsten auf dem Lande, was?«

»Ja«, antwortete Dickie.

»Aber im Winter?«

»Also gut, meinetwegen auch in der Stadt«, murmelte Dickie, der gerade dabei war, sich die Form einer neuen Dose auszudenken, die anders als die bisherigen aussehen sollte.

»Ich könnte ein wachsames Auge auf alle Hunde haben, die Junge bekommen«, überlegte Mr. Beale laut. »Hier in der Gegend gibt's 'ne ganze Masse – und dazu du mit deinen Dosen. Wir könnten bis zu drei Shilling die Woche für ein Zimmer berappen ...«

»Ich möchte gerne ein Haus mit einem Garten«, sagte Dickie, aus seinen Gedanken auftauchend.

»Hau doch ab zu deinen Talbots!« rief Mr. Beale verärgert.

»Hören Sie doch erst mal zu«, bat Dickie. »Wenn wir ein Häuschen finden – nur ein ganz, ganz kleines –, dann könnten wir die andere Hälfte vermieten! Das wär doch ganz vernünftig, nicht?«

»Aber was sollen wir denn in die Stuben stellen, he?«

»Gibt's nicht irgend so 'ne Sache, daß man Möbel bekommt, ohne sie gleich bezahlen zu müssen?« meinte Dickie.

»Ja, aber das ist bloß was für Leute mit einem geregelten Einkommen von mindestens drei Pfund in der Woche! Uns würden die gar nicht erst angucken!«

»Wir werden schon auf drei Pfund die Woche kommen, eher als Sie meinen«, prophezeite Dickie. »Und wenn Sie nach London ziehen wollen, dann möcht ich am liebsten in unser altes Haus. Da hab ich doch die Mondblumen im Garten. Wir könnten doch wenigstens mal in der Lavendelgasse vorbeibummeln, und ich zeig Ihnen, wo wir früher gewohnt haben, ja?«

Nachdem Mr. Beale das kümmerliche kleine Haus betrachtet hatte, mußte er einräumen, daß es ihnen wohl anstehen würde. »Aber wir müssen irgendein Möblemang haben, sonst vermietet uns kein Ratz ein ganzes Haus!«

Sie preßten ihre Nasen an das Fenster des Vorderzimmers. Die alten Zeitungen und die schmutzigen Säcke lagen noch genauso

auf dem Fußboden, wie Dickie sie am Morgen nach seinem Traum beim Aufstehen abgeschüttelt hatte.
»Ich könnte gut hier übernachten«, murmelte er, »da sparen wir vier Pence. Die beiden Häuser rechts und links stehen leer. Kein Mensch würde was merken.«
»Wir brauchen mit unseren Pennys nich mehr so knauserig zu sein«, erwiderte sein ›Vater‹ unruhig.
»Aber ich tät's gerne!«
»Komisch, daß du keine Angst hast!«
»Ich bin dran gewöhnt«, erklärte Dickie. »Schließlich war das ja unser Haus.«
»Du kommst jetzt mit mir!« sagte Mr. Beale scharf. »Gib nich so an mit deinen Häusern!«
Sie aßen in einer Schenke an der Hauptstraße zu Abend. Mr. Beale bestellte Tee und Spiegeleier und eine Portion Butterbrote.
Der Gastraum war altmodisch eingerichtet. Sie saßen in einer behaglichen Nische, die durch Trennwände von den Nachbartischen abgeschirmt wurde. Plötzlich erschien über der Wand hinter dem zufrieden kauenden Mr. Beale ein Gesicht. Dickies Teetasse blieb auf halbem Wege zwischen Tisch und Mund schweben, und der Junge vergaß vor Schreck, den Mund zu schließen.
»Was is denn los?« fragte sein Gegenüber und versuchte vergeblich, sich auf seiner schmalen Bank umzudrehen und nach oben zu sehen.
»Da ist der Kerl«, flüsterte Dickie und setzte zitternd seine Tasse ab, »der Kerl mit den roten Haaren, den ich noch nie in meinem Leben gesehen hab!«
Und schon war der Mann um die Trennwand herumgekommen, hatte sich auf die Bank neben seinen früheren Kumpan geschoben

und redete eifrig auf ihn ein. Dickie wünschte ihn brennend sonstwohin, aber auf alle Fälle möglichst weit weg. Er verstand nicht viel von der Unterhaltung und konnte nur Bruchstücke aufschnappen, wie »... das nächste Mal mehr Glück!« von dem Rotbart und »Ich weiß nicht, ob ich noch was übernehme ...« von seinem verwirrten Partner. Beim Abschied verkündete der unangenehme Mann: »Ich werd da pennen, wo ihr wohnt!«, und Mr. Beale nannte den Namen des Gasthofes, in dem sie den Kinderwagen untergestellt und zwei Betten gemietet hatten. »Ich erklär dir alles morgen früh«, waren die letzten Worte des Rotkopfs, ehe er ging.

Dickie und Beale blieben sitzen, um die Brote aufzuessen und ihren kalt gewordenen Tee auszutrinken. Als sie das Lokal verließen, fragte der Junge: »Was hat er denn gewollt, Vater – der rothaarige Kerl?« Mr. Beale zögerte mit der Antwort, und Dickie fuhr fort, wobei er seinen Blick nicht von der Straße löste: »Ich würd es nicht tun, wenn ich Sie wäre.«

»Na hör mal, ich hab dir doch noch gar nich gesagt, was er wirklich im Sinn hat!«

»Auf jeden Fall nichts Gutes, das weiß ich bestimmt.«

»Nun mach mal 'n Punkt«, wehrte sich Mr. Beale energisch, »ich hab noch gar nicht gesagt, daß ich mich in was eingelassen habe. Ich möchte doch bloß mal hören, was er überhaupt vorhat. Wenn da'n Haar in der Suppe ist, dann soll er sie schön selber auslöffeln und den alten Beale in Ruhe lassen, darauf kannste dich heilig verlassen.«

»Wir wollen lieber gar nicht erst anfangen mit ihm«, bat Dickie eindringlich. »Ach, bitte, Vater! Ich will den rothaarigen Gauner nicht mehr sehen. Er wird uns alles wieder kaputtmachen, das

weiß ich ganz genau, und gerade jetzt, wo wir so gemütlich und ordentlich zusammen vorankommen. Lassen Sie den Kerl sein! Wissen Sie was? Wir gehen einfach nicht in den Gasthof zurück und übernachten in unserm alten Haus!«
»Soll ich mich denn immer und ewig bloß noch mit dir unterhalten dürfen?« klagte Mr. Beale, aber es klang nicht besonders ärgerlich.
»Nein, bewahre! Nur mit dem Kerl sollten Sie sich nicht abgeben. Der paßt nicht zu uns«, sagte Dickie entschieden. »Und – ach, Vater, ich möchte so schrecklich gern wieder in dem Haus schlafen. Da hab ich doch den Traum geträumt – Sie wissen schon!«
»Na also gut, dann los«, sagte Mr. Beale. »Was für'n Glück, daß wir unsere dicken Jacken anhaben!«

Es war nicht schwer, in das leere Haus hineinzukommen. Dickie stellte es ebenso an wie beim vorigen Mal und öffnete geräuschlos das Vorderfenster für Mr. Beale. Sie machten sich's mit den Zeitungen und den alten Säcken so behaglich wie möglich, und der alte Landstreicher schlief sofort ein. Dickie lag reglos und mit offenen Augen. Sein Herz schlug schwer, und er hoffte, jetzt endlich würde sich sein Traum wiederholen, hier – wo er beim erstenmal so glücklich gewesen war. Aber nichts geschah. Nicht einmal der Schlaf wollte kommen.
Schließlich konnte er nicht länger still liegen. Er schlüpfte vorsichtig unter dem Zeitungspapier hervor. Es raschelte, aber das Geräusch schien Mr. Beale nicht zu stören. Dickie kroch in das Rechteck aus Licht, das die Straßenlaterne auf den Fußboden malte. Er suchte in seinen Taschen und zog die Rassel und das

weiße Siegel hervor, legte beides auf den Fußboden und ordnete, überwältigt von der Erinnerung an die geheimnisvolle Nacht seines Traumes, die Mondblumenkerne im gleichen Muster um seine Schätze herum wie damals.
Und im Augenblick, als er das letzte Samenkorn an seinen Platz schob und die Figur der sich überschneidenden Dreiecke vollendete, begann der Zauber wieder: die brennenden Augen, die er schließen mußte ... das Gefühl, als könnte er durch die geschlossenen Lider etwas in der Mitte des Sechsecks sich bewegen sehen ...
»Wohin willst du?« fragte die gleiche sanfte Stimme, die auch damals gesprochen hatte. Aber diesmal erwiderte Dickie nicht, daß es ihm gleichgültig sei. Er rief sofort: »Dorthin! Ich möchte dorthin!« Er war völlig sicher, daß der geheimnisvolle Besitzer der Stimme genau wußte, wo dieses ›Dort‹ lag und wie es zu erreichen war. Und wie in jener unvergessenen Nacht erfüllte eine versunkene Stille die ruhende Welt, und Dickie fiel in tiefen Schlaf.
Als er die Augen aufschlug, lag er in dem Himmelbett mit den grünweißen Vorhängen.
»Oh!« schrie er laut. »Ich hab es wiedergefunden! Ich hab es gefunden!«
Die alte Kinderfrau mit den bauschigen Röcken, der gefältelten Haube und der weißen Halskrause beugte sich über ihn. Ihr runzliges Gesicht strahlte vor Liebe und Zärtlichkeit. »So seid Ihr doch zuletzt erwacht!« sagte sie voller Freude. »Habt Ihr Euren Freund in Euren Träumen wiedergetroffen?«
Dickie umschlang sie mit beiden Armen. »Ich hab den Weg zurückgefunden«, stieß er hervor. »Ich weiß nicht, was Traum und was Wirklichkeit ist. Aber du weißt es!«

»Ja«, die alte Amme nickte, »ich weiß es. Eins ist so wirklich wie das andere.«
Mit einem Satz war der Junge aus dem Bett und hüpfte durch das Zimmer, kletterte auf die Stühle und sprang wieder hinunter und rannte hin und her und tanzte um die Kinderfrau herum.
»Was plagt das Kind?« sagte sie seufzend. »Zieht Eure Kleider an! Wollt Ihr wohl vernünftig sein? Ihr werdet Euch erkälten! Wie kommt Ihr denn dazu, Euch derart aufzuführen?«
»Weil ich nicht mehr lahm bin«, erklärte Dickie. Er blieb am Fenster stehen und sah in den vertrauten grünen Garten hinaus. »Du kannst dir gar nicht vorstellen, was das für ein Gefühl ist, wenn man merkt, daß man nicht mehr lahm ist!«

Sechstes Kapitel

Der vergrabene Schatz

Als er in der hellen Sonne am Fenster stand, begriff Dickie plötzlich, daß der Park am Fluß mit seinen Eiben, seinen gestutzten Buchsbaumhecken und grünen Ballplätzen genauso Wirklichkeit war wie der schmale Garten in Deptford, in dem er den Vogelsamen ausgesät und die Mondblumenkerne geerntet hatte. Nachdem es ihm gelungen war, ein zweites Mal in seinen ersehnten Traum zurückzukehren, fühlte er, daß dabei irgendein sonderbarer Zauber im Spiel sein mußte, den er sich freilich nicht erklären konnte.

»Habt Ihr Euren Freund denn wohl angetroffen, den Freund aus Eurem Traum?« wiederholte die Amme ihre Frage.

»Ach ja, freilich«, erwiderte Dickie, »und ich hab Dosen geschnitzt und sie verkauft. Und jetzt will ich noch viele andere Sachen lernen. Wenn ich dann wieder zurückgehe – ich meine: Wenn ich den Traum wieder einmal träumen sollte, dann kann ich damit noch viel mehr Geld verdienen.«

»Es ist eine Schande, daß einer Eures Namens arbeiten muß, um sein Geld zu verdienen«, bemerkte die Kinderfrau.

»Aber dort hab ich doch einen ganz anderen Namen«, erklärte Dickie, »und außerdem hat mir Sebastian gesagt, daß jeder Mensch etwas Nützliches für sein Land tun müßte, damit er sein Essen und sein Trinken wert ist. Du kannst dir gar nicht vorstellen, was für ein herrliches Leben das ist, wenn man selber Geld verdient!«
»Das weiß ich schon«, antwortete sie lächelnd, »schließlich hab ich mich ja lange genug für Geld abgerackert! – Aber jetzt geschwind in die Kleider! Das Frühstück und der Fechtmeister warten schon auf Euch!«
Nach dem Fechtunterricht zögerte Dickie. Am liebsten wäre er sofort zu Sebastian hinuntergelaufen, um die Galeone fertigzubauen. Doch der Wunsch, irgend etwas zu lernen, was er später in Deptford Mr. Beale beibringen könnte, war stärker. Er war sich völlig klar darüber, daß sein ›Vater‹ niemals Geld mit Schnitzen oder Spielzeugmachen oder dergleichen würde verdienen können. Aber er hatte eine Vorliebe für Hunde ... Dickie lief zu den Hundezwingern im Garten hinunter, um mit dem Meutemeister zu sprechen. Entschlossen klopfte er an der hölzernen Pforte des kleinen Hauses.
Die Tür ging auf, und vor Dickie stand ein Mann in einer Art Rüstung aus Leder. Als der Junge ihm ins Gesicht sah, erkannte er seinen Freund aus der Lavendelgasse, der ihm den Garten umgegraben und das Vogelfutter aussäen geholfen hatte.
»Nanu«, sagte er verwirrt, »Ihr seid's!«
»Wer denn wohl sonst, junger Herr?« fragte der Mann mit einer respektvollen Verbeugung, und Dickie merkte, daß der Meutemeister wohl das Gesicht seines ehemaligen Nachbarn, nicht aber dessen Erinnerungen hatte.

»Lebt Ihr hier?« fragte er trotzdem vorsichtig. »Ich meine: immer?«
»Wo sonst sollte ich denn leben?« antwortete der Meutemeister voller Stolz. »Ich diene Seiner Lordschaft, Eurem Vater, seit Kindesbeinen und kenne jedes Haar im Fell eines Hundes, der Seiner Lordschaft zu eigen ist.«
Aufatmend dachte Dickie, hier könne er bestimmt viel lernen – und das stimmte auch. Als er den Zwinger nach einer Stunde wieder verließ, wußte er eine Menge mehr über Hunde als vorher, wenn auch manches davon moderne Tierärzte oder Hundezüchter einigermaßen in Erstaunen versetzen würde. Die Tiere machten jedoch alle einen gesunden und vergnügten Eindruck, obwohl sie in Krankheitsfällen mit Kräutertee statt mit Medikamenten aus der Apotheke kuriert wurden, und die Zaubersprüche, die der Meutemeister bei Vollmond in ihr Fell flüsterte, damit sie stark und schnell würden, schienen ihnen zumindest nicht geschadet zu haben.
Nachdem Dickie sich so viel über Hunde hatte sagen lassen, wie in seinen Kopf hineinging, glaubte er guten Gewissens zur Werft laufen und an seinem Schiff basteln zu dürfen. Sebastian sah ihm freundlich entgegen und ließ die Axt ruhen, mit der er einen langen dicken Baumstamm bearbeitete.
»Ach, wir haben uns ja so lange nicht gesehen!« rief Dickie.
»Eine halbe Ewigkeit, in der Tat!« antwortete Sebastian mit freundlichem Spott. »Achtundvierzig Stunden, die Ihr dazu benützt habt, Euch beim großen Wasserschauspiel des Königs zu vergnügen. – Eine lange, lange Zeit, diese zwei Tage, nicht wahr?«
Dickie nickte. »Aber nun möchte ich gern, daß Ihr mich alles

lehrt, was Ihr wißt und könnt«, bat er eifrig, hob einen Meißel auf und prüfte mit dem Daumen seine Schärfe.
»Habt Geduld mit mir!« lachte Sebastian. »Ich will Euch herzlich gern in allem unterweisen, doch eins nach dem anderen, nicht alles auf einmal!«
Er holte aus dem Schuppen das Spantengerüst der kleinen Galeone, an dem sie zuletzt miteinander gebastelt hatten, und dann vertieften sich beide in die Arbeit.
Es war ein glücklicher Tag, und mit ihm begann ein zweites Mal das wunderbare sorglose Leben, in dem Dickie ein Junge mit gesunden Beinen war. Er lernte viel, und die Wochen in dem großen Haus verstrichen fröhlich und ohne Kummer. Die Nächte waren sanft und voller Frieden. Er genoß das heitere, abwechslungsreiche Dasein; er quälte sich auch nicht mit Gewissensbissen, daß er seinen Kameraden in dem kleinen, schäbigen Haus zurückgelassen hatte. Eines Tages hatte er seine Amme gefragt: »Wie lange habe ich diesmal geträumt? Du weißt schon: daß ich Dosen geschnitzt und damit Geld verdient und in der scheußlichen Gegend gelebt habe?«
»Träume von dort«, hatte sie geantwortet, »rauben uns hier keinen Augenblick. Und Träume von hier verschlingen nichts von der Zeit, die dort oder sonstwo verstreicht.«
Dickie begriff also, daß für Mr. Beale die Zeit stillstand und daß er selber bei seiner Rückkehr – und er hatte fest vor, zurückzugehen – im selben Augenblick in Deptford sein würde, in dem er verschwunden war.
Wochen und Monate vergingen. Der Herbst kam und ließ die Äpfel an den Bäumen golden leuchten. Doch eines Morgens war der köstliche Friede plötzlich zerbrochen. Eine wilde Scheuerwut

brach aus, überall standen Eimer und Besen im Weg. Jeder Winkel im Hause wurde geputzt und gescheuert, jeder Türgriff immer wieder poliert und abgerieben.
Es war gar nicht einfach, den Anlaß für den Aufruhr herauszubekommen, weil alle so sehr beschäftigt waren. »Morgen«, sagte die alte Amme, »werden Euer Herr Vater und Eure Frau Mutter mit Eurem kleinen Bruder heimkehren.«
»Wie herrlich!« rief Dickie. »Aber du hast mir keinen Ton davon gesagt!«
»Wenn ich es unterlassen haben sollte, dann gewiß nur deshalb, weil Ihr mich nicht gefragt habt.«
»Ich – ich hab ein bißchen Angst«, murmelte Dickie. »Weißt du – ich hab sie doch noch nie gesehen!«
»Angst?« fragte die Alte verwundert und legte die Decke beiseite. Dann nahm sie ein neues Leinentuch aus dem breiten eichenen Wäscheschrank mit den Eisenbeschlägen und brummte: »Seinen Vater und seine Mutter nie gesehen! Bewahr mich Gott!«
»Vielleicht kommt das auch noch vom Fieber«, murmelte Dickie und kam sich dabei abscheulich verlogen vor. »Du hast doch gesagt, daß ich deshalb so viel vergessen hätte. Ich kann mich wirklich nicht an sie erinnern, nicht ein bißchen!«
»Davon würde ich an Eurer Stelle nicht reden!« sagte die Amme mit ernstem Blick.
»Will ich auch nicht. Wenigstens nicht, wenn sie mich nicht fragen«, setzte er hastig hinzu. »Liebste Amme, laß mich doch auch etwas tun! Kann ich dir nicht helfen?«
»Ihr solltet Euren Schulmeister bitten, Euch einen Willkommensspruch zu dichten, den Ihr aufsagen könnt, wenn Eure Eltern das Haus betreten.«

Den verhaßten Lehrer mit seinem Essiggesicht um etwas zu bitten, kostete ziemliche Überwindung. Mr. Parados ergriff auch sofort die Gelegenheit, seinen Schüler ein ganz besonders schwieriges und langweiliges Gedicht auswendig lernen zu lassen. Es begann:

> Glücklich ist zu preisen,
> wer bei der Rückkehr zum heimischen Herd
> Ruhm und Bewundrung allseits erfährt ...

Dickie war fest davon überzeugt, daß die beiden Menschen, die in dieser Welt seine Eltern waren, lieber ein einfacheres, herzliches Gedicht von ihrem kleinen Jungen hören würden. Es kam viel von Schicksal und Pflicht und Tugend darin vor und kaum etwas von Vater und Mutter.

Er kam allerdings nie dazu, es ganz aufzusagen. Als sich der erste Wirbel nach der Ankunft seiner Eltern etwas gelegt hatte, fand er sich an der Hand seines Lehrers, der ihn zu dem nettesten Herrn und der liebenswertesten Dame führte, die Dickie je gesehen hatte. Sein Herz klopfte zum Zerspringen, er stolperte betäubt vorwärts und stand plötzlich ganz allein auf dem prächtigen Teppich, der den Heimkehrenden zu Ehren ausgebreitet worden war.

»Glücklich ist zu preisen ...« begann er mit zitternder Stimme, doch im nächsten Augenblick zog ihn die Dame zu sich heran und umarmte ihn voll zärtlicher Liebe.

»Gott segne dich, mein kleiner Sohn!« sagte sie herzlich. »Wie groß du geworden bist!« Und der stattliche Herr klopfte ihm wohlwollend auf die Schulter und verlangte, daß er sich vernünftig aufführen sollte und nicht wie eine quäkende Zierpuppe.

Dann lachten sie einander verständnisvoll an. Als Dickie so zwischen den beiden stand, kam es ihm wirklich vor, als ob er sie schon sein Leben lang gekannt hätte, und er fühlte sich wunderbar geborgen.
Eine dicke junge Kinderfrau trug das Baby auf dem Arm. Dickie liebte seinen Bruder auf den ersten Blick.
Und als er nach dem festlichen Mahl mit seinem Vater im Garten unter den Apfelbäumen spazierenging, die Hand des Vaters auf seiner Schulter, fühlte er sich wie der glücklichste Junge der Welt.
Der Vater erkundigte sich, was er in der Zwischenzeit gelernt hätte, und Dickie erzählte von seinem Unterricht im Reiten, Ballspielen, Fechten und Musizieren, und schließlich auch von den Stunden, die ihm der grämliche Hauslehrer gab. »Aber ich hab eine Menge Latein und Griechisch gelernt«, fügte er hastig hinzu, »und auch Poetik und das ganze Zeug.«
»Ich fürchte«, meinte sein Vater lächelnd, »daß du die Wissenschaften nicht besonders schätzt.«
»O doch«, sagte Dickie, »das tue ich schon. Aber die anderen Fächer mag ich lieber.«
»Du bist ein braver, bescheidener Junge«, sagte der Vater, als sie ihre dritte Runde um den großen Rasenplatz begannen, »daß du mich noch nicht ein einziges Mal an mein Versprechen gemahnt hast!«
Das war mehr, als Dickie aushalten konnte. »Ich hätte sicher längst gefragt«, murmelte er nach einem Augenblick, »aber ich weiß nicht mehr, was Ihr mir versprochen habt. Das Fieber ...«
»Ach, ach, mein armes Kerlchen! Alles vergessen? Wollen wir deinem angegriffenen Gedächtnis auf die Sprünge helfen?«

Dickie wagte kaum an das zu glauben, was ihm plötzlich durch den Kopf schoß. »Ich glaube beinahe, es fällt mir wieder ein«, stotterte er. »Herr Vater, Ihr habt mir doch nicht etwa versprochen ...«

»Ich habe dir versprochen, falls du brav bist und folgsam und eifrig beim Studium und falls du gelernt haben solltest, sicher zu reiten ...«

»... mir ein kleines Pferd zu schenken?« vollendete Dickie atemlos. »Vater, wirklich? Ein lebendiges kleines Pferd?« Wie herrlich es war, das fröhliche ansteckende Lachen des Vaters zu hören und zu fühlen, wie fest sich seine Arme um die Schultern schlossen!

Das Fohlen wartete in seiner Box in dem weitläufigen Stallgebäude und wandte seinen Kopf, um sie zu betrachten. Es war eigentlich schon ein richtiges, ausgewachsenes Pferd, und sein Fell glänzte genau in dem Grau, das Dickie am allerbesten von allen Farben gefiel.

Nachdem er seinen neuen vierbeinigen Freund ausgiebig bewundert hatte, ließ er ihm einen Sattel auflegen und ritt unter den kritischen Blicken des Vaters einmal über die Weide.

»Ich würde ihn gern ›Krücke‹ nennen«, sagte Dickie, während er ruhig auf dem Pferd sitzen blieb. «Gestattet Ihr es mir?«

»Krücke?« fragte der Vater erstaunt.

»Ja, weil er einen so leichten Schritt hat«, erklärte Dickie unbefangen und sprang behende von dem Pferd hinunter.

»Selbst ein lahmer Junge könnte auf ihm reiten. Ach, ich bin so glücklich!« sagte er leise und vergrub sein Gesicht in dem samtenen Wams seines Vaters. »Ich bin so froh, daß ich nicht lahm bin!«

»Kuriose Einfälle wie immer«, sagte der Vater. »Nun komm, Kind, fasse dich! Benimm dich wie ein Mann und denke daran, wer du bist! Das Fieber hat dir wahrhaftig sehr zugesetzt! Deine Mutter hat noch ein Geschenk für dich, von deinem Großvater. Weißt du davon auch nichts mehr? Es war für fleißiges Lernen ausgesetzt, und mir scheint, du hast dir diese Belohnung redlich verdient.«
Sie gingen zur Mutter, die aus der dunklen Tiefe eines Schrankfa-

ches einen mit Goldfäden und scharlachroter Seide bestickten Lederbeutel zog.
»Er hat alles vergessen«, sagte Sir Richard halblaut zu seiner Frau, »auch das, was ihm sein Großvater versprach. Trotzdem steht ihm eine Belohnung wahrhaftig zu. Die Gedächtnisschwäche ist wohl noch eine Folge des Fiebers.«
Die Mutter nickte und drückte ihrem Sohn den Beutel in die Hand. »Zähle nur nach!« sagte sie lächelnd. Dickie knotete die Lederschnur auf und schüttete den Inhalt des Säckchens auf die blankpolierte Platte des Tisches: Es waren zwanzig Goldstücke.
»Sie tragen alle das Bildnis unserer verstorbenen geliebten Königin«, erklärte die Mutter, »siehst du? Sie wird den Frauen unseres Landes für alle Zeiten ein leuchtendes Beispiel sein.«
»Ja, gewiß«, bestätigte der Vater und nickte Dickie freundlich zu. »Steck deine Goldfüchse wieder in den Beutel, Junge! Sie gehören dir ganz allein, und du kannst damit machen, was du willst.«
»Nur nichts allzu Törichtes«, mahnte die Mutter mit sanfter Stimme.
»Ich werde das Geld bestimmt nicht leichtfertig ausgeben«, versprach Dickie. »Ihr könnt beruhigt sein, Frau Mutter, daß ich's nicht unnütz vertue.«
Das war der glücklichste Augenblick in Dickies ganzem Leben: ein eigenes Pferd – und jetzt auch noch ein Beutel Goldstücke! Und dazu, alles andere überstrahlend, das überwältigende, sichere, warme Gefühl, einen Vater, eine Mutter und einen kleinen Bruder zu haben, eine Familie, zu der er gehörte, die er liebte und von der er wiedergeliebt wurde.
Doch plötzlich durchfuhr ihn der Gedanke an Mr. Beale wie ein

jäher Messerstich. Was könnte er mit diesen zwanzig Goldstükken alles für den Kameraden seiner Landstreichertage tun! Denn merkwürdig: Je inniger er sich hier heimisch fühlte, desto mehr dachte er an Beale, den einfachen Mann, der sich um ihn gekümmert hatte, als er von allen verlassen war.

Als die Amme den von ungewohntem Glück erschöpften Dickie in sein schönes Zimmer brachte, raffte er sich noch einmal aus seiner wohligen, weichen Müdigkeit auf und fragte: »Du weißt doch so viel, nicht wahr?«

»Ich weiß, was ich weiß«, erwiderte die alte Frau gelassen und knöpfte flink seine Jacke auf.

»Und du kennst doch meinen Traum, ja? Den Traum, du weißt schon, der in dieser gräßlichen Gegend spielt?«

»Was ist damit?«

»Kann ich von hier irgend etwas mitnehmen? Ich meine: aus dieser Welt in die andere hinüber?«

»Das könntet Ihr schon, aber Ihr müßtet es wieder mitbringen, wenn Ihr hierher zurückkehrt. Ihr konntet ja auch etwas von dort bei Euch behalten: Eure Rassel, die Mondblumenkerne und das Siegel.«

Dickie starrte sie an. »Du weißt aber wirklich alles!« flüsterte er. »Aber diesmal will ich etwas mit hinübernehmen und auch drüben lassen, die Goldstücke, weißt du.«

Sie runzelte nachdenklich die Stirn. »Zwischen hier und dort liegen über dreihundert Jahre«, sagte sie. »Selbst wenn du's mit beiden Händen fest umklammerst, könntest du es wie nichts verlieren – in einem dieser Jahre, durch die du gehen mußt. Geld ist ungeheuer schwer und reist mit Weile – tausendmal langsamer als dein Herz, mein Schäfchen! Irgendwer könnte es sehen und danach greifen und es dir rauben.«

»Gibt's denn keinen anderen Weg?« fragte Dickie, während er bereits mit dem Schlaf kämpfte.

»Es gibt den Weg, den alles geht: in die Erde«, antwortete die Kinderfrau. »Vergrabe deinen Schatz, merk dir den Ort, wo er verborgen liegt, und wenn du dann in den anderen Traum hinübergehst, wird die Erde dein Geheimnis hüten, und du kannst es wieder ausgraben. Es wird noch da sein, wenn nicht fremde Hände im Laufe der dreihundert Jahre schon danach gegriffen haben.«

»Hilfst du mir?« bat Dickie. »Ich muß es sicher ganz tief eingraben, wenn ich dreihundert Jahre betrügen muß. Aber stell dir vor«, setzte er, plötzlich von einem schrecklichen Gedanken überfallen, hinzu: »Wenn nun gerade auf der Stelle, die ich mir ausgesucht habe, ein Haus gebaut worden ist! Seine Mauern sind doch viel stärker als ich.«

»Ich kann mich erkundigen, was geschieht«, kam die überraschende Antwort. »Ich will jemanden fragen, der Bescheid weiß. Aber das wird seine Zeit dauern! Verwahrt Euer Geld solange in dem großen Schrank und gebt mir den Schlüssel. Freitag in einer Woche kommen erst einmal Euer Vetter und Eure Base zu Besuch.«

Als Edred und Elfrida im Haus waren, vergingen die Tage wie im Fluge, bis zum Rande angefüllt mit Unterricht, Sport und Arbeit, glücklichem Familienleben und herrlichen Stunden, in denen er mit den beiden Kindern unbeschwert und fröhlich spielen konnte.

Er genoß jeden Augenblick, er lernte mit Vergnügen. Friedliche Wochen und Monate verstrichen, ohne daß sich viel Besonderes ereignete – und ist das nicht eigentlich das Beste, was man vom Leben eines Menschen sagen kann?

Doch eines späten Abends flüsterte die Kinderfrau ihm zu: »Ich habe mich erkundigt. Du mußt deinen Schatz unter dem Fenster des Südzimmers vergraben und dich dann auf dieser Stelle schlafen legen. Du brauchst keine Sorgen zu haben, es wird dir nichts Böses geschehen; du wirst an der gleichen Stelle erwachen, an der du eingeschlafen bist, und nicht unter einem Haus, wie du gefürchtet hast.« Sie beugte sich nieder, hob den Jungen aus dem Bett, wickelte ihn in ihren eigenen warmen Mantel und trug ihn hinaus.

Das ganze Haus lag längst in tiefem Schlummer. Die Amme hatte bereits heimlich unter dem Südfenster eine Grube ausgehoben und alles vorbereitet. Der gesicherte Beutel mit den Goldstücken ruhte in einer schmiedeeisernen Kassette, die Sebastian seinem kleinen Herrn einmal geschenkt hatte, alle Fugen waren mit Wachs und Harz sicher verschlossen, das Kästchen mit einem seidenen Schal fest umwickelt und in einem Tongefäß mit einem Deckel geborgen, der ebenfalls mit Harz zugeklebt und mit Lehm verstrichen war. Die alte Kinderfrau erklärte Dickie alles genau und murmelte: »Das muß so sein zum Schutz gegen die Geister der Erde und den Ablauf der nächsten dreihundert Jahre.« Sie

versenkte den Tonkrug vorsichtig, schaufelte mit Dickies Hilfe Erde darüber und trat sie sorgfältig mit den Füßen fest. »Und wenn du wieder herkommen willst«, sagte sie endlich, »dann weißt du ja, wie man's macht.«
»Das weiß ich?« fragte der Junge erstaunt.
»Natürlich. – Du legst die Rassel, das Siegel und deinen Mondblumensamen genauso hin wie beim vorigen Mal und hörst, was die Stimmen sagen.« Sie strich dem Verwunderten über das Haar, breitete den warmen Mantel über ihn und hockte sich neben ihm nieder, seine Hand fest in der ihren.
Es war spät, der Gesang der Nachtigallen hielt ihn noch eine Weile wach. Er dehnte sich und war froh, wieder einmal bei Mutter Grün zu übernachten.
Als er die Augen wieder aufschlug, spannte sich noch immer sein alter Freund, der sternenübersäte Nachthimmel über ihm. Einen Augenblick lang war er verwirrt, dann fiel ihm alles wieder ein. Er stützte sich auf den Ellbogen und blickte umher. Häuser umgaben ihn von allen Seiten, kleine Häuser; hinter einigen Fenstern war Licht. Unter seinen Händen fühlte er kahle, festgestampfte Erde. In der Ferne brauste und dröhnte die große Stadt, und in der Nähe grölte ein Betrunkener, der aus der Kneipe heimwärts stolperte.
Dickie kratzte mit der Scherbe eines zerbrochenen Tellers ein Kreuz in den harten Boden, um die Stelle zu kennzeichnen, an der sein Schatz liegen mußte, dann richtete er sich auf und kroch auf allen vieren zum Haus, kletterte hinein und fand Mr. Beale, der noch immer im Vorderzimmer lag und friedlich schnarchte.
»Vater«, drängte Dickie am nächsten Morgen. »Heute müssen Sie dieses Haus mieten, das müssen Sie!« Mr. Beale reckte und

streckte sich ächzend und blinzelte mißmutig in das kalte Tageslicht, das den leeren Raum mit trüber Helligkeit füllte.
»Ich weiß nicht, wieso«, brummte Mr. Beale und kratzte sich am Kopf, »aber wenn mir der Kleene sagt, ich muß was, dann muß ich eben. Bloß jetzt wär ich dafür, daß wir erst mal was Warmes in den Leib kriegen, dann können wir ja immer noch weitersehn!«
»Wenn Sie Hunger haben, dann frühstücken Sie ruhig. Ich bleib inzwischen hier sitzen, falls etwa sonst wer das Haus haben will. Gehen Sie lieber bald los und fragen Sie, ja? Wenn Sie so zeitig am Morgen bei ihm aufkreuzen, dann denkt der Hauswirt sicher, Sie sind'n Mann mit 'ner festen Beschäftigung.«
»Möglich«, gab Mr. Beale nachdenklich zu, während er mit der Hand über seinen zwei Tage alten Stoppelbart strich. »Vielleicht schrubb ich mich aber erst 'n bißchen und bürst mir die Haare, was? Das zahlt sich immer aus. Ich muß doch rüber ins Gasthaus und den Kinderwagen und den andern Krimskrams abholen.«
Der Hausbesitzer glaubte wirklich, daß sein früher Besucher ein achtbarer Arbeiter in fester Stellung sei und zeigte auch kein Mißtrauen, als Mr. Beale den Mangel an Möbelstücken glaubwürdig damit erklärte, daß er und sein kleiner Junge von Gravesend kämen und auf dem Weg nach London eine Reihe von Gelegenheitsarbeiten verrichtet hätten. »Wenn Sie Wert darauf legen«, fuhr er dann allerdings unter völliger Verdrehung der Wahrheit fort, »wenn Sie Wert darauf legen, kann ich Ihnen auch den Namen von dem Herrn als Referenz angeben, für den ich zuletzt tätig war. Talbot hieß er, 'n tüchtiger Kerl mit 'nem Silberblick und roten Ohren. Aber vielleicht genügt Ihnen auch dies hier als Sicherheit für die Miete.« Er griff in die Tasche und holte das ganze Geld heraus, das ihnen gehörte: zwei Pfund und achtzehn

Shilling. Die restlichen sechs Pence steckten zum Klimpern in der anderen Tasche. Er sagte in vertraulichem Ton: »Sie müssen nämlich wissen, ich bin wegen des Jungen so dahinterher, daß wir ein festes Dach über den Kopf bekommen. Ich will Ihnen nischt vormachen: Das hier ist unser kleiner Spargroschen, und den will ich auch nicht anrühren, denn der Kleine ist ein Hinkebein!«

»Merkwürdig«, sagte der Hausbesitzer. »Zu der letzten Mietpartei hat auch ein kleiner lahmer Junge gehört.«

Diese Entwicklung war nicht vorauszusehen gewesen, und infolgedessen hatte Mr. Beale auch keine passende Geschichte zur Hand. Er versuchte es deshalb mit der Wahrheit. »Es ist derselbe Junge, Herr«, bekannte er. »Deswegen bin ich doch so scharf auf das Haus! Es ist so 'ne Art Heimat für ihn«, setzte er gefühlvoll hinzu.

»Sind Sie denn sein Vater?« fragte der Hausbesitzer scharf.

Und wieder entschied sich Mr. Beale für die Wahrheit, zumindest die ungefähre. »Nein«, antwortete er vorsichtig, »aber ich wünschte, ich wär's. Die Sache ist nämlich die: Die Tante von dem kleinen Burschen hat nicht viel getaugt. Und ich hab ihn aufgelesen, wie er so rumgestrolcht ist. Und weil ich selber niemanden hab, da dacht ich mir: Adoptierst'n eben einfach.«

»So, so«, brummte der Hauseigentümer abwartend, denn Dickies Tante hatte ihm natürlich erzählt, daß ihr der undankbare Bengel davongelaufen wäre.

»Er ist'n drolliger kleiner Kerl«, fuhr Mr. Beale fort und erwärmte sich so beim Erzählen, daß er seine Vorsicht ganz außer acht ließ, »und gescheit wie ein Frettchen. Wenn der mal loslegt, also, der bringt einen Stein zum Lachen, darauf können Sie sich verlassen! – Ich will gern 'ne Woche im voraus zahlen, wenn's Ihnen recht ist, mein Herr. Dann können wir unsere Siebensachen heute noch einräumen.«

»Na gut«, entgegnete der Hauswirt und nahm einen Schlüssel von einem Haken an der Wand, »dann wollen wir mal rübergehen und uns die Wohnung anschauen. Wo ist denn der Junge?«

»Der ist schon da und wartet auf uns«, erklärte Mr. Beale. »Er war nicht von dem Haus wegzukriegen.«

Dickie zeigte sich von vollendeter Höflichkeit, und als der Hausbesitzer sie wieder verließ, hatte er sechs von ihren Shillingen eingesteckt, und sie waren im Besitz des Hausschlüssels.

»Nun haben wir sogar ein Eigenheim«, sagte Mr. Beale stolz, nachdem er mit Dickie durch das ganze Haus gegangen war, und rieb sich die Hände.

Sie sperrten ihr Haus ab und gingen frühstücken, der Mann vergnügt und geschwätzig, Dickie in abwesendes Schweigen versunken. Er grübelte über ein neu aufgetauchtes Problem nach: Es war ja schön und gut, zwanzig Goldstücke zu besitzen und zu wissen, wo sie versteckt lagen. Aber wenn ihn jemand beim Ausgraben beobachtete, dann war es sicher um seinen Schatz geschehen; keine Seele würde glauben, daß er rechtmäßig ihm gehörte. Der Tonkrug war so schrecklich groß, und viel zu viele Fenster der Nachbarwohnungen blickten in die Gärten. Niemand konnte da etwas ausgraben ohne neugierige Zuschauer. Außerdem bezweifelte er sehr, daß er kräftig genug wäre, die Erde allein auszuheben, selbst wenn er Glück haben sollte und nicht beobachtet wurde. Als er in seinem anderen Leben das Geld versteckte, hatte er sich alle diese Schwierigkeiten gar nicht überlegt. Dort war er ja aber auch viel stärker gewesen ...

Er seufzte tief.

»Verschluckt, Kamerad?« fragte Mr. Beale mit vollem Mund.
»Nein, ich hab nur nachgedacht ...«
»Wir sollten uns zuerst mal um unsern Einrichtungskram kümmern«, schlug Mr. Beale vor. »Es ist 'ne gemeine Welt: keine Möbel – kein Vertrauen, so heißt der Wahlspruch der Hauswirte.«
Sie erstanden also ein verrostetes altes Bettgestell, eine Matratze, Kissen und ein paar Decken und Laken, die alle von ziemlich trübseliger Farbe waren. Dann suchten sie sich einen Tisch und zwei Stühle aus und was man sonst noch am dringendsten im neuen Hausstand brauchte.
»Nun fehlt uns bloß noch 'ne flotte Wohnzimmereinrichtung«, verkündete Mr. Beale. »Klubsessel für'n Besuch, vier bequeme Ohrenstühle, ein Klavier und 'n Schreibtisch aus gebeizter Eiche!«
»Und Vorhänge«, sagte Dickie, »weiße Vorhänge fürs Wohnzimmer und überall sonst Scheibengardinen. Ich geh mal los und besorg welche, während Sie die Fenster putzen. Nehmen Sie ruhig das alte Hemd von mir dazu, das übersteht doch keine Wäsche mehr.«
»Wenn du mich man rumhetzen kannst«, sagte Mr. Beale zufrieden. »Na – lauf nur, ich komm schon zurecht!«
Die Vorhänge und für einen Penny kleine Nägel, ein Hammer, den ein Nachbar bereitwillig borgte, und eine Stunde emsiger Arbeit genügten, um die neuen Bewohner des Hauses Lavendelgasse Nummer 15 vor den Blicken neugieriger Vorübergehender zu schützen.
Der Hauseigentümer runzelte allerdings mißbilligend die Stirn, als er vorbeikam. »Dieser weiße Fummelkram gefällt mir nicht«,

brummte er in seinen Bart, »da ist meist nichts dahinter! Ich kenne niemanden, der sein Geld für Gardinen verplempert, wenn er nicht etwas zu verbergen hat. Und ich weiß auch, was das ist: ein ganzes Haus voll Garnichts!«

In der Küche vertraute Dickie gerade seinem verblüfften Kameraden an, daß hinten im Garten Geld vergraben war. »Ich hab es mal von jemand bekommen«, erläuterte er etwas unbestimmt, »weil ich gut gelernt hatte. Wir müssen es rausholen, ohne daß uns wer dabei sieht, und auch möglichst bald. Ich hab mir überlegt, wir könnten vielleicht einen Hühnerstall über der Stelle bauen und dann darin graben. Wenn mir nur was Besseres einfiele, aber ich komme auf nichts ... Prinz Eisenherz hätte sicher 'ne klügere Idee gehabt!«

»Macht nischt«, tröstete Mr. Beale, »für diese Jammerwelt biste klug genug. Und in Ordnung biste auch. Komm mal raus und zeig mir, wo das Zeug liegt. Scharr einfach mit dem Fuß darauf rum und guck dabei in den Himmel, als ob nix wär, verstehst du?«

Sie gingen zusammen in den Hof, und Dickie deutete auf das Kreuz, das er mit der Tellerscherbe in die Erde gekratzt hatte. Es befand sich dicht neben dem verdorrten Stiel der Mondblume.

»Dieser Garten is ja vielleicht in einem saumäßigen Zustand«, verkündete Mr. Beale mit laut schallender Stimme, »der gehört umgegraben, und zwar schnellstens, ehe der Winter kommt! Ich werd 'n Spaten holen und heute noch damit anfangen, jawoll ja! Diese alte Artischocke hier wird ganz schöne Ankertaue haben, fürcht ich!«

Ohne lange zu fackeln, begann er am Zaun zu graben, und arbeitete sich bis zu der Mondblume heran, deren Wurzeln tatsächlich tief in die Erde reichten. Er mußte ein gehöriges Loch

graben, ehe der hohe Stiel langsam und würdevoll umkippte wie ein Baum im Hochwald.
Danach verschwanden Mann und Junge im Haus, schleppten den Küchentisch und die beiden Stühle ins Freie, breiteten ihre neuen Decken darüber aus, wie um sie in der Herbstsonne auslüften zu lassen, und Dickie spielte darunter Höhle. Zufällig stand der Tisch gerade über der Grube, in der die Wurzeln der Mondblume gesteckt hatten, und Dickie bohrte sich mit einer Kelle noch ein wenig tiefer.
Nach Einbruch der Dämmerung trugen sie Möbel und Decken wieder ins Haus. Mr. Beale nagelte die größte vor das Küchenfenster, und dann packten sie ihren Schatz aus, den sie mit allen anderen Sachen aus dem Garten hereingebracht hatten. Als Dickie den Beutel aufschnürte und die zwanzig Goldstücke vor ihn hinschüttete, schloß Mr. Beale überwältigt die Lider, seufzte abgrundtief, riß die Augen wieder auf und sagte: »Und das soll dir wer geschenkt haben? So siehst du aus! Ich glaub's dir jedenfalls nie und nimmer!«
»Sie müssen mir glauben«, erwiderte Dickie fest. »Ich habe Sie niemals angelogen, stimmt's?«
»Wenn ich so drüber nachdenke, fällt mir nischt ein, das is wahr«, gab sein ›Vater‹ zögernd zu.
»Na also«, sagte Dickie. »Ich habe das Geld geschenkt bekommen, und damit gut. Verstanden?«
»Es wird uns sowieso keiner einwechseln, fürcht ich!« wandte Mr. Beale niedergeschlagen ein. »Jeder wird uns wegen 'nem Zertifikat löchern, und wenn wir keins haben, dann heißt es garantiert, wir hätten das Gold geklaut!«
»Nein, dazu wird es nicht kommen. Ich habe einen Freund, der

die Münzen für mich einwechseln wird. Und dann kaufen wir uns ein ordentliches Bett und ein paar andere Möbel und einen heilen Teppich, und eine Badewanne wollen wir auch haben. Zum Schluß besorgen Sie sich ein paar junge Hunde und für mich ein paar gute Schnitzmesser, und dann ist für unsere Zukunft gesorgt.«

»Du kleines Hinkebein, du«, sagte Mr. Beale bedächtig und voll Zuneigung, »das war wahrhaftig die beste Idee meines Lebens, als ich dich aufgegabelt hab! Du bist tüchtig, du bist – du bist einfach der Beste! Jeder andere Junge hätte mir irgendwas vorgeschwätzt und wär mit den Piepen verduftet. Aber du – du bleibst beim alten Beale, und der wird dich auch nie im Stich lassen!«

»Ich weiß«, antwortete Dickie und füllte die blinkenden Münzen wieder in den Lederbeutel.

»Du weißt gar nischt«, widersprach Mr. Beale entschlossen, »und ich muß das jetzt loswerden, sonst zerplatz ich. Ich hab dich damals nich aufgelesen, weil ich dachte, dir gefallen meine schönen blauen Augen, nee, bewahre! Ich hab bloß 'n kleinen Kerl gesucht, den ich durch 'n Fenster schieben konnte, verstehste? Ich hab mit dem rothaarigen Burschen zusammengearbeitet, den du noch nie im Leben gesehen haben sollst.«

»Das wußte ich schon die ganze Zeit«, murmelte Dickie und starrte unbewegt in das flackernde Kerzenlicht.

»Ich hab damals nischt Gutes mit dir im Sinn gehabt, zuerst wenigstens nich«, fuhr Mr. Beale fort, »als du auf meiner Stiefelsohle den Wisch geschrieben hast. Ich hatte den Zettel und den Bleistift extra dafür gekauft. So, nu weißtes!«

»Sie haben mir aber trotzdem nie etwas Böses getan«, sagte Dickie.

»Nee, das hab ich wahrhaftig nich. Und warum? Weil ich gleich am allerersten Tag 'n Narren an dir gefressen hatte. Deswegen bin ich immer nett zu dir gewesen, das kannste nich anders sagen.«

Mr. Beale stellte verwirrt fest, daß er zwischen zwei Wünschen hin- und hergerissen wurde, die es ihm schwermachten, die Dinge ehrlich zu bekennen: dem Verlangen, sich alles von der Seele reden zu können, und dem Bedürfnis, sich selbst Gerechtigkeit angedeihen zu lassen. »Aber trotzdem war ich die ganze Zeit ein

gemeines Biest. Und du nimmst es mir nicht übel?« fragte der alte Landstreicher.
»Aber nein! Warum denn?« antwortete Dickie erschöpft und müde. »Jetzt ist ja alles klar, und wir können unsere neue Laufbahn als ehrenwerte Männer und Gefährten mutig beginnen. Ich meine«, erklärte er hastig, als er sah, wie Mr. Beales Augen vor Staunen starr wurden und sein Mund aufklappte, »ich will sagen: Es ist alles in Ordnung, Vater, und Sie können sicher sein, daß es mir nichts ausmacht. Ich weiß, daß Sie es jetzt mit ehrlicher Arbeit versuchen wollen, und wenn es nicht gleich so klappt, wie wir's uns denken, dann ist's auch noch so. Wollen wir jetzt schlafen gehen?«
Dickie träumte in dieser Nacht gar nichts. Er wünschte sich auch nicht mehr zu träumen – denn obgleich er nun wußte, wie leicht der Weg in die geliebte andere Welt zu finden war, wollte er seiner Sehnsucht nicht nachgeben. Er hatte Angst, daß er nicht noch einmal den Mut aufbrächte, zu seinem ›Vater‹ und dem Gefühl der schmutzigen Kleider auf der Haut und dem Gestank der Müllkübel in der Nase zurückzukehren. Er hatte sich vorgenommen, seine Glöckchen und das Siegel nicht eher wieder in das Zaubermuster aus Mondblumenkernen zu legen, bis es ihm gelungen war, Mr. Beale ein Leben einzurichten, in dem er sich auch allein glücklich fühlen konnte.

Der Pfandleiher, der Dickie mit der Zeit sehr ins Herz geschlossen hatte, glaubte ihm ohne Vorbehalte, als der Junge erzählte, daß die Eisenkassette und der Lederbeutel mit dem Geld sein Eigentum wären. Er wechselte anstandslos die alten Goldstücke mit dem Bildnis von Elisabeth gegen Münzen mit dem Profil der Königin Victoria ein und zahlte für das Eisenkästchen noch fünf Pfund obendrauf. Er gab sogar zu, daß er eine Kleinigkeit, allerdings eine kaum erwähnenswerte, daran verdienen könnte (und verkaufte die Kassette noch in derselben Woche für einundzwanzig Pfund). »Und wenn du wieder einmal zu solchen Schätzen kommen solltest, dann kennst du das Haus, das dir immer offensteht – das kulanteste Haus am Platze! Das muß ich sagen, obwohl man sich selber nicht loben soll!«

Die beiden seltsamen Kameraden besaßen jetzt ein Vermögen von siebenundzwanzig Pfund. Sie schafften sich neue Kleidungsstücke und einige Möbel an und brachten zweiundzwanzig Pfund auf die Sparkasse. Dickie besorgte sich großartige Schnitzmesser und ließ sich von einem Fachmann in ihrer richtigen Anwendung unterweisen. Auch einen Arbeitstisch bekam er, er stand im vorderen Schlafzimmer am Fenster.

Die frühere Wohnstube zum Garten hinaus wurde zum Zwinger für die Hunde bestimmt, die Mr. Beale sofort auszusuchen begann, und im zweiten Vorderzimmer wohnten sie, es war richtig gemütlich und hübsch eingerichtet. Und als sich schließlich ein nettes junges Mädchen namens Amalie bereit fand, jeden Tag ein paar Stunden zu ihnen zu kommen und für sie zu sorgen, da war plötzlich alles wunderbar geordnet, ihre Anzüge glänzten vor Sauberkeit, das Essen, das auf den Tisch kam, schmeckte großartig, alle Dinge wurden zur rechten Zeit erledigt. Sie verdienten ausreichend und sogar ein bißchen darüber, und in Dickie regte sich die Hoffnung, daß er bald wagen könnte, die dreihundert Jahre wieder zurückzugehen.

Aber ich werde nur einen Monat dort bleiben, überlegte er sich –

einen Monat hier und einen Monat da –, so kann ich die Sache im Lot halten. Denn wenn ich länger drüben bleibe als hier, dann wachse ich nicht im richtigen Verhältnis, und dann wird alles schief. Es wäre ja zu albern: Dort wär ich vielleicht auf einmal schon ein erwachsener Mann, und immer, wenn ich zurückkomme, müßte ich hier wieder ein kleiner Junge sein ... Und ganz im tiefsten Inneren dachte er sogar: Jetzt, da ›Vater‹ ein richtiges Gewerbe hat, braucht er mich eigentlich gar nicht mehr ... Doch er wußte wohl, daß das nicht stimmte.

Die weißen Gardinen hatten jetzt kein Geheimnis mehr zu verbergen, und als der Hausbesitzer das nächste Mal kam, um die Miete zu kassieren, konnten sie ihn in das gemütliche Wohnzimmer bitten mit dem Roßhaarsofa und einem breiten, wenn auch nicht mehr ganz neuen Ohrensessel, einem Teppich, vier alten, schönen Mahagonistühlen und einem Tisch mit einer hübschen Decke. Auf dem Kaminsims standen eine Uhr und zwei Blumenvasen mit Chrysanthemen.

»Sie haben es hier aber so schmuck, wie man's nur wünschen kann«, sagte der Hauswirt.

»Na ja, es geht«, erwiderte Mr. Beale und strahlte über sein ganzes sauber gescheuertes Gesicht. »Wollen Sie mal 'n Blick auf meine Hunde werfen?«

Nachdem es ihm gelungen war, dem Hauseigentümer für zehn Shilling einen hoffnungsvollen Welpen zu verkaufen, kehrte er stolz zu Dickie zurück, der vor dem knisternden Kaminfeuer saß.

»Wir haben's hier wirklich prima«, sagte er, »aber sag mal: Hast du nicht auch zuweilen so 'n komisches Kribbeln in den Füßen? Nein – nein, keine Sorge! Ich hab durchgehalten, und ich bleib auch weiter bei der Stange, ganz klar! Aber im Frühling – wenn das Wetter wieder besser wird –, was würdste denn dazu sagen, wenn wir den Laden hier für 'ne Weile dichtmachen und wieder ein bißchen auf die Walze gingen?«

»Ich hätte auch Lust«, sagte Dickie. »Aber was fangen wir mit den Hunden an?«

»Ach«, rief Mr. Beale, »die sind bei Malchen in den besten Händen! Bis auf Flink und Flott, und die beiden nehmen wir einfach mit. Ich weiß wahrhaftig nich, was das is, daß ich so wild auf'n bißchen frische Luft und ein Stück Landstraße bin. Aber so ging's mir schon als ganz kleiner Kerl ... Mich konnte keiner in der Schule halten, das schafften se einfach nich! Schwupp war ich immer weg, immer die Nase nach Vogelnestern oder Kaninchenlöchern oder so was ausgereckt. Ich war da eigentlich ganz gerne, da, wo ich her bin. Ich hab dir das, glaub ich, gar nicht erzählt – oder doch? Wir sind mal ganz in der Nähe von meinem früheren Zuhause vorbeigekommen. Da, wo wir unter den Stechginsterbüschen gepennt haben, weißte noch? Ich glaub ja eigentlich nich, daß mein Alter noch am Leben is. Aber er war 'n zäher Bursche. Sollt mich gar nich wundern, wenn er bis heute durchgehalten hätte.«

»Können wir ihn nicht mal besuchen?« schlug Dickie vor.

»Ich weiß nich ...« murmelte Beale. »Ich war immer so 'n Sorgenkind, verstehst du? Und dann, wenn er etwa nich mehr da wär – das könnt ich schlecht ertragen. Nee – das beste isses schon, wenn man gar nichts mehr voneinander weiß. Das sag ich immer!« Aber er seufzte bei diesen Worten und stopfte sich seine Pfeife in nachdenklichem Schweigen.

SIEBENTES KAPITEL

Die Verschwörung

In dieser Nacht fand der Junge keinen Schlaf, und während er mit wachen Augen in der Dunkelheit lag, überwältigte ihn plötzlich der Wunsch, den Zauber der Mondblumenkerne, der Rassel und des weißen Siegelsteines zu versuchen und in die Welt seiner Sehnsucht zurückzukehren. Er hinkte geräuschlos zum Wohnzimmer hinunter, wo im Kamin noch Funken roter Glut schwelten.

Er legte die Mondkerne im Dreiecksmuster aus, die flüsternden Stimmen erklangen, Nebel wölkte sich, hob sich – und Dickie schlug die Augen auf und war stolz, wie gescheit er alles eingerichtet und durchgeführt hatte. Er reckte und streckte seine Beine unter der Bettdecke und genoß das beglückende Gefühl, keinen steifen Fuß zu haben. Dann richtete er sich auf, um sich am Anblick seines großen gobelingeschmückten Zimmers zu erfreuen ... aber der Raum, in dem er sich erschrocken umsah, war holzgetäfelt, ziemlich düster und außerdem nicht viel größer als ein Schrank. Das überraschte ihn mehr als alles, was er schon erlebt hatte, und außerdem erfüllte es ihn mit banger Furcht. Wenn er nicht felsenfest darauf vertrauen konnte, daß ihn der Mondblumenzauber dahin brachte, wo er zu sein wünschte, worauf war dann überhaupt auf der Welt Verlaß? Befand er sich am Ende jetzt irgendwo, wo er gar nicht sein wollte?

»Das versuche ich nicht noch einmal«, sagte er verstört, »und wenn ich heil hier herauskomme, dann bleib ich bei meiner Schnitzerei und kümmere mich nie mehr um Träume und Zauberspuk!«

Er schlüpfte aus dem Bett und beugte sich aus dem schmalen Fenster. Er starrte in einen Garten hinab, den er noch nie gesehen hatte. Marmorbänke und Balustraden schimmerten weißlich im Morgendunst, und zwischen den fast kahlen Zweigen gestutzter Bäume und Büsche hing der feuchtkalte Hauch des Herbstes.

Das hätte schlimmer kommen können, dachte Dickie. Nur den Kopf nicht verlieren! Wo ich auch sein mag – ein Abenteuer ist es auf jeden Fall. Er wandte sich um und suchte nach seinen Kleidern. Er fand nichts, aber er stellte fest, daß sein Nachthemd genauso aussah wie die, die er im Deptforder Landhaus stets getragen hatte.

Nachdenklich wollte er die Tür öffnen – doch zu seinem Entsetzen konnte er nirgends eine Öffnung entdecken. Ringsum schloß ihn dunkles, ebenmäßiges Tafelwerk ein; er steckte nicht in einem Zimmer, sondern in einer riesigen Kiste. Und plötzlich war er nicht mehr der gescheite, tüchtige Dick Harding, der alles so fabelhaft einrichten konnte, der zwei Leben lebte und in beiden Erfolg hatte, der das Schicksal eines erwachsenen Mannes zu dessen Bestem zu lenken verstand – plötzlich war er nur noch ein kleiner Junge, der Angst hatte.

Sein Nachthemd war der einzige vertraute Gegenstand. Sonderbarerweise flößte ihm dieser Besitz den Mut der Verzweiflung

ein. Er warf sich gegen die Wand, hämmerte mit beiden Fäusten wild dagegen und schrie: »Amme! Amme ... Amme!«
Ein schmaler Streifen Licht blitzte zwischen zwei Paneelen auf und verbreiterte sich, die Täfelung glitt zurück, und in der Öffnung stand die Kinderfrau, seine Kinderfrau mit der Halskrause und dem weißen Häubchen und dem freundlichen, faltigen Gesicht. Dickie schlang beide Arme um ihre weiten Röcke, und sie streichelte ihn zärtlich und murmelte: »Aber, aber, mein Schäfchen!« Sie trug seine Kleider über dem Arm: sein Wams und die gepufften Hosen, die langen Strümpfe und die Schnallenschuhe.
»Oh – ich bin also doch hier! Bin ich aber froh! Ich hatte schon gedacht, daß ich irgendwo ganz falsch gelandet wäre!«
Die Amme ließ sich auf seinem Bettrand nieder und begann ihn anzukleiden. »Hört zu«, sagte sie, als sie zum Schluß die großen Silberknöpfe an seinem Wams schloß, »hört mir genau zu: Es ist ein ganzer Mond vergangen, seitdem Ihr fortgegangen seid ...«
»Aber – aber ich denke, die Zeit bleibt stillstehen! Ich ...«
»Es war das Geld!« erklärte sie. »Das Geld hat alles durcheinandergebracht. Es bringt stets alles durcheinander, ich hätte das vorher wissen müssen. Hört gut zu, Kind: Niemand weiß, daß Ihr fort wart. Für alle seid Ihr hier anwesend gewesen, Ihr habt studiert und gespielt und alles getan, was Ihr gewöhnlich zu tun pflegt. Im Augenblick befindet Ihr Euch zu Besuch bei Euren Verwandten im Londoner Stadtpalais Eures gnädigsten Onkels. Ihr habt weiter nichts zu tun, als Euern Traum aus dem Gedächtnis zu verbannen und Euer altes Leben wieder aufzunehmen. Hütet ein oder zwei Tage Eure Zunge, bis Ihr Euch wieder hier eingewöhnt habt. Heute morgen werdet Ihr allein von Eurem Haus-

lehrer unterrichtet werden, denn Euer Vetter soll seine Mutter als Page begleiten und ihr beim Maskenball des Königs in Whitehall die Schleppe tragen. Eure Base sitzt über ihrem Mustertuch und stickt, weil ihre Mutter meint, sie habe nun die längste Zeit wild herumgetollt.«

So kam es, daß Dickie ohne seines Vetters tröstende Gegenwart auf der Schulbank sitzen mußte. Die Erleichterung nach dem großen Schreck am Morgen machte ihn so übermütig, daß er eine Karikatur von Mr. Parados zeichnete. Sie fiel ziemlich ähnlich aus.

Der Hofmeister hatte eine sehr unangenehme Art, sich von hinten an jemanden heranzuschleichen, und auf diese Art und Weise überraschte er Dickie bei seinem Werk. Er bekam Schläge auf die Finger und wurde zur Strafe im Schulzimmer eingeschlossen. Sein Mittagessen bestand aus Wasser und Brot, und er mußte zweihundertmal den Satz aufschreiben: »Ich war sehr ungezogen und bitte meinen gütigen Lehrer um Verzeihung. London am 5. November 1608.«

Es wurde später Nachmittag, ehe er zu seiner Base laufen konnte. Von seinem vorigen Aufenthalt in dieser Zeit wußte er gut über seine jungen Verwandten Bescheid: Sie hießen Edred und Elfrida und wohnten in einem Schloß am Meer oder – wie jetzt – im Stadthaus in London. Ihr Vater, Lord Arden, war am Hofe Jakobs I. wohlgelitten. Auch Dickie selbst führte in diesem Leben den Namen Arden, sein Vater war Sir Richard Arden von Deptford und Aylesbury ...

Sonderbarerweise fand er sich in dem fremden Haus ohne weiteres zurecht. Er riß die Tür zu dem Zimmer auf, in dem Elfrida saß und stickte, und rief: »Bist du mit deiner Arbeit fertig? Ich bin's mit meiner endlich auch! Die alte Papageiennase hat mich nicht schlecht drangsaliert, doch ich dachte an dich und gab mir viel Mühe. Jetzt sind wir frei. Komm, wir wollen im Garten Ball spielen!«

Das Mädchen blickte von seinem Mustertuch auf, legte den Stickrahmen aus der Hand und sprang vergnügt auf. »Ach, Gott sei Dank!« rief es erleichtert. »Ich kann dieses alberne Zeug nicht mehr sehen!«

Bei diesen heiteren Worten kroch Dickie ein sonderbares, unerklärliches Gefühl das Rückgrat hinauf. Hatte eine Uhr geschlagen? Oder stand die Zeit wieder still? Irgend etwas war anders. Aber er hatte jetzt keine Zeit, darüber nachzugrübeln, denn seine Base wartete voller Ungeduld.

Zusammen liefen sie in den Garten hinab, jagten hinter einem großen Ball her und spielten Verstecken und Fangen zwischen den gestutzten Hecken. Augenblicklich zog Dickie jedes Spiel einer längeren Unterhaltung vor, denn er wollte sich nicht gern anmerken lassen, daß er keine Ahnung hatte, was in den letzten vier Wochen geschehen war.

Elfrida schien ebenfalls keine sonderliche Lust zum Reden zu haben. Außerdem war der Garten wunderschön, und nur die schwarze Gestalt des Hauslehrers störte, der mit essigsaurem Gesicht auf und ab spazierte, den Daumen in eines seiner langweilig aussehenden Bücher geklemmt und zuweilen eine Gedichtzeile vor sich hin murmelnd.

Nach einer Weile setzten sich die Kinder auf eine steinerne Bank, und Dickie dachte wieder über das wunderliche Gefühl nach, das ihn vorhin befallen hatte. Plötzlich hörte er, wie das Mädchen neben ihm summte:

»Die Pulververschwörung –
als Tat der Empörung
am fünften November gedacht –
glüht als Fanal in der Nacht.
Verrat droht – habt acht!
Steht auch in Zukunft auf Wacht!«

Wie komisch, dachte der Junge verblüfft, ich hab gar nicht gewußt, daß dieses Lied schon so alt ist! – und im selben Augenblick fiel ihm ein, daß sein Vater gemahnt hatte: »Verrat ist in diesen Tagen ein gefährliches Wort!« Deshalb hob er den Kopf und sagte: »Das ist kein heiteres Lied und auch kein ungefährliches. Du solltest nicht von Verrat singen!«

»Aber es hat doch nicht geklappt, und zum Schluß wird er immer verbrannt!« entgegnete Elfrida verwundert.

Aha, dachte Dickie, offenbar gibt es schon immer die Sitte, Guy Fawkes zur Erinnerung an sein mißglücktes Attentat jedes Jahr als Strohpuppe auf einem Scheiterhaufen zu verbrennen ... und er überlegte, ob es am Abend das traditionelle Feuerwerk geben würde, denn es war ja tatsächlich der fünfte November. Er hatte das vorhin zweihundertmal niedergeschrieben, deshalb wußte er es ganz genau. Er wollte sich jedoch auf nichts festlegen, denn er konnte sich beim besten Willen nicht auf die Jahreszahl der Pulververschwörung besinnen – nur auf das Datum! Aber sagen mußte er schließlich etwas, deshalb murmelte er: »Gibt es noch mehr Strophen?«

»Nein.«

»Von welchem Verrat ist denn in dem Lied die Rede?« fragte er vorsichtig weiter. Aber er merkte sofort, daß er etwas falsch gemacht hatte, denn das Mädchen antwortete überrascht: »Weißt

du das nicht? Ich weiß es aber! Und ich kenne auch ein paar Namen der Verschwörer und wen sie umbringen wollten und alles.«
»Erzähl mir doch!« Dickie versuchte, seine Stimme so gleichgültig wie möglich klingen zu lassen.
»Der König war nicht gerecht zu den Katholiken, weißt du«, begann Elfrida, die offenbar ausgezeichnet Bescheid wußte, »und deshalb beschlossen viele, ihn und auch die Lords vom Parlament zu töten. Sie zettelten also eine Verschwörung an ...«
Dickie wurde wieder von der seltsamen Empfindung überwältigt, als stünde die Zeit still, und jetzt fiel ihm auch auf: Seine Base war verändert. Das Mädchen, das auf der Barke nach Gravesend gefahren war und mit ihm in dem Haus in Deptford gespielt hatte, hätte niemals so einen Ausdruck gebraucht wie ›zettelten eine Verschwörung an‹. Er starrte Elfrida nachdenklich an, aber sie plauderte vergnügt weiter: »Manche behaupten, Lord Arden gehörte auch dazu, aber das stimmt nicht. Einige sollten zum Schein eine Jagdpartie unternehmen und die Prinzessin Elisabeth ergreifen und sie zur Königin ausrufen, und die übrigen sollten das Parlament in dem Moment in die Luft fliegen lassen, in dem es der König eröffnete.«
»Diese Geschichte hat mir mein Lehrer nie erzählt«, sagte Dickie. Ohne daß er wußte warum, fühlte er sich unbehaglich, und weil ihm so sonderbar beklommen zumute war, lachte er verlegen und sagte: »Fahr fort, Kusine!«
Elfrida erzählte weiter, aber er hörte kaum zu, denn der verwirrende Eindruck, daß irgend etwas mit der Zeit nicht stimmte, verstärkte sich immer mehr. Er hörte seine Base sagen: »... wenn Mr. Tresham nicht einen Brief an Lord Monteagle, mit dem er

verwandt war, geschrieben hätte. Darin stand, daß sie den König umbringen wollten ...«

»Welchen König?« unterbrach Dickie.

»König Jakob I.«, antwortete Elfrida, »wieso?«

In diesem Augenblick schoß plötzlich Mr. Parados vor und packte das erschrockene Mädchen am Handgelenk, und nun gab es ein unbeschreibliches Durcheinander. Der Lehrer stellte ein Verhör an, und Elfrida verhaspelte sich in ihren Antworten, und Dickie begriff, daß die Pulververschwörung noch gar nicht stattgefunden und seine Kusine die Ereignisse vorweggenommen hatte. Wieso wußte sie überhaupt davon? Und woher kannte sie das Lied?

»Jetzt nennt mir genau jeden Namen, jede Einzelheit«, schnarrte der verhaßte Lehrer gerade, »oder es wird um Euch und Euren Vater schlecht bestellt sein!«

Elfrida wurde blaß vor Schreck und warf einen hilfeflehenden Blick auf ihren Vetter.

»Ich bitt Euch, Herr«, sagte Dickie so männlich und fest, wie er konnte, »warum erschreckt Ihr meine Base? Es ist doch nur eine Legende, die sie mir erzählte. Sie hat stets allerlei Kurzweil im Sinn!«

Der Lehrer ließ sich jedoch nicht beschwichtigen, und Elfrida rief: »Aber – aber – es ist doch historisch!« Doch es half alles nichts. Am Abend war Dickie mit Mr. Parados, der Amme und der Dienerschaft allein in dem großen Haus, denn Lord und Lady Arden, Edred und Elfrida waren des Hochverrates angeklagt und in den Tower, das gefürchtete Staatsgefängnis von London, gebracht worden. Offenbar war heute der berüchtigte fünfte November, der Tag, an dem die Pulververschwörung stattfinden sollte, und Elfrida – nicht Mr. Tresham, der Vetter von Lord Monteagle – schien den geplanten Anschlag verraten zu haben. Aber woher wußte sie das alles nur? War es möglich, daß sie genauso wie er träumen konnte und dabei kommende Zeiten besuchte, in denen die Gegenwart zur Geschichte geworden war?

Am nächsten Morgen war alles immer noch schrecklich wahr: Seine Verwandten lagen gefangen, und über Haus Arden in Soho hing ein ungewisses Schicksal, gleich einer düster drohenden Gewitterwolke. Die Tage verstrichen. Ebenso plötzlich, wie man sie eingekerkert hatte, wurden Lady Arden und Edred eines Abends wieder freigelassen und kehrten aus dem Tower heim. Lady Arden weinte ununterbrochen, und Dickie mußte zugeben, daß sie wahrhaftig Grund genug dazu hatte. Edred aber steckte voller wilder Ideen, wie er sich an Mr. Parados rächen und seine Schwester retten könnte.

Schließlich heckte er tatsächlich einen Plan aus, wie seine Schwester aus dem Tower zu befreien wäre. Er zog die Amme ins Vertrauen, und mit ihrer Hilfe bestanden sie das Abenteuer: Elfrida verließ eines Tages in den Kleidern ihres Bruders das schwerbewachte Staatsgefängnis, als die Kinderfrau mit den beiden Vettern Lord Arden im Tower einen Besuch abstattete. Die Wache am Eingang wechselte während ihres Aufenthaltes, und unter einem Vorwand gelang es der geschickten alten Frau, ungehindert zweimal das Tor zu passieren und ihre Schutzbefohlenen nacheinander aus dem Kerker herauszugeleiten. Nachdem sie die gefahrvollen Ereignisse dieses Tages bestanden hatten, sorgte die Kinderfrau dafür, daß sie die feinen Kleider wieder auszogen. Dickie hatte es eilig, wieder zu den Geschwistern zurückzukommen, um mit ihnen die aufregende Entführung noch einmal zu besprechen.

Im Flur stieß er mit den beiden zusammen, die es mindestens so eilig zu haben schienen wie er.
»Was ist denn los?« fragte Dickie neugierig.
»Wir wollen noch unsere Rechnung mit der alten Papageiennase begleichen«, antwortete Edred, und Elfrida sagte besorgt: »Aber

du sollst deine Finger davon lassen. Wir gehen nämlich weg von hier, weißt du – aber wir können dir jetzt nicht so schnell sagen, weshalb, du würdest uns das alles gar nicht glauben.«

»Na, versucht es doch mal«, schlug Richard Arden vor, angesteckt von dem verwegenen Wunsch, sich dieser verwickelten Zeit mit ihren Verschwörungen anzupassen.

»Also gut«, sagte Elfrida. »Doch, Edred, er hat das Recht, alles zu erfahren. Er gehört zu uns. Er würde uns auch nie verraten, nicht wahr, Dickie?«

»Du weißt ganz genau, daß ich das niemals tun würde«, sagte der Junge.

»Siehst du«, begann das Mädchen langsam, »wir sind – wir sind nicht die, die wir zu sein scheinen, Edred und ich. In Wirklichkeit gehören wir gar nicht in diese Zeit. Ich hab keine Ahnung, was aus der richtigen Elfrida und dem echten Edred geworden ist, die eigentlich hierhergehören. Sind wir dir nicht manchmal ein bißchen komisch vorgekommen? Ich meine: anders als die beiden Kinder, die du sonst gekannt hast?«

Dickie dachte an das sonderbare Gefühl, das ihn zuweilen so sehr verwirrt hatte, und nickte wortlos.

»Da hast du's! Das ist, weil wir gar nicht wir sind. Wir gehören nicht hierher. Wir gehören über dreihundert Jahre später in die Zukunft. Aber wir haben einen Zauber, einen weißen Maulwurf, der uns hilft. Wir können überall hin in die Vergangenheit ...Ja, ja, ich weiß, das klingt ganz verrückt«, stotterte sie fast niedergeschlagen, »ich hab ja gleich gewußt, daß du uns nicht glauben würdest. Aber es ist trotzdem wahr. Und jetzt wollen wir gerade in unsere Zeit zurück. Ach, es ist zu verrückt, aber es stimmt ... wie soll ich's dir nur erklären?«

Richard sagte immer noch kein Wort. Er war davon überzeugt gewesen, daß er allein Zauberträume haben konnte, und nun ... Stumm vor Verwirrung senkte er die Augen.

»Mach dir nichts draus«, sagte Elfrida tröstend. »Vergiß unser ganzes Geschwätz – ja? Oder denk einfach, wir hätten dich an der Nase herumführen wollen!«

Endlich hatte sich Dickie so weit gefaßt, daß ihm seine Stimme wieder gehorchte. »Es ist einfach fürchterlich!« stieß er hervor. »So war es sonst nie! Ich denke jetzt beinahe, daß alles ein Traum ist. Und dabei hab ich immer gemeint, es sei keiner ...«

»Ich weiß nicht, wovon du redest. Wart mal, da fällt mir was ein«, sagte Edred. Einem plötzlichen Einfall folgend, sauste er in einen Winkel des Wohnzimmers und holte eine kleine Kamera hervor. »Sieh dir das an«, forderte er Dickie eifrig auf, »es stammt aus unserer Zeit, aus der wir kommen!«

Richard starrte auf die einfache Box. Ein Junge aus seiner Schule in Deptford hatte genau so eine besessen. Und einer der Lehrer hatte eine etwas größere Kamera vom gleichen Typ gehabt ... Ein Schauder überlief ihn. Dieser Einbruch technischer Geräte aus der verhaßten Zeit, in der er geboren war, in diese friedliche, geliebte Welt erfüllte ihn mit Abscheu. »Ach, hör doch auf«, unterbrach er Edred müde, »jetzt weiß ich genau, daß alles nur ein Traum ist. Als ob ich keinen Fotoapparat erkennen könnte, wenn ihn mir jemand vor die Nase hält. Das ist eine Box.«

»Wenn du von unserer Zeit geträumt hast«, sagte Elfrida langsam, »hast du auch von pfeilschnellen Wagen und rasenden Booten geträumt und von ...«

Richard fiel ihr ärgerlich ins Wort. Er sei kein Wickelkind, sagte er, und wisse genug über Eisenbahnen, Dampfschiffe und was sie

sonst wollten, sogar daß Kent am vergangenen Donnerstag mit 615 Punkten gegen Derbyshire gewonnen hätte, sei ihm bekannt, als aber Edred und Elfrida mehr wissen wollten, wehrte er ab.
»Kein Sterbenswort mehr«, sagte er, »aber ich werde euch bei der Rache an Papageiennase helfen.« Und er schlug vor, sie sollten den Schnee vom Dach in die Kammer des Lehrers schippen, dessen Zimmer praktischerweise durch ein Oberlicht erhellt wurde, doch Edred wollte unbedingt erst noch die Zahlen von Kent und Derbyshire aufschreiben, um Richards Behauptung nachzuprüfen, wenn sie in ihre Zeit zurückgekehrt sein würden.
Dickie trieb in der Tiefe seiner Tasche einen Zettel auf, eine Rechnung, die er zufällig bei sich gehabt hatte, als er das Zaubermuster aus den Mondblumenkernen legte, und die erstaunlicherweise die Reise in die Vergangenheit mitgemacht hatte. Er kritzelte die Zahlen hastig auf die Rückseite, reichte seinem Vetter das Papier, und dann stürmten alle drei Hals über Kopf davon und vollbrachten triumphierend ihr Rachewerk.
Im Wohnzimmer erwischte sie die Kinderfrau und schickte Richard ins Bett. Er gehorchte murrend, doch er konnte nicht einschlafen. Das ganze Haus war von Unruhe erfüllt, und endlich konnte er's nicht mehr aushalten. Er schlich vorsichtig hinaus auf den Gang. Dort verbarg er sich hinter einem mächtigen Schrank. Sonderbare Dinge gingen heute nacht vor sich – er mußte wissen, was geschah, gleichgültig, was aus ihm werden würde.
Flüsterte da nicht jemand? Die Stimmen kamen die Treppe herauf ... Dickie erkannte die Kinderfrau, Edred und Elfrida an der Sprache – aber da war noch eine andere Stimme. Wo hatte er die nur schon gehört? Wieder umfing ihn das Gefühl der Zeitlosigkeit, und plötzlich erinnerte er sich der Nacht des ersten Zaubers.

Damals hatte dieselbe Stimme gesagt: ›Er gehört dir mehr als mir.‹
Das Licht in der Hand der alten Amme flackerte und tanzte die Treppe empor und verschwand. Dickie mußte ihm folgen; denn er war der festen Überzeugung, dabei die Erklärung für alles das zu finden, worüber er sich allein vergeblich den Kopf zerbrach.
Als er das oberste Stockwerk erreicht hatte, standen die anderen um das Fenster am Ende des Ganges. Beide Flügel waren geöffnet, und ein eisiger Wind fuhr herein. Beim flackernden Licht der Kerze sah Dickie, wie durch das schwarze, sternengepunktete Viereck schimmernde Schneeflocken ins Haus getrieben wurden. Wieder erhoben sich die flüsternden Stimmen, dann ertönte der Befehl: »Laß mich los und spring!«
Eine kleine Gestalt – es mußte Edred sein, nein: Elfrida! – schwang sich aufs Fensterbrett und war im Nu verschwunden.
Dickie hielt den Atem an. War das Mädchen tatsächlich aus dem Fenster im dritten Stock gesprungen?
Und schon folgte ein zweiter Schatten – Edred glitt hinter seiner Schwester her in die dunkle Nacht.
»Das kann doch nur ein Traum sein«, flüsterte Dickie. »Aber wenn sie zur Strafe für die Sache mit der alten Papageiennase da hinunterspringen mußten, dann tu ich's natürlich auch!«
Er stürzte an der Kinderfrau vorbei, hörte ihre erschrockene und jene zweite Stimme, mit der sie sich unterhalten hatte, schoß blindlings auf das Fenster zu, schob sein Knie auf den Sims, richtete sich auf und sprang. Flüchtig schien ihm, als hörte er: »Noch einer!« Doch da war er schon draußen und fiel und fiel ... wie ein Stein.
Wenn ich die Erde berühre, werde ich sicher aufwachen, fuhr es

ihm durch den Kopf, und dann werd ich ja sehen, daß es nur ein dummer Traum ist ... Aber da wurde er von etwas aufgefangen, es hob sich ihm sanft und weich entgegen wie ein Berg Flaumfedern oder eine Schneewehe, es bewegte sich unter ihm und schüttelte sich, nahm Gestalt und Form an, schien ein Sessel zu werden – nein: eine Kutsche! Plötzlich lagen Zügel in seinen Händen, weiße, leichte Zügel. War das ein Schimmel? Nein – ein Schwan mit mächtigen schneeweißen Schwingen.
Dickie griff fester zu und lenkte sein sonderbares Zugtier in einem flachen Bogen zurück zu dem roten Feuerschein der flackernden Fackeln vor dem hohen Eingangstor. Als der Schwan seinen langen, schlanken Hals zur Abwärtsfahrt nach unten bog, glaubte Dick plötzlich Edred und Elfrida zu sehen. Sie glitten an ihm vorüber in einem Gefährt, das dem seinen aufs Haar glich. Unwillkürlich zog er die Zügel an, und der Schwan erhob sich höher in die Lüfte, wendete und hielt wieder vor dem Bodenfenster.
Sanfte Hände zogen den Jungen ins Haus zurück. Der Schwan schwamm zwischen Schneewirbeln und Sternen davon in die Tiefe des Himmels, und Dickie stand auf dem Fensterbrett, fest umschlungen von den Armen der Kinderfrau. »Mein Schäfchen«, murmelte sie, »mein liebes, törichtes, tapferes Schäfchen!«
Der Junge versuchte, sich zusammenzureißen. »Wenn dies hier ein Traum sein sollte«, sagte er langsam, »dann hab ich ihn satt. Ich will aufwachen! Aber wenn alles wirklich ist – nur mit ein bißchen Zauberei dabei, dann mußt du es mir jetzt auf der Stelle erklären. Alles. Anders kann ich es nicht mehr aushalten.«
»Ach zum Teufel, so sag's ihm doch! Dann hast du's hinter dir«, schnarrte die Stimme, mit der der ganze Zauber begonnen hatte, und Dickie meinte, etwas kleines Weißes am Korridorpaneel ent-

langhuschen zu sehen. Auf einmal war es verschwunden wie das Licht einer Kerze, die ausgepustet wird.
»Nun gut, ich will es tun«, versprach die Amme. »Kommt, mein Herz, ich werde Euch alles erzählen.«
Sie nahm den Jungen mit sich hinunter in einen mollig warmen Raum, vor dessen Fenster die Gardinen dicht zugezogen waren, goß ein Glas heißen, gewürzten Holunderwein für ihn ein und begann, während sie sich vor ihm niederkauerte und seine kalten Füße warm rieb, zu sprechen:
»Zuweilen – es geschieht nicht oft, aber hin und wieder eben doch –, zuweilen werden Kinder geboren, die nicht wie gewöhnliche Sterbliche an die Zeit gefesselt sind. Und wenn diesen Kindern zur rechten Stunde der rechte Zauber in die Hände gerät, dann haben sie die Macht, in der Zeit so hin und her, vorwärts und rückwärts zu gehen, wie andere Kinder im Raum, von einem Zimmer ins andere, auf den Spielplatz oder wohin immer. Oft geht diese Macht in frühester Jugend schon wieder verloren. Manchmal wächst sie den Kindern ganz allmählich zu, so daß sie am Ende gar nicht wissen, wann es eigentlich begonnen hat, und gelegentlich verschwindet sie auch wie ein Traum, der schon vergeht, wenn man sich morgens noch im Bett reckt und streckt. Ab und zu fängt alles mit einem Zauberspruch an – so war es zum Beispiel bei Edred und Elfrida. Sie kamen aus der Zeit, in der Ihr auch geboren seid, sie haben mit Euch zusammen eine Weile hier gelebt und sind vorhin in ihre eigene Welt zurückgegangen. Ist Euch kein Unterschied aufgefallen zwischen ihnen und den Geschwistern in Deptford?«
»Ich glaube doch«, sagte Dickie, »das heißt: Ich hab eigentlich keinen Unterschied bemerkt, aber ich konnte das Gefühl nicht

loswerden, daß irgend etwas nicht stimmte. Ich war ganz benommen und dachte, mir müßte der Kopf zerspringen.«
»Seht Ihr – das kam daher, weil sie nicht dieselben Kinder waren, die Ihr in Deptford kennengelernt habt.«
»Aber wo sind die richtigen Geschwister die ganze Zeit gewesen?« fragte Dickie verwirrt.
»Oh – die waren irgendwo anders. Um es genau zu sagen: in der Zeit von Julius Cäsar. Aber sie wissen nichts davon und werden es auch niemals erfahren. Sie haben nämlich keinen Zauber, und ihnen erscheint das Ganze wie ein Traum, den sie rasch vergessen werden.«
»Und die Schwäne und die Kutschen und die Stimme und daß wir aus dem Fenster springen konnten ...?« fragte Dick weiter.
»Das war ein weißer Zauber, den das Muddeltier von Arden befohlen hat«, antwortete die Kinderfrau, und dann erzählte sie dem begierig lauschenden Jungen von dem geheimnisvollen Wappentier der Familie, dessen Bild auf dem Glockenstab und dem Siegel eingraviert war.
Sie saßen miteinander bis gegen Morgengrauen vor dem glimmenden Feuer, und die Amme berichtete von Edred und Elfrida, den beiden Kindern aus Dickies eigener Zeit, deren Vater verschollen war. »Doch er lebt«, wisperte sie, »und Ihr könntet den beiden helfen, damit sie ihn wiederfinden.«
»Natürlich«, sagte Dickie, »das will ich gern tun! Aber kann ich nicht einmal das weiße Muddeltier sehen?«
»Ich trau mich nicht, mein Herz«, wehrte die Kinderfrau ab. »Sogar ich würde es nicht wagen, das Muddeltier heute nacht noch einmal zu rufen. Aber ich werde Euch einen kleinen Zauber verraten, mit dem Ihr's ein andermal versuchen könnt. Es zeigt sich

mitunter als ein jähzorniges kleines Biest, aber im Grunde seiner Seele ist es herzensgut und unermüdlich bei der Arbeit!«

»Ich glaube, ich kenne seine Stimme«, meinte Dickie und erzählte, wie damals in der einsamen Nacht bei ihm der Zauber begonnen hatte.

»Zu Eurem Hause gehören drei weiße Maulwürfe«, erklärte die Kinderfrau, »der eine ist das Wappentier, der zweite ist die Helmzier, und der große dritte sitzt auf dem grünweißgewürfelten Schild, der zur Rüstung gehört. Ihr werdet die beiden ersten gehört haben.«

»Und wie kann ich Edred und Elfrida finden und ihnen helfen, ihren Vater wiederzubekommen?«

»Ihr müßt die Mondblumenkerne zum Muster legen und Euch wünschen, dort zu sein, wo sie hingegangen sind. Dann könnt Ihr mit ihnen sprechen.«

»Soll ich das gleich tun?« fragte Dickie ohne großen Eifer, denn allmählich überwältigte ihn eine tiefe Erschöpfung.

»Nein bewahre, mein Schäfchen«, sagte die alte Frau zärtlich und brachte ihn endlich zu Bett. Sein müder Kopf schwirrte von tausend Dingen, die ihm traumhafter schienen als alle Träume der Welt.

Von nun an unterhielt er sich oft stundenlang mit seiner Amme und ließ sich immer neue zauberische Geschichten von ihr erzählen. Eines Tages ging er auf ihren Rat hin in die Zeit von Heinrich VIII. zurück, um dort mit Edred und Elfrida zusammenzutreffen, und etwas später gelang es ihm tatsächlich, den beiden dabei zu helfen, daß ihr Vater heil und gesund zurückkehrte. Die Geschwi-

ster bestürmten ihn nach diesem Abenteuer sehr, mit ihnen in ihrer Zeit zu leben, aber er weigerte sich hartnäckig und ging dahin zurück, wo er sich glücklich fühlte.
Als er danach in seinem engen, getäfelten Schlafzimmer wieder die Augen aufschlug, kam ihm alles Geschehene wie ein wirrer Traum vor; alle diese bunten Erlebnisse waren schattenhaft und flüchtig an ihm vorbeigeglitten und glichen in nichts den Bildern des Doppellebens, das er bisher geführt hatte.
»Das ist immer so«, erklärte ihm die Kinderfrau. »Wenn man in fremden Zauber hineingerät, kommt es einem stets ganz unwirklich vor. Wenn Ihr andere Leute in Euren Zauber hineinzieht, dann ist es ebenso – nur umgekehrt. Doch laßt jetzt nur gut sein. – Euer Vetter und Eure Base brauchen Eure Hilfe noch, aber dazu müßtet Ihr mit ihnen in Eurer eigenen Zeit zusammenkommen, in der Ihr geboren seid. Ihr müßt freilich damit warten, bis es Sommer ist, denn für die Geschwister ist es das jetzt schon. Sie sind Euch um sieben Monate voraus.«
»Aber«, wandte Dickie völlig verwirrt ein, »wenn sie mir jetzt um sieben Monate voraus sind, dann bleiben sie das doch immer!«
»Larifari«, unterbrach ihn die Amme ungeduldig, »wie oft soll ich Euch denn noch klarmachen, daß es gar keine Zeit gibt? Aber es gibt natürlich Jahreszeiten! Und die Jahreszeit, aus der sie hierhergekommen sind, das war eben der Sommer. Und die Jahreszeit, in der Ihr zurückgehen müßt, das ist der Herbst. Deshalb kommt Ihr nicht darum herum, Ihr müßt sieben Monate lang in ihrer Zeit leben, und dann ist es wieder Sommer, und Ihr könnt ihnen begegnen.«
»Und was geschieht mit dem Lord Arden im Tower? Wird er wegen Hochverrats enthauptet werden?« fragte der Junge.

»Er wird unversehrt aus allem hervorgehen, seid getrost! Und jetzt, mein Schäfchen, jetzt muß ich Euch noch etwas Wichtiges anvertrauen. Hört mir gut zu!« Sie lehnte sich gegen das Fußende des Bettes, auf dem sie während ihres Gesprächs gesessen hatte, und Dickie kuschelte sich behaglich an sie.

»Edred und Elfrida«, begann sie mit eindringlicher Flüsterstimme, »sind ursprünglich in die Vergangenheit gereist, um einen Schatz zu finden, der in Schloß Arden am Meer verborgen ruht. Sie wollten ihn heben, um das Haus wieder im alten Glanz herrichten zu können, denn in Eurer Zeit ist es zur Ruine zerfallen. Aber sie haben ihren Zauber verbraucht, als sie ihren Vater zurückholten, und können jetzt nichts mehr unternehmen. Wenn Ihr jedoch den Mondblumensamen auslegt und Euch mit den beiden Kindern in die Mitte stellt und die Rassel und das weiße Siegel in den Händen haltet, dann könnt Ihr zusammen überall dorthin, wohin Ihr wollt.«

»Dann würde ich vorschlagen«, sagte Dickie, »daß wir gleich zu dem Schatz reisen.«

»Das geht nicht. Ihr könnt Euch nur ein Jahr in der Vergangenheit aussuchen – jedes beliebige Jahr –, Euch dahin begeben und nach dem Schatz suchen.«

»Schön, dann machen wir es eben so«, sagte Dickie zufrieden. »Aber danach darf ich doch zu dir zurückkommen, nicht?«

»Nur wenn Ihr nicht anderswo dringender gebraucht werdet«, antwortete die Amme ernst. »Die Ardens harren dort aus, wohin die Pflicht sie stellt, und gehen dahin, wohin die Pflicht sie ruft.«

»Aber ich bin doch gar kein Arden«, wehrte Dickie betrübt ab.

»Ihr seid Richard Arden hier wie dort«, sagte die alte Frau. »Eures Großvaters Name hat sich nur im Laufe der Zeit verändert: Arden klang durch nachlässiges Sprechen wie Harden, und aus Harden ist Harding entstanden. So werden Namen immer einmal zerredet und abgeschliffen. Doch Dick von Deptford muß die Ehre seines Hauses wahren und aufrechterhalten, hier so gut wie dort, jetzt genau wie dann.«

»Ich werde mich Arden nennen, wenn ich wieder dorthin zurückgehe!« erklärte Dickie stolz.

»Jetzt noch nicht«, riet die Amme, »wartet noch! Die Zeit ist noch nicht reif, das Erbe anzutreten, das Euch zusteht. Und jetzt, mein liebstes Schäfchen, müßt Ihr gehen. Euer Lehrer plant in seinem Herzen Arges für Euch. Legt die Mondblumenkerne aus, und wenn Ihr die Stimmen vernehmt, so verlangt: ›Ich will beide Muddeltiere sehen!‹ Dann wird Euer Wunsch erfüllt werden.«

»Ich danke dir«, sagte Dickie zärtlich. »Ich möchte sie wirklich zu gerne sehen.«

Und er erblickte sie, nahm sie wahr in einem schwebenden blaugrauen Nebel, in dem er nichts Festes mehr spüren konnte, weder den Boden unter seinen Füßen noch den Druck seiner zur Faust geballten Finger gegen die eigene Hand.

Die beiden Maulwürfe leuchteten schneeigweiß vor der grauen Nebelbläue. Der eine, dem er im Laufe seiner Abenteuer schon begegnet war, lächelte freundlich (soweit Maulwürfe dazu in der Lage sind) und brummte: »Du bist ein stolzes Reis des alten Stammes, Master Richard, das kann man wohl sagen!«

Dickie fand es sehr merkwürdig und verwirrend, die beiden weißen Maulwürfe wie Menschen sprechen zu hören. Nach einer kleinen Pause sagte er schüchtern: »Ich freue mich sehr, daß ich Sie kennenlernen darf ...«

»Gute Erziehung«, murmelte das erste Muddeltier in den Bart, und das zweite sagte: »Das Vergnügen ist ganz unsererseits!« Dickie hatte das Gefühl, die beiden sonderbaren Geschöpfe seien zufrieden mit ihm. Um die Unterhaltung nicht einschlafen zu lassen, erkundigte er sich: »Wann kann ich denn den großen Maulwurf sehen? Den auf dem Schild, meine ich?«
»Nur Geduld«, antwortete das zweite Muddeltier, »du wirst ihn erst am Schluß der ganzen Zauberei zu sehen bekommen. Er ist

der Mächtigste von uns. Ich habe den Zauber des Raumes unter mir, mein Bruder dort beherrscht den Zauber der Zeit, und unser großer Bruder vom Ardenschild überwacht uns beide und steht über den Dingen. Ihn darfst du nur rufen, wenn du einen Zauber bewirken willst, der unsere Kräfte übersteigt.«

»Wohin wollt Ihr jetzt, Mylord?« fragte der erste.

»Ich bin kein Lord«, sagte Dickie. »Ich heiße nur Richard Arden. Und ich möchte jetzt gern zu Mr. Beale zurück und sieben Monate bei ihm bleiben. Dann möchte ich zu meinem Vetter Edred und meiner Base Elfrida.«

»Also marsch ab und retour mit dir«, brummte das Muddeltier. »Das geht im Handumdrehen!«

»Und für den zweiten Teil deines Wunsches brauchst du keinen Zauberspruch, sondern nur Geduld und die Kraft eines standhaften Herzens. Beides besitzt du ohne unser Zutun«, ergänzte sein Bruder höflich.

Die beiden Maulwürfe verschwanden, und der blaugraue Nebel löste sich in den zartfarbigen Schleiern der Morgendämmerung auf.

Dickie spürte wieder Boden unter den Füßen, fühlte die scharfe Kante der Sessellehne an seinen Armen und den atmenden, warmen, weichen Körper von Treu, der auf seinen Knien eingeschlafen war.

»Und jetzt sieben Monate und keinen einzigen Traum!« sagte Dickie, während er mühsam aufstand. Er verstaute die Glöckchen, die Mondblumenkerne und das Siegel an einem sicheren Platz und kroch zurück ins Bett.

Achtes Kapitel

Die Heimkehr

Die sieben Monate näherten sich ihrem Ende. Dickie hatte unverdrossen gearbeitet, eine Menge gelernt und gut verdient, und auch der Hundehandel hatte einen erstaunlichen Aufschwung genommen. Mr. Beale kannte sich in Stammbäumen und Preisbildung aus, wußte alles über Tollwut und Staupe und irrte sich nie mehr, wenn es darum ging, ob man einem winselnden Hundepatienten ein Abführmittel einflößen oder ihm nur einfach die Futterration verringern sollte. Ihr kleines Vermögen auf der Bank vermehrte sich im Laufe der Zeit ebenfalls, und nachdem die Nachbarn diese Entwicklung eine Weile geduldig ertragen hatten, begannen sie, alberne Bemerkungen zu machen, wie Mr. Beale es nannte.

»Meinetwegen«, sagte er, indem er die Pfeife aus dem Mund nahm, während er sich im Hinterhof ein bißchen die Beine vertrat, »solange sie bloß das Maul aufreißen und uns sonst nichts in den Weg legen, soll's ja hingehen. Aber meine Rede ist: Wir brauchen mehr Platz für die Viecher. Und dann, was in den Büchern steht, daß man den ganzen Tag lang für die Dressur mit ihnen arbeiten soll! Willste mir vielleicht mal sagen, wie das ein

Mensch allein und bloß mit seinen zwei Händen schaffen soll? Ganz zu schweigen von den Füßen! Und du hast schließlich deinen Beruf und brauchst deine Zeit für dich selber.«

»Ja, ich hätte auch nichts gegen eine größere Wohnung«, meinte Dickie, »wir könnten sie uns jetzt ja auch leisten. Nicht, daß ich nicht traurig wäre, wenn wir aus unserem alten Haus ausziehen müßten. Wir haben hier schließlich eine schöne Zeit gehabt, nicht?« Er seufzte wie ein uralter Mann, der auf die längst vergangenen Tage der Jugend zurückblickt.

»Das kannste dreist behaupten«, antwortete Mr. Beale. »Aber auf diesem Hinterhof hier, da is kein Platz für das, was sich Hundedressur nennt.«

»Na gut«, räumte der Junge ein, »dann ziehen wir eben um, wenn Sie's für notwendig halten ...«

»Ah«, machte Mr. Beale gedehnt und legte seine Pfeife aufs Knie, »jetzt fängst du an, vernünftig zu reden. Umziehen. Das hab ich gehofft, daß du das sagst. Weißte noch, was wir damals im Winter besprochen haben? An dem Tag, als Mr. Fuller wegen der Miete 'n Sprung zu uns rein kam? Daß es mir in den Beinen kribbelte? Ich hab gesagt: Warum sollten wir nich wieder mal auf die Walze gehen? Und du hast gesagt: Woll'n sehn, woll'n sehn, vielleicht im nächsten Sommer. Und jetzt isses nächster Sommer. Was hältst du davon, wenn wir uns wieder 'n bißchen auf die Socken machten, Kamerad? Da hätten wir Platz und könnten die Beine ausstrecken, ohne 'nem Hund auf den Schwanz zu treten oder Malchens Porzellan von der Kommode zu stoßen. Der alte Kinderwagen steht noch oben auf dem Boden. Mit 'm bißchen frischer Farbe drauf isser wieder wie neu: 'ne Kutsche für einen Fürsten. Und hier bin ich – da bist du, und da sind unsre Köter. Weißt du noch, das Bett mit den grünen Vorhängen? Und wie lecker Heringe riechen, die man sich selber brutzelt? Und das Feuer, das wir uns aus trockenen Stecken und Zweigen machen, und die Sterne, die plötzlich am Himmel stehen und zu dir runterplinkern? Alles ist still und ruhig, du rauchst 'ne Pfeife, bis sie dir vor Müdigkeit von alleine aus dem Mund fällt, und brauchst keine Angst zu haben, daß dir die Steppdecke in Flammen aufgeht. Was sagste dazu, Kumpel?«

Dickie ließ seinen Blick über die Rückfront des kleinen Hauses gleiten, über die weißen Musselingardinen und die bunten Blumenkästen. Und dann überkam ihn die Erinnerung an ein anderes Bild: Das letzte, neblige Tageslicht verglomm über dem Hügelland, Sterne leuchteten zwischen den Wipfeln hoher Bäume, deren Zweige sich über ein federndes, harzduftendes Nachtlager aus Tannennadeln wölbten ...

»Was meinste, mein Junge?« wiederholte Mr. Beale erwartungsvoll, und Dickie antwortete: »Sie behaupten ja immer, daß Sie tun müßten, was ich sage. Und jetzt sag ich: Je eher, desto besser!«

Nachdem also beschlossen war, wieder auf Wanderschaft zu gehen, entdeckte Mr. Beale plötzlich ein Dutzend guter Gründe, die ihn zwangen, daheim zu bleiben, und jeder dieser Gründe lief auf vier weichen Hundepfoten einher und wedelte freundlich mit einem Hundeschwanz. Ihr Herr und Gebieter machte sich größte Sorgen um seine Schützlinge und überlegte immer wieder hin und her, ob sie in Amalies Obhut auch gedeihen würden.

»Ich möchte bloß wissen, auf wen Sie sich verlassen wollen, wenn Sie mir schon nichts zutrauen«, sagte das Mädchen spitz und warf den hübschen Kopf in den Nacken. »Wenn einer Sie reden hört,

dann möcht er ja meinen, es dreht sich um kleine Kinder und nicht um Hunde!«
»So ist es ja auch – ich meine, für mich wenigstens! Mir sind sie genauso ans Herz gewachsen wie andern Leuten ihre Gören!« entgegnete Mr. Beale mit Nachdruck. »Passen Sie mal auf, Malchen: Sie ziehen hierher und hüten ein, ja? Wir zahlen Ihnen fünf Shilling die Woche, und der Junge schreibt Ihnen alles auf, was sie zu fressen kriegen und wie das mit der Gesundheit ist und wie sie versorgt werden müssen und überhaupt ...«
Bis alle diese Dinge geordnet und schriftlich festgelegt waren, verging eine ganze Zeit. Inzwischen war die frische Farbe auf dem Kinderwagen trocken, und Hemden und Socken stapelten sich auf dem Fensterbrett in der Küche, zum Einpacken bereit, das Mr. Beale sich vorbehalten hatte.
Und dann ging's los. In aller Frühe sagten sie Amalie und den Hunden Lebewohl und zogen davon. Das Mädchen schaute ihnen nach und winkte noch einmal, als sie um die Ecke bogen. »Es wird einsam sein«, murmelte sie, »aber eins ist sicher: Eingebrochen kann nicht werden bei so vielen Hunden im Haus!« Sie ging hinein und schloß die Tür sorgfältig hinter sich ab und mußte ein bißchen lachen, denn ein fröhliches, vielstimmiges Bellen verkündete unüberhörbar, daß sie keineswegs so einsam und verlassen sein würde, wie sie befürchtet hatte.
Die beiden Kameraden waren nun endlich unterwegs. Ihr Ziel war Arden, der Ort am Meer mit dem Schloß auf den Klippen, wo der Junge jetzt nach den sieben Monaten Wartezeit die beiden Kinder treffen wollte, die er aus dem anderen Leben kannte. Der Gedanke an dieses Wiedersehen ließ sein Herz schneller schlagen, aber er genoß es trotzdem, statt des harten Steinpflasters der

Stadt wieder die Landstraße, das frische, betaute Gras und den Klee am Wegrand unter seinen Füßen zu spüren. Er sah zufrieden, wie die Häuser der Weite von Wiesen und Feldern wichen. Abends kurz vor Sonnenuntergang überholten sie eine gebeugte, langsam ausschreitende Gestalt. Dickie freute sich, daß es die Frau war, die ihm das blaue Band für Treu geschenkt hatte. Der Hund schien sie ebenfalls wiederzuerkennen, sprang winselnd um ihre abgetretenen Stiefel und schnüffelte an ihrer faltigen Hand.
»Ach bitte, nehmen Sie doch ein Stück ihren Korb mit, ja?« flüsterte der Junge seinem Begleiter zu und kletterte aus dem Kinderwagen. »Ich kann die letzte Strecke gut laufen.«
In freundschaftlichem Schweigen wanderten sie zu dritt nebeneinander her, bis die alte Frau kurz vor Orpington sagte: »Hier trennen sich unsere Wege. Ich danke auch schön für die Hilfe. Man sagt ja: Freundlichkeit macht sich immer bezahlt.«
»Ach, das war doch nicht der Rede wert«, meinte Mr. Beale, »und außerdem ham Sie uns damals das Band geschenkt.«
»Ist das der Hund?« fragte die Frau.
»Jawoll«, erwiderte Mr. Beale stolz, »das isser.«
»Ein schönes Tier«, lobte die Alte. »Und jetzt: auf Wiedersehen.« Sie hob ihren Korb vom Wagen, und bevor sie nach rechts abbog, wandte sie sich noch einmal um und nickte den beiden zum Abschied zu.
In diesem Augenblick fühlte Dickie, wie er erstarrte, er stand angespannt wie ein Jagdhund, der die Beute wittert. »Warte doch«, rief er, »bist du nicht die Kinderfrau?«
»Ich hab mich im Laufe meines Lebens um viele Kinder gekümmert«, rief sie zurück.

»Aber im Traum – du weißt doch!«
»Träume sind Schäume«, sagte sie leichthin, »und Reden ist Silber, Schweigen ist Gold.«
»Aber ...« sagte Dickie.
»Halte die Augen offen und den Mund geschlossen. Das ist ein guter Wahlspruch fürs Leben«, rief sie, nickte noch einmal und war im zunehmenden Dämmergrau verschwunden.
In Dickies Kopf überstürzten sich wilde Gedanken, und er zitterte vor Besorgnis, seinem Begleiter könnte etwas aufgefallen sein.
»Kann ich wieder fahren, Vater? Mein Fuß tut doch mehr weh, als ich dachte. Wir sind in der letzten Zeit ein bißchen aus der Übung gekommen, was das Laufen anbetrifft, nicht wahr?«
»Biste vielleicht schon ganz und gar müde?« fragte Mr. Beale. »Hier in der Nähe is nämlich 'n Ort, der heißt Chevering Park – bildschön, kann ich dir sagen! Ich hatte gedacht, daß wir da übernachten würden. Ich bin selber ziemlich marode, aber so weit schaff ich's schon, wenn du noch kannst.«
Der Junge nickte, und als sie später ihr Lager in einer tiefen, laubgepolsterten Mulde aufgeschlagen hatten, war er froh, daß er seiner Müdigkeit nicht nachgegeben und auf einem früheren Halt bestanden hatte. Vor ihnen erhob sich graugrün der mächtige Hügel in der einfallenden Dämmerung. Es schien fast wie der Beginn eines Zaubertraumes, als er sich, mit seinem Hund zärtlich im Arm, in der kühlen, schweigenden Nacht niederlegte und zu den Sternen emporsah, die in den Zweigen der Bäume schwebten.
»Ich möchte wissen, warum die Menschen Häuser erfunden haben ...« murmelte er, und dann war er eingeschlafen.

Sie durchbummelten gemütlich das Gartenland Kent, nahmen sich nur kurze Tagesstrecken vor und genossen jede Stunde, die sie verlebten.
Dickie war vergnügt und freute sich über alles, was am Weg grünte und blühte. Am liebsten mochte er jedoch die ruhigen klaren Nächte, in denen er sich, an Treu geschmiegt, unter dem Sternenhimmel ausstreckte und in Schlaf sank.
Alles war gut und richtig, und die sieben Monate voll Arbeit und Erwartung hatten sich schon in dem Augenblick gelohnt, als sie einen waldigen Hügelkamm der südlichen Downs erreichten und Mr. Beale sagte: »Dort liegt Schloß Arden!«
Grau und grün mit seinen verwitterten alten Quadern im dichten Efeugerank ruhte es zu ihren Füßen: dasselbe Schloß, das er damals gesehen hatte, als sie vor dem Einbruch in Schloß Talbot zwischen den Stechginsterbüschen übernachtet hatten. An einer Seite des weitläufigen Mauerwerks, wo ein neues Haus errichtet war, schimmerten rote Dächer, und als sie näher kamen und hinuntersehen konnten, erblickte Dickie zwei kleine Gestalten auf dem Rasenplatz im Hof. Er überlegte, ob es Edred und Elfrida sein könnten, denen er in der Zeit Jakobs I. begegnet war und die nach dem Wort der alten Kinderfrau in Wirklichkeit ebenso in die Gegenwart gehörten wie er selber.
Während sie sich weiter ihren Weg durch das Unterholz bahnten, merkte Dickie, daß sein sonst so redseliger Begleiter immer schweigsamer und bedrückter wurde. »Was ist denn los?« fragte er schließlich.
»Ach, es is gar nichts«, sagte Mr. Beale.
»Glauben Sie etwa, daß die Talbots Sie wiedererkennen?«
»Darum kümmer ich mich nich die Bohne; die haben ja mein Ge-

sicht gar nich zu sehen gekriegt. Außerdem hab ich damals keinen Schnurrbart gehabt wie jetzt ...«

»Was ist es also dann?« bohrte Dickie weiter.

»Na, wenn du's unbedingt wissen willst«, seufzte Beale, »wir sind doch hier ganz in der Nähe von mei'm Alten, und ich weiß immer noch nich, was ich machen soll.«

»Ich dachte, wir wollen ihn besuchen – hatten wir das nicht besprochen?«

»Ach, ich weiß nich. Wenn er etwa unterm grünen Rasen liegt, dann ertrag ich's nich. Ich sag dir: Ich ertrag es einfach nicht! Aber wir sind ja eine zählebige Familie. Vielleicht is er noch frisch und munter. Wer weiß?«

»Soll ich erst mal dahin gehen, wo er wohnt, und nachsehen, ob er gesund ist?« bot Dickie bereitwillig an.

»Ja – nee«, wehrte Mr. Beale kläglich ab, »wenn ich gehe, dann geh ich selber, und wenn ich wegbleibe, dann bleib ich alleine weg. Es is nur, daß ich nich weiß, was ich tun soll!«

»Wenn er noch hier lebt«, sagte Dickie, »dann finde ich, es gehört sich einfach, daß Sie ihn besuchen. Vielleicht braucht er Sie.«

»Wenn du damit anfängst, was sich gehört, dann hätte sich's gehört, daß ich ihn seit zirka zwanzig Jahren schon hätte besuchen soll'n. Aber das hab ich eben nich getan. Verstehst du's jetzt?«

»Ja«, entgegnete Dickie abwesend, »so sehen Sie es. Ich – ich wüßte genau, was ich tun würde, wenn es um mich ginge.«

Vor ihm tauchte das Bild seines Traumvaters auf, der sich auf seine Schultern gestützt hatte, als sie im Garten in Deptford spazierengegangen waren, des Vaters, der ihm das Pferd geschenkt und darauf bestanden hatte, daß er seine zwanzig Goldstücke ausgeben sollte, wie es ihm Spaß machte.

»Ich weiß es aber nich«, jammerte Mr. Beale. »Was meinst du also?«
»Ich bin dafür, daß wir hingehen«, antwortete Dickie, »und wenn er noch am Leben ist, dann wette ich, daß er sich freut wie ein Schneekönig, wenn er Sie sieht. Er hat Sie doch damals liebgehabt, als Sie noch zu Hause waren, nicht?«
»Ach«, sagte der Mann mit belegter Stimme, »er war zweiter Kutscher beim alten Lord Arden, weißt du. Er ließ mich immer auf den großen Wagenpferden reiten. Er war ein feiner Kerl . . .«
Den Namen Arden aus diesem Munde zu hören, rief bei Dickie ein sonderbares Gefühl – halb Befriedigung, halb Erschrecken – hervor. »Gehen wir doch«, sagte er noch einmal.
»Na gut«, stimmte Mr. Beale zu. »Aber wenn's schiefgeht, dann isses nich meine Schuld . . . Wir nehmen den Fußweg hier. Der kürzt ab.«
Sie schnitten also den Weg ab, kamen zu Füßen des sanft geneigten Hanges wieder auf die Straße, und dort lag ein kleines Haus, umgeben von einem Garten voll blühender Blumen. Ein sauberer Ziegelpfad führte von dem hölzernen Gattertor zum Hauseingang. Neben der Vordertür saß ein alter Mann in einem Lehnstuhl. Zu seinen Füßen lag ein brauner Spaniel, und über seinem Kopf schaukelte eine Dohle in einem Weidenkäfig. Er war wohl ein bißchen eingenickt. Es war ein drückend heißer Tag, und er schien nicht mehr der Jüngste zu sein.
»Gott steh mir bei, ich kann nicht!« flüsterte Mr. Beale heiser. »Ich geh erst mal noch 'n Stückchen weiter. Geh du hin und bitt ihn einfach um 'n Glas Wasser. Dann siehste ja, aus welcher Richtung der Wind bläst. Am Ende kriegt er vor Schreck 'n Schlag, wenn er mich so plötzlich sieht, mein guter Alter.« Er rannte fast

davon und ließ Dickie allein stehen. Aber schon hatte der braune Spaniel die Witterung von Treu in der Nase und fing an zu bellen. Der Mann rief im Schlaf: »Kusch dich, Karo!« und wachte davon auf. Seine klaren Augen, die von unzähligen Fältchen umgeben waren, richteten sich auf den Jungen hinter dem Gartenzaun.
»Kann ich bitte ein Glas Wasser bei Ihnen bekommen?« fragte Dickie.
»Komm nur herein!« sagte der Alte.

Dickie drückte die Klinke nieder und hinkte den Pfad entlang, während sich der alte Mann in seinem Sessel umwandte. »Da unten ist der Brunnen«, erklärte er, »zieh dir den Eimer rauf, wenn du das mit deinem Bein kannst, du armer kleiner Kerl.«
»Ich hole doch das Wasser mit den Armen rauf und nicht mit den Beinen«, sagte Dickie vergnügt.
»Auf dem Fensterbrett von der Waschküche steht ein blauer Becher«, fuhr der alte Mann fort, »bring mir auch einen Schluck, mein Jungchen.«
Dickie wand den tropfenden Eicheneimer aus der kühlen, finsteren Tiefe des Brunnenschachtes empor, holte den Becher und brachte ihn bis zum Rand gefüllt zu seinem Gastgeber.
Dann trank er selber. Als der Becher leer war, schaute er den silberhaarigen Mann an und fragte: »Sie heißen Beale, nicht wahr?«
»Das wird wohl so sein.«
»Ich habe Ihren Sohn in London getroffen. Er hat mir von Ihrem schönen Garten erzählt.«
»Ich dachte, er hätte meinen Garten genauso vergessen wie mich«, sagte der alte Mann.
»Er hat Sie nicht vergessen, nicht im geringsten«, widersprach Dickie. »Im Gegenteil – er ist gekommen, um Sie zu besuchen, und jetzt wartet er draußen, weil er nicht weiß, ob Sie ihn überhaupt sehen wollen.«
»Da könnte er doch wahrhaftig klüger sein«, sagte der alte Mann ärgerlich, und dann rief er mit einer dünnen, zittrigen Stimme: »Jim, Jim! Komm auf der Stelle hierher!«
Der junge Beale kam zögernd und mit schweren Schritten den Pfad herauf und sagte: »Hallo, Vater! Wie geht's denn so?«

Der alte Mann musterte ihn mit zusammengekniffenen Augen und stellte fest: »Ja, das ist er, tatsächlich!«, als ob er erwartet hätte, daß jemand ganz anderes vor ihm stände.
Sie schüttelten sich die Hände, und der junge Beale sagte: »Der Garten sieht gut aus.«
Der alte Mann nickte: Ja, er sei ganz ordentlich im Stande, bis auf die Schnecken.
Das war alles, was Dickie hörte, denn er fand, daß es vielleicht besser wäre, die beiden allein zu lassen. Er rief vom Tor aus etwas von »gleich wieder zurück!« und hinkte den schmalen Weg nach Arden, um sich das Schloß genauer anzusehen. Leider konnte er die Geschwister nirgends entdecken.
Als er nach einer ganzen Weile zu dem kleinen Haus zurückkam, briet der alte Mann auf dem Küchenherd ein saftiges Steak, und sein Sohn stand am Spültisch und wusch in einem Sieb eine Portion Salat, als ob er sein ganzes Leben hier und nirgendwo sonst zugebracht hätte. Er war in Hemdsärmeln, und seine Jacke und sein Hut hingen an der Hintertür.
Der alte Mr. Beale schüttelte Dickie die Hand und sagte freundlich: »Das ist also der Junge, von dem du mir erzählt hast. So so ...»
Dann aßen sie zusammen Mittag in der behaglichen Küche, die nur ein bißchen düster war, weil eine weiße Kletterrose das ganze Fenster umsponnen hatte. Danach setzten sich die Männer in die Sonne und rauchten, und Dickie bemühte sich, Treu und Karo klarzumachen, daß keiner von ihnen zu den Hunden gehörte, die angeknurrt werden mußten. Plötzlich spürte er die kühle trockene Hand des alten Mannes unter seinem Kinn.
»Laß dich doch mal genau betrachten«, sagte er und starrte den

Jungen durchdringend an. »Wo hast du bloß dies Gesicht her! Was hast du gesagt, wie du heißt?«
»Harding heißt er«, antwortete sein Sohn, »Dick Harding.«
»Dick Arden würd ich sagen, wenn mich wer fragt«, sagte der alte Mann entschieden. »Das ist ein richtiges Arden-Gesicht, das er hat. Aber meine Augen tun's nicht mehr so wie früher. – Was hältst du davon, wenn du eine Weile hier bei mir bleiben würdest, mein Jungchen? Platz im Haus ist für uns alle fünf. Mein Sohn hat mir erzählt, daß du so gut zu ihm warst wie ein leibliches Kind.«
»O ja«, antwortete Dickie, »das würd ich gerne!« Damit war alles bestens geregelt.
Mr. Beale und sein Vater hatten jeder ein Schlafzimmer, und Dikkie bekam ein Bett in einem schmalen, weißgetünchten Raum, der wohl früher einmal eine Speisekammer gewesen war. Der braune Spaniel und Treu hatten ihren Platz auf einer alten Decke vor dem Herd in der Küche, und alles war so gemütlich, wie man es sich kaum vorstellen kann.
»Wir können uns jederzeit die Hunde herkommen lassen, wenn wir merken, daß es ohne sie nich geht«, sagte Mr. Beale, als er im Vorgarten sein Pfeifchen schmauchte.
»Sie wollen also lange hierbleiben?« erkundigte sich Dickie.
»Ich weiß noch nich. Aber sieh mal: Ich bin schließlich in dem Haus da geboren und groß geworden. Und die Luft riecht hier so gut, findste nich auch? Hast du nich gemerkt, daß der Tee ganz anders schmeckt als überall sonst? Das is das weiche Wasser! Und dann mein Alter ... na, und sonst noch dies und jenes. Ja, ich denke schon, daß wir 'ne Zeitlang kleben bleiben.«
Dickie war sehr glücklich. Er war in der Nähe von Arden. Und

bald würde er Edred und Elfrida wiedersehen. Ob sie ihn erkennen würden? Würden sie sich daran erinnern, daß er und sie zur Zeit Jakobs I. Freunde und Verwandte gewesen waren?

NEUNTES KAPITEL

Die Wende

New Cross mit seinen schmutzigen Straßen versank immer mehr. Jeden Morgen, wenn Dickie die Augen aufschlug und sein Blick auf die sanften grünen Hänge des Arden-Hügels fiel, freute er sich aufs neue, und nie konnte er sich an dem glänzenden Blau und Silber des Meeres und der Blumenfülle des kleinen Gartens sattsehen. Sein einziger Kummer war, daß er bisher vergeblich nach Edred und Elfrida Ausschau gehalten hatte – er konnte doch nicht gut einfach an einer fremden Tür läuten und nach zwei Kindern fragen, die er einmal in einem Traum oder so etwas Ähnlichem getroffen hatte.

Doch eines Tages, als er gerade von einem Feldweg in die Straße einbiegen wollte, die zum Dorf führte, standen sie ihm plötzlich gegenüber. Sie sahen haargenau so aus wie die beiden Kinder, mit denen er zur Zeit Jakobs I. gespielt und sich gestritten hatte. Mit klopfendem Herzen blieb er stehen und dachte, sie würden etwas sagen. Aber sie starrten ihn nur an, schauten noch einmal und gingen dann ohne ein Wort an ihm vorüber, und erst als sie sich außer Hörweite wußten, redeten sie aufgeregt miteinander. Dikkie blickte ihnen nach. Es war ein schrecklicher Augenblick. An ihm sollte es nicht liegen, wenn sie ihn nicht erkannten. Er versuchte, sich auf einem Bein im Gleichgewicht zu halten, stampfte mit seiner Krücke auf die Erde und schrie mit lauter Stimme: »He!« und noch einmal: »Hallo!«

Die Kinder drehten sich um, zögerten ein paar Atemzüge lang und kamen zurück.

»Was ist denn?« rief das Mädchen. »Hast du dir weh getan?«

»Nein«, antwortete Dickie. »Ich wollte euch etwas fragen ...«

Die beiden starrten ihn wieder an, dann warfen sie sich einen Blick zu, und der Junge sagte: »Ja?«

»Habt ihr mal einen Lehrer gehabt, der Mr. Parados hieß?« fragte er entschlossen. Wieder wechselten die Kinder zuerst einen Blick miteinander und sahen dann ihn an. »Er wurde Papageiennase genannt«, fuhr Dickie hastig fort. »Habt ihr mal Schnee in sein Zimmer geschaufelt und seid dann in einer Schwanenkutsche davongefahren?«

»Du bist es wirklich!« schrie Elfrida und fiel ihm um den Hals. »Edred, es ist tatsächlich Richard! Wir haben uns die ganze Zeit überlegt: Bist du's oder bist du's nicht? O Dickie, was hast du denn mit deinem Fuß gemacht?«

»Mein Fuß ist immer so«, sagte er, »wenigstens in der Gegenwart.«

Elfrida umarmte ihn noch einmal, und dann sagte sie: »Es ist wahnsinnig aufregend, daß wir dich wirklich und wahrhaftig hier wieder treffen. Wir dachten nämlich schon, daß du vielleicht doch nicht aus unserer Zeit stammst, weil wir dir an die Adresse auf der Rechnung geschrieben haben, und der Brief kam zurück, ›Empfänger unbekannt‹ stand darauf.«

»Was für eine Adresse war das denn?« fragte Dickie.

»Lauris Grove, New Cross«, erwiderte Edred.
»Ach«, Dickie lachte, »das hatte sich Mr. Beale nur ausgedacht, um ein bißchen anzugeben. Er hat mir davon erzählt ... Mr. Beale ist der Mann, bei dem ich lebe, und ich sag Vater zu ihm, weil er so gut zu mir ist. Aber mein eigener Vati ist tot.«
Sie stiegen zusammen den Hügelkamm hinauf und ließen sich zwischen den Stechginsterbüschen nieder. Als Dickie mit seiner Lebensgeschichte fertig war, redeten sie über ihre märchenhaften Begegnungen in den versunkenen Zeiten, und Edred sagte niedergeschlagen: »Mit unserm Zauber ist es aus und vorbei. Wir mußten darauf verzichten, damit wir unseren Vater zurückholen konnten, verstehst du? Aber nun können wir den Schatz nicht mehr suchen und die Ländereien zurückkaufen und das Haus wieder richtig aufbauen und alles das ... Doch dafür haben wir unseren Vati wieder.«
»Ja – aber wir haben doch noch meinen Zauber«, sagte Dickie. »Und die alte Kinderfrau hat gesagt, daß ich ihn auch für euch gebrauchen könnte. Ich bin überhaupt nur deshalb hergekommen, damit wir zusammen nach eurem Schatz suchen können!«
»Und wie geht dein Zauber?« erkundigte sich Edred. Dickie zog die Glöckchen, das weiße Siegel und die Mondblumenkerne aus der Tasche und breitete sie auf dem Rasen aus. Als er mitten im besten Erklären war, stand plötzlich ein großer, stattlicher Herr hinter ihnen, nickte freundlich und sagte: »Willst du mir nicht deinen neuen Freund vorstellen, Edred?«
»O Dickie, das ist mein Vater!« rief Edred und sprang auf.
Dickie fiel ihm rasch ins Wort und sagte: »Ich heiße Richard Harding.« Er brauchte wegen seiner Krücke länger zum Aufstehen

als die Geschwister, aber Lord Arden streckte seine Hand aus und half ihm.
»Wo kommst du denn her?« fragte er. »Aus dieser Gegend scheinst du mir nicht zu stammen, oder?«
»Nein, ich nicht. Aber mein Adoptivvater ist hier zu Hause«, antwortete der Junge höflich. »Wir sind zusammen von London gekommen, um seinen Vater zu besuchen. Das ist der alte Mr. Beale, bei dem wohnen wir auch.«
Lord Arden setzte sich zu den Kindern ins Gras und fragte Dickie richtig aus. Er wollte wissen, wo er geboren war und bei wem er gelebt hatte, was er gesehen und getan und gelernt hatte und was nicht noch alles.
Dickie antwortete, so gut er konnte. Lord Arden hielt seine Augen unablässig auf ihn gerichtet und forschte nachdenklich in seinem Gesicht. Nur einmal ließ er den Blick zu der Rassel und dem weißen Siegel wandern. Wie zufällig hob er den Glöckchenstab auf und betrachtete das Wappentier.
»Wo hast du denn diese Sachen her?« fragte er.
Dickie erklärte es, und Lord Arden reichte ihm schweigend die beiden Kleinode zurück und fuhr mit seinem Verhör fort. Schließlich fragte er: »Dickie, magst du mitkommen und mit uns Tee trinken?«
»Gern, ich muß bloß Mr. Beale Bescheid geben«, antwortete der Junge. »Er macht sich sonst Sorgen, wenn ich nicht heimkomme.«
»Tut's dir weh, wenn ich dich Huckepack nehme?« fragte Lord Arden, und im nächsten Augenblick hatte er den Jungen auf seine Schultern gehoben und trug ihn den Hügel hinab, während Edred zum Kutscherhäuschen lief und ausrichtete, wo Dickie war. Als er

ebenfalls im Schloß ankam, war im Wohnzimmer der Teetisch schon gedeckt, und die drei anderen saßen vergnügt darum herum.
»Der alte Beale ist ein komischer Kauz«, platzte Edred heraus, »er hat gesagt, Schloß Arden wär für jemanden mit einem Gesicht wie Dickie gerade der rechte Platz. Was hat er denn damit gemeint? Und was machst du da unten?« fügte er entrüstet hinzu, als Elfrida ihm unter dem Tisch heftig auf den Fuß trat.
Plötzlich knirschten im Hof Wagenräder über den Sand, und bald darauf öffnete ein Mädchen die Wohnzimmertür und meldete: »Lady Talbot.«
Dickie erstarrte in seinem Sessel und wünschte brennend, er könnte sich in ein Mauseloch verkriechen. Es war zu schrecklich – sie würde ihn bestimmt erkennen –, und dann erführen Edred und Elfrida und Lord Arden, daß er ein Einbrecher gewesen war, und alles andere auch ... Er zitterte am ganzen Körper.
Die Besucherin begrüßte einen nach dem anderen und wandte sich schließlich zu ihm. »Du hast einen neuen Freund, Edred?« fragte sie, aber im selben Augenblick rief sie auch schon: »Nanu – das ist ja mein kleiner Ausreißer!«
Dickie murmelte nur: »Ich wollte gewiß nicht undankbar sein. Ich mußte aber doch zu Vater!« und sah sie flehentlich an.
Lady Talbot verstand. Sie nickte ihm liebevoll zu und sagte erklärend: »Ich hatte nämlich einmal den Wunsch, Dickie an Kindes Statt zu mir zu nehmen. Aber er wollte nicht bleiben.«
»Weil ich nach London zurück mußte«, sagte der Junge erleichtert.
»Nun, auf jeden Fall freue ich mich, daß wir uns wieder einmal sehen«, sagte sie lächelnd. »Ich hab immer gehofft, daß es eines

Tages geschehen würde. Nein danke, Elfrida, keinen Zucker!« Und dann setzten sich alle wieder hin und tranken Tee und unterhielten sich.
Später wurden die Kinder zum Spielen geschickt, und Lord Arden und Lady Talbot gingen auf dem Rasen hin und her. Dickie spürte, daß sie über ihn redeten, aber da er beiden vertraute, kümmerte es ihn nicht weiter.
Als er am Abend in einem kleinen Ponywagen zu Hause abgeliefert wurde, polterte Mr. Beale: »Nächstens wirste noch so vornehm, daß du gar nich mehr mit unsereins reden willst, kleener Landstreicher! Mit deinen feinen Freunden ...«

Am nächsten Nachmittag besuchte Lord Arden die Bewohner des kleinen Hauses, und das Ergebnis ihrer Unterhaltung überraschte eigentlich nur einen Menschen. »Mir war, als hätt mir wer 'n Schlag mit dem Holzhammer vor die Birne gegeben«, äußerte Mr. Beale später, »da sagt doch Seine Lordschaft, er hätte die ganze Zeit schon Briefe von 'nem Frauenzimmer gekriegt, die behauptet, daß sie 'n längst verschollenen Vetter oder Neffen oder so was aufgestöbert hätte, und dafür wollte sie'n Haufen Moneten aus Seiner Lordschaft rausziehen. Weswegen er blechen sollte, das weiß der Deibel. Ich jedenfalls hab's nich begriffen! Und dann hat er gesagt, du seist 'n rechtmäßiger Arden, du kleener Stromer du, und er will dich zu sich nehmen und dich mit seinen Kindern erziehen. Na, dann isses ja aus mit dir und mir, Dickie, alter Bursche. Ich hab nur die Hälfte von dem verstanden, was er alles gesagt hat, aber das hab ich doch kapiert. Alle unsre schönen Pläne sind nu Essig – mit dir und mir und Malchen und den Kötern und unserm Häuschen. Du wirst ’n feiner Herr, und ich – ich werd wohl wieder auf die Walze müssen, mutterseelenallein. Werd wieder ’n alter Tippelbruder wer’n. Ja, ja, so wird’s enden!«

»Mich hat noch keiner gefragt!« antwortete Dickie ungerührt. »Ich denk ja gar nicht dran, von Ihnen wegzugehen. Lady Talbot hatte mich doch auch gefragt, ob ich bei ihr bleiben wollte, und bin ich damals nicht geradewegs zu Ihnen zurückgekommen? Ich werd gerne mit Edred und Elfrida spielen und so. Aber es fällt mir nicht ein, Sie zu verlassen. Ich würd mich an Ihrer Stelle nicht so aufregen, wenn es gar keinen Grund gibt, Vater!«

Als Lord Arden allerdings ein zweites Mal dagewesen war, klang Mr. Beales Rede anders. Er sagte: »Hör zu, du Bettelstrick – ich darf dir nich im Lichte stehn. Es geht eben aufwärts mit dir, aber damit biste nich alleine. Seine Lordschaft hat uns Vaters Häuschen gekauft, und er wird’s vergrößern lassen, dann kann ich die ganzen Köter hier haben und durch die Zeitung vertreiben. Und wenn du Lust hast, kommste uns alle Tage besuchen.«

»Und was wird mit Amalie?« fragte Dickie.

»Tja«, murmelte Mr. Beale, wobei er sich nachdenklich die Nase rieb, »ich hab mir schon überlegt, daß ich sie vielleicht frage, ob sie mit den Kötern hierherkommen will. Tät mir irgendwie leid, Malchen von den Hunden zu trennen. Da hat mich Seine Lordschaft drauf gebracht. ›Sie sollten sich verheiraten‹, hat er nämlich gesagt, in aller Freundschaft, so von Mann zu Mann, verstehst du? ›Gibt’s nicht irgendwo ’ne junge Dame, der ich eine Kleinigkeit zur Aussteuer dazutun könnte?‹ Da hab ich hin und her gegrübelt, und schließlich bin ich auf Malchen gekommen. Sie is nich schlechter als die andern, und außerdem isse an die Köter gewöhnt. Und was er mit der Kleinigkeit für die Aussteuer gemeint hat, das sind dreihundert Pfund. Stell dir das vor! Ich hab ihr gleich geschrieben. Es is ja 'ne Aufregung und 'n gräßliches Durcheinander, wenn man sich verheiraten soll, aber Malchen is schließlich keine fremde Person, und mit uns beiden, Kumpel, mit uns hätt's ja nach allem, was hier passiert ist, doch nicht so weitergehen können wie früher, was?«

Dickie war sehr glücklich über die Lösung.

Nach dem ersten Tag des Wiedersehens waren die Kinder von einer sonderbaren Scheu befangen. Keines erwähnte mehr die gemeinsamen Abenteuer, sie begnügten sich mit ganz alltäglichen Spielen, bis sie fast vergaßen, daß es überhaupt einen Zauber gab oder gegeben hatte. Sie waren so zufrieden, daß sie kein Verlangen hatten, sich irgend etwas anders zu wünschen.

Mr. Beales Trauung fand in der alten Kirche von Arden statt. Die Braut trug ein weißes Kleid und einen kleinen Hut mit einem Kranz aus Orangenblüten und einem wehenden Schleier und Glacéhandschuhe, was ihr alles Miß Edith Arden geschenkt hatte, die Schwester von Lord Arden, der seinerseits einen riesigen Hochzeitskuchen stiftete, das junge Paar zum Frühstück einlud und Amalie zum Altar führte. Beim Essen hielt er eine Rede, in der er sagte, daß er tief in Mr. Beales Schuld stünde für alles, was er an seinem Neffen Richard Arden getan hätte, und jeder horchte überrascht auf, als er Dickies neuen Namen nannte.

Nach dem Festessen wanderten die Gäste quer über die Wiesen nach Hause, und Lord Arden sagte zu seiner Schwester: »Ich wünschte wirklich, daß alle Häuser hier herum so in Ordnung wären wie das von Beale. Wenn ich die Ländereien zurückkaufen könnte, würde ich gewissen Leuten schon zeigen, wie ein Musterdorf aussehen soll! Aber es geht eben nicht ... Es wäre viel mehr nötig als die Summe, die ich vielleicht zur Not erübrigen könnte.«

Da fiel es Dickie wieder ein, daß er ja nur in die Gegenwart zurückgegangen war, um den Schatz von Arden zu suchen. Sowie er mit Edred und Elfrida allein war, sagte er: »Ich finde, wir müssen endlich anfangen, den Schatz zu suchen.«

»O ja!« rief Elfrida begeistert, aber Edred sagte unerwarteterweise: »Ach – ich weiß nicht ...«

Die Kinder saßen in der tiefen Fensternische des Torturmes und schauten auf den grünen Rasen im Schloßhof hinab.

»Was soll denn das heißen?« fragte Elfrida hitzig.

»Ich meine eben, ich weiß es nicht«, beharrte Edred schwerfällig. »Ich finde, uns geht's doch jetzt ganz gut. Früher hab ich immer gedacht, daß ich Zaubereien und solchen Kram gern hätte. Aber wenn du mal richtig drüber nachdenkst, Elfi, dann ist uns doch jedesmal irgendwas Scheußliches passiert, wenn wir uns in der Vergangenheit rumgetrieben haben. Entweder sind wir verfolgt worden oder im Gefängnis gelandet oder sonstwie in die Klemme geraten. Bloß als wir gesehen haben, wie sie den Schatz versteckten, das hat Spaß gemacht; aber das war auch beinahe wie im Film, und wir mußten nichts dabei tun. Und außerdem haben wir doch gar keine Ahnung, wo der Schatz eigentlich ist. Ich mag solche Abenteuer lange nicht so gerne, wie ich zuerst dachte. Jetzt sind wir so vergnügt und sicher beieinander, und deshalb denke ich eben, wir sollten lieber in aller Ruhe hierbleiben.«

»Weißt du«, sagte Elfrida zu Dickie, »im allgemeinen sind wir mit den Zauberkleidern immer direkt in die Vergangenheit gegangen, um nach dem Schatz zu suchen, aber einmal ist ein Negativfilm, den wir zum Trocknen aufgehängt hatten, wie eine Kinovorstellung vor uns abgelaufen, und wir haben zugesehen, wie der Schatz versteckt wurde.«

»Was meint ihr, wenn ich mein Zaubermuster lege und mir einfach wünsche, daß wir dahin wollen, wo sich der Schatz befindet?« schlug Dickie vor.

»Bloß nicht!« schrie Edred und trommelte wütend mit seinen Füßen gegen die Quadern des Turmes. »Und wenn ihr's durchaus nicht lassen könnt, dann geht gefälligst ohne mich! Ich glaube nämlich, daß sie die Sachen eingemauert haben. Das wär vielleicht was – in irgendeinem unterirdischen Gewölbe wie ungehorsame Nonnen bei lebendigem Leibe eingemauert! Und wenn wir sie dann finden, haben wir womöglich vergessen, wie man wieder rauskommt! Nee danke!«

»Stell dich nicht so an!« wies Elfrida ihren Bruder zurecht. »Von uns wird schon keiner in unterirdischen Gewölben eingemauert!«

Aber Dickie sagte: »Du hast ganz recht, altes Haus. An so eine Möglichkeit hab ich gar nicht gedacht.«

»Lieber Himmel!« Elfrida seufzte ungeduldig. »Irgendwas müssen wir doch schließlich unternehmen!«

»Wie wäre es denn«, sagte Dickie langsam, »wenn ich den Helmmaulwurf zu sehen versuche? Er hat mehr Macht als euer Muddeltier und wird uns mindestens einen guten Rat geben können.«

»Ich will nicht von hier weg«, beharrte Edred hartnäckig.

»Das brauchst du ja gar nicht! Ich lege die Mondblumenkerne und die anderen Sachen hier auf den Fußboden – paß mal auf!«

Dickie errichtete sorgfältig die sich überschneidenden Dreiecke,

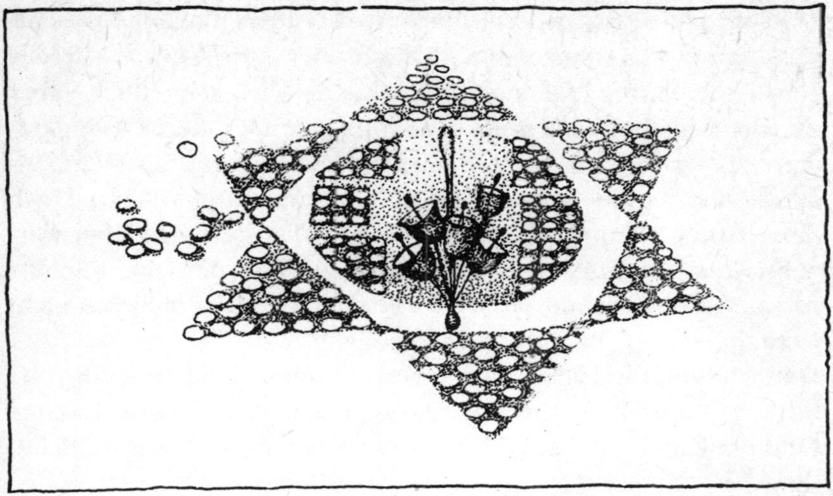

stellte sich mit den Geschwistern in die Mitte des Sterns und sagte: »Bitte zum Helm-Muddeltier.«
Sofort sanken tiefe Schatten nieder, und dann leuchtete ein Kreis aus Licht auf, und darin schwebte das zweite Muddeltier. Es verbeugte sich höflich und fragte: »Was kann ich für Euch tun, Richard, Lord von Arden?«
»Er ist doch gar nicht Lord Arden«, fiel Edred ihm ins Wort. »Ich war das früher mal, aber jetzt ist's mein Vater!«
»Wirklich?« entgegnete der weiße Maulwurf mit gleichgültiger Höflichkeit. »Deine Ansichten interessieren mich sehr. Aber meine Frage ist noch nicht beantwortet.«
»Ich möchte den verlorenen Schatz von Arden finden«, erwiderte Dickie. »Würden Sie uns bitte einen Rat geben, was wir tun sollen?«

Das Muddeltier von der Helmzier in seinem magischen Lichtkreis kratzte sich nachdenklich mit der Vorderpfote an der Nase. »Es könnte gelingen«, verkündete es schließlich, aber es wird nicht einfach sein; und ohne den großen Obermaulwurf zu wecken, der auf dem grünweißgewürfelten Wappenschild der Ardens schläft, ist es überhaupt unmöglich. Doch mein Bruder kann nur durch eine edle Tat herbeigerufen werden. Edle Taten gelingen zu jeder Zeit. Wer den einen Schatz sucht, kann den anderen Schatz gewinnen. Mehr habe ich nicht zu sagen.«
Der schimmernde Kreis wurde blasser, aber Elfrida rief eilig: »O bitte, geh noch nicht fort! Du redest genauso wie die griechischen Orakel. Kannst du uns nicht etwas Klares und Verständliches raten?«
»Bitte sehr«, knurrte das Muddeltier ziemlich kurz angebunden.

»Der Lord von Arden wird den Schatz nicht finden,
der auf ihn nur harrt,
bis Ardens Herr verlorenging und dann
gefunden ward.«

»Vater war verlorengegangen und wurde später wiedergefunden«, unterbrach Edred befriedigt seine Rede, »das stimmt also.«
Doch das Muddeltier fuhr unbeirrt fort:

»Drum macht euch auf und sucht den Schatz
mit ungebrochenem Mut!
Und forscht selbst dort, wo er nach eurer Meinung
niemals ruht.«

Damit verschwand es und die Finsternis mit ihm. Die Geschwister und Dickie fanden sich im Turmzimmer wieder, das von strahlendem Sonnenschein erfüllt war.
»Ungeheuer nützliche Ratschläge«, sagte Edred verächtlich. »Könnt ihr vielleicht was damit anfangen?«
»Hör einmal ruhig zu ...« begann Dickie energisch, doch im gleichen Augenblick wurden sie zum Mittagessen gerufen.
Sie fanden für diesmal auch keine Gelegenheit mehr zu einer ungestörten Unterhaltung. Edred und Elfrida wurden direkt nach Tisch mit in die Stadt genommen, weil sie neue Schuhe brauchten, und Dickie sollte den Nachmittag bei seinen alten Freunden verbringen.
Die Begrüßung, die Mr. Beale, Amalie und – nicht zu vergessen – sämtliche Hunde ihm bereiteten, war so herzlich und der Nachmittag so kurzweilig, daß Dickie alle Grübelei über verborgene Schätze vergaß.
Es dunkelte schon, als er sich verabschiedete. Er umarmte jeden Hund einzeln und hinkte dann zufrieden den schmalen Feldweg entlang bis zur Kreuzung, wo er von dem Wagen auf der Heimfahrt von der Stadt mitgenommen werden sollte.
Aber das Pony hatte ein Hufeisen verloren und mußte unterwegs zum Schmied geführt werden, darum wurde es später, als verabredet war.
Dickie wartete eine ganze Weile, schließlich hielt er's für dumm, noch länger sitzen zu bleiben. Er nahm seine Krücke auf und hinkte langsam zum Schloß zurück. Er sah auf das Haus vor sich hinab, und sein Herz wurde weit vor Liebe. Er dachte, daß er es sich gar nicht hätte besser wünschen können als so, wie es nun gekommen war, daß er sein ganzes Leben mit Edred, Elfrida und

ihrem Vater hier verbringen würde – und daß er den Zauber seines Traumlebens nicht mehr entbehrte, seit das richtige Leben gut und glücklich war.
Als er so dahinging, raschelte ein Zweig in der Hecke, die den Weg säumte. Dickie achtete gar nicht darauf.
Aber dann brachen und knackten viele Äste, und irgend etwas, das wie ein riesiger schwarzer Vogel aussah, stürzte sich auf ihn. Dickie konnte sich nicht mehr wehren. Es umhüllte ihn mit dunklen Schwingen, und in der nächsten Sekunde begriff Dickie, daß es kein Vogel, sondern ein weiter dunkler Mantel war, den jemand über seinen Kopf und die Schultern geworfen hatte, und daß ihn starke Arme eisern umklammerten.
»Halt den Mund«, zischte eine unterdrückte Stimme. »Wenn du einen Muckser tust, gibt's ein Unglück!«
»Hilfe!« schrie der Junge sofort. »Hilfe!«
Er wurde zu Boden geworfen. Hände griffen nach ihm, der Mantel wurde von seinem Gesicht gerissen und ein zusammengeknülltes Taschentuch so fest in seinen Mund gestopft, daß er keinen Ton herausbringen konnte. Dann wurde er hinter die Hecke gezerrt und festgehalten, während zwei Stimmen sich flüsternd unterhielten. Der Mantel lag wieder über seinem Kopf, und er konnte nichts sehen, aber er hörte, wie eine der beiden Stimmen warnte: »Still! Sie kommen!« Und dann ertönte das Geräusch der Kutschenräder und Pferdegetrappel, und er hörte Lord Arden sagen: »Er ist sicher schon vorgegangen. Wir werden ihn wahrscheinlich bald einholen!«
Dann verklang das Hufgeklapper; grobe Hände rissen Dickie hoch und stießen ihm die Krücke unter den Arm. »Hopp – los! Voran«, befahl die eine Stimme, »und ein bißchen dalli, verstan-

den? Sonst werd ich dir Beine machen. Drüben wartet ein Wagen.«

Dickie stolperte los; es blieb ihm nichts weiter übrig. Sie hatten ihm jetzt den Mantel vom Kopf gezogen, und er erkannte, daß nahebei ein Gemüsekarren stand. Sie hoben ihn hinauf, warfen den Mantel über ihn und stapelten Kürbisse und Kohlköpfe auf, daß er kaum genug Raum zum Atmen behielt.

»Lieg still, wenn dir dein Leben lieb ist!« drohte die zweite Stimme. »Wenn du dich rührst, wirste von mir verprügelt, daß du nich mehr grade stehen kannst. Jetzt weißte Bescheid!«
Dickie rührte sich nicht. Er war gelähmt vor Elend und Verzweiflung, denn keine der beiden Stimmen war ihm fremd. Er kannte beide nur allzu gut.

ZEHNTES KAPITEL

Die edle Tat

Als Lord Arden mit seinen Kindern im Schloß ankam und feststellen mußte, daß Dickie noch nicht zurückgekommen war, meinten Edred und Elfrida, vielleicht hätten die Beales ihn beschwatzt, über Nacht bei ihnen zu bleiben. Lord Arden versuchte es zu glauben, aber seine Unruhe wuchs, und nachdem er den Geschwistern gute Nacht gesagt hatte, brach er ungeachtet der späten Stunde noch einmal auf und wanderte zu dem kleinen Haus hinüber. Dort war alles dunkel. Er zögerte einen Augenblick, dann pochte er laut an die Tür.

Nichts rührte sich.

Erst nach dem dritten Klopfen steckte der junge Beale verschlafen den Kopf zum Fenster hinaus.

»Wer ist da?« fragte er heiser.

»Ich bin's«, rief Lord Arden, ein dunkler Schatten im Sternenlicht. »Richard schläft wahrscheinlich schon, oder?«

»Das glaub ich wohl, Mylord«, erwiderte der Mann verwirrt.

»Ich war etwas in Sorge«, fuhr Lord Arden fort, »deshalb bin ich lieber herübergekommen, um mich zu vergewissern, daß er wirklich hier ist.«

»Aber das isser doch gar nicht«, antwortete Mr. Beale erstaunt. »Haben Sie ihn denn nicht mit dem Wagen am Kreuzweg aufgelesen, so wie Sie's verabredet hatten?«
»Nein«, rief Lord Arden aufgeregt. »Kommen Sie herunter, Beale, und bringen Sie eine Laterne mit! Dem Jungen muß etwas zugestoßen sein!«
Das Rechteck des Schlafzimmerfensters füllte sich mit Licht. Lord Arden hörte, wie Beale dort oben herumrumorte.
»Hier hast du deine Jacke!« Das war Malchens Stimme. »Und da sind die Stiefel. Du hätt'st ihn begleiten sollen!«
»Ich hab's ihm doch angeboten!« brummte ihr Mann, polterte die Treppe hinab, tastete sich zur Waschküche und kam mit einer brennenden Stallaterne ums Haus gelaufen. Als er neben Lord Arden stand, stammelte er: »Der kleene Landstreicher!« und noch einmal: »Das kleene Kerlchen! Wenn dem wirklich was passiert ist – Gott steh mir bei! Chef – ach, entschuldigen Sie: Mylord – ich meine nur: Es ist doch einer von den Allerbesten!«
Während er neben Lord Arden herlief, redete Mr. Beale weiter: »Ich hab nichts getaugt, das könnense mir glauben, Chef, ich war keinen Penny wert! Und der kleine Bursche, der hat mir 'n Schubs gegeben und hat was aus mir gemacht. Hat mir Geschichten erzählt und hat nicht lockergelassen, bis ich bei der Stange geblieben bin. Er hat auch das mit Malchen und mir soweit gebracht. Und das mit den Hunden und alles – immer war er's. Er hat's geschafft, daß ich das Betteln gelassen hab. Und noch was Schlimmeres auch. Er hatte ja keine Ahnung, was ich für 'n Kerl war, als ich ihn das erste Mal traf. Sehnse, ich hab damals bloß im Sinn gehabt, aus ihm 'n fixen Einbrecher zu machen – das würdense jetzt kaum glauben, was?«

Und dann erzählte er die ganze Geschichte seines Zusammenlebens mit Dickie. Dabei hielten sie rechts und links nach dem Jungen Ausschau, suchten hier und auf dem Weg zum Dorf, unter Büschen, hinter Zäunen und Hecken.

Sie durchstöberten den kleinen Kalksteinbruch, und glücklicherweise ging endlich der Mond auf und leuchtete ihnen. Aber sie fanden keine Spur von dem Verschwundenen, obgleich sie schließlich ein Dutzend Männer im Dorf aus dem Schlaf pochten, damit sie ihnen beim Suchen halfen, und obgleich sich im Morgengrauen sogar der alte Beale zu ihnen gesellte, der in einem Umkreis von zehn Kilometern jede Handbreit Boden wie seine Westentasche kannte, und obgleich er seinen Spaniel mitgebracht hatte, der jeden Quadratzentimeter in einem Umkreis von zwanzig Kilometern kannte.

Als Edred und Elfrida am Morgen zum Frühstück kamen, erfuhren sie, was geschehen war.

»Das kommt von der verdammten Zauberei«, sagte Edred verzweifelt. »Er hat's bestimmt überdreht, und jetzt sitzt er todsicher in irgendeiner widerlichen alten Zeit fest und kann nicht zurück!«

»Und wir können ihm nicht helfen!« jammerte Elfrida. »Wir können nicht mal zu ihm. Wenn uns doch das Muddeltier noch einmal beistehen würde, dann kriegten wir schon raus, was mit ihm ist.«

»Vielleicht ist er in einen stillgelegten Schacht gestürzt«, überlegte Edred laut. »Und wir können nichts tun. Wenn du nun zum Beispiel wieder ein Gedicht machen würdest«, meinte Edred, »ob das was nützte?«

»Es geht nicht ohne die Kleider«, antwortete Elfrida. »Du weißt

doch selber, daß wir für unseren Zauber immer Kleider hatten – oder wenigstens fast immer.«
»Ich will's trotzdem probieren«, sagte Edred hartnäckig, »und dabei mußt du mir helfen. Ich kann doch nicht dichten.«
»Wenn ich so unglücklich bin wie jetzt, dann kann ich's auch nicht.«
»Aber wir können uns auf jeden Fall verkleiden«, schlug Edred vor. »Wir haben die alten Rüstungen in der Halle und den Indianerkopfschmuck und Vatis Jagdgamaschen, und du kannst Tante Ediths römischen Schal nehmen . . .«
»Ich will mich nicht verkleiden«, unterbrach ihn Elfrida ärgerlich. »Ich will Dickie finden!«
»Irgendwas müssen wir doch tun, und vielleicht hilft es doch was. Wir könnten es doch wenigstens versuchen!«
Elfrida war viel zu verzweifelt, um mit ihrem Bruder lange zu streiten. Also verkleideten sie sich. Sie nahmen, was sie fanden, stilechten Indianer-Kopfschmuck, verschiedene Rüstungsteile, und Elfrida trug ihren besten Unterrock und Tante Ediths römische Schärpe, japanische geflochtene Badeschuhe und die Jagdgamaschen des Vaters. Edred klirrte sehr mittelalterlich in eisernen Beinschienen, die in einem Fußschutz endeten.
Sie musterten sich voll Jammer, und endlich sagte Edred: »Jetzt mußt du dichten!«
»Ich kann nicht!« rief Elfrida und brach in Tränen aus.
»Dann muß ich's eben doch versuchen.« Er zog einen Bleistift aus der Tasche, holte sich ein Stück Papier und machte sich an die Arbeit, bis ihm dicke Schweißtropfen auf der Stirn standen.
Schließlich hatte er aber doch fünf magere Zeilen niedergeschrieben:

O Muddeltier, du hast gesagt,
daß wir nicht mehr zaubern dürfen.
Doch jetzt wird der Verlust beklagt
von Dickie, was sehr schlimm ist.
Drum brauchen wir deine Hilfe . . .

Er betrachtete sein Werk höchst mißtrauisch und ließ Elfrida eine Ewigkeit betteln, ehe sie den Zettel ansehen durfte. Bedrückt wartete er, bis sie mit Lesen fertig war. »Was hältst du denn davon?«

Nach einem winzigen Zögern antwortete Elfrida: »Ich versteh ja nichts von Gedichten. Wir wollen mal probieren, ja?«

Sie versuchten es – ohne jedes Ergebnis.

»Ich hab gleich gewußt, daß es nichts wert ist«, sagte Edred, »und nun hab ich mich für nichts und wieder nichts blamiert, bloß, weil du mir nicht helfen wolltest . . .«

»Mach dir nichts draus«, tröstete seine Schwester. »Das ist mir schon oft so gegangen. Und wenn ich jetzt was dichte, glaub ich nicht, daß es viel besser wird als dein Vers.« Sie runzelte die Stirn, und die Federn des echt indianischen Kopfschmuckes zitterten im heftigen Ansturm ihrer Gedanken.

»Fällt dir was ein?« flüsterte Edred ängstlich.

Elfrida nickte abwesend. Schließlich schob sie ihrem Bruder das Papier mit ihrer Schöpfung hin.

»Wir rufen dich, großes Muddeltier, an,
daß ein dringliches Wunder werde getan!
Bitte zeig uns, wie wir Dickie entdecken,
den vergeblich wir suchten in allen Verstecken,
und danach, das schwören wir beide dir zu,
lassen wir bestimmt euch auf immer und ewig in Ruh!«

las Edred. »Ich finde es nicht viel besser als meins«, sagte er zufrieden und hob die Augen.
»Ich auch nicht. Aber du hast deins gar nicht zu Ende gedichtet, die letzten Zeilen reimten sich gar nicht.«
»Na, dann los«, seufzte Edred. »Aber ich glaub nicht, daß es viel Zweck hat. Erinnerst du dich, wie das Muddeltier gesagt hat, daß man den großen Obermaulwurf nur durch eine edle Tat herbeirufen kann? Und daß wir Dickie finden wollen, das ist doch nichts Edles.«
»Nein«, sagte das Mädchen. »Aber sieh mal: Wenn wir als Preis für Dickies Rückkehr eine edle Tat vollbringen sollten, dann würden wir's doch sofort tun, nicht wahr?«
»Ja, ja, sicher«, murmelte Edred düster. »Schieß endlich los, Elfi, worauf wartest du eigentlich noch?«
Elfrida raffte sich auf und sprach mit zitternder Stimme ihr Gedicht, und sofort erwies sich, daß ihr poetischer Versuch wirkungsvoller war als der ihres Bruders.
Die Wände des Zimmers wichen zurück, verschwanden – und die Kinder befanden sich plötzlich in einer weiten, hellen, säulengetragenen Halle. Viele Menschen in Gewändern aller Zeiten und Länder drängten sich darin: Türken und Chinesen, Damen mit gepuderten Perücken, Kreuzfahrer in blanken Rüstungen, Äbtissinnen, Kavaliere mit Allongeperücken, Inder im gewickelten Turban, Araber, Mönche, Hofnarren, Edelleute mit steifen Halskrausen und Wilde in Baströcken; aber alle Kleider, so verschieden sie auch waren, hatten eines gemeinsam: Sie waren leuchtend weiß.
Die Geschwister fühlten sich sanft vorwärtsgeschoben bis zu einem silbernen Thron in der Mitte der Halle. Rechts und links von

ihm standen feierlich die beiden weißen Arden-Muddeltiere, und unter dem grünweißkarierten Baldachin saß in schimmerndem Glanz der große Obermaulwurf. Sein Fell leuchtete wie das Gefieder eines Schwans, und eine große Würde ging von ihm aus. Noch nie in ihrem Leben hatten Edred und Elfrida sich so verlegen und schüchtern gefühlt. Sie hielten sich fest an den Händen und verneigten sich ehrerbietig.
Das erste Muddeltier fragte: »Was bringt euch her?«
»Ein guter Zauber«, erwiderte Elfrida.
»Und was begehrt ihr von uns?« erkundigte sich das zweite Muddeltier.
»Wir möchten bitte Dickie wiederhaben«, antwortete Edred.
Der große Maulwurf in der Mitte richtete seine dunklen Augen auf ihn und sagte ernst: »Euer Vetter befindet sich in den Händen von Menschen, die ihn lange gefangenhalten werden, wenn du dich nicht zu seiner Rettung aufmachst. Aber der Weg wird schwer und gefährlich sein, und du mußt allein gehen. Willst du das tun?«
»Ich allein?« fragte Edred verblüfft. »Und Elfi?«
»Es kostet einen hohen Preis, deinen Verwandten zu befreien, und von dir hängt es ab, ob er aufgebracht werden kann. Dir fällt es schwerer als Elfrida, alles Notwendige zu tun, denn sie ist mutiger als du.«
Dem Jungen stieg das Blut ins Gesicht, und sofort ging ein aufgeregtes Raunen durch die Menge im Saal.
»Lauf nicht so rot an!« flüsterte ein weißer Stierkämpfer, der dicht hinter Edred stand. »Dies hier ist eine weiße Welt. Rot ist verboten!«
Elfrida griff nach der Hand ihres Bruders. »Edred ist genauso

tapfer wie ich!« sagte sie laut. »Er geht natürlich! Nicht wahr, Edred?«
»Aber sicher«, antwortete der Junge ungeduldig.
»Dann komm und setz dich neben mich!« befahl das Obermuddeltier auf seinem Thron.
Edred gehorchte, und der große silberweiße Maulwurf beugte sich zu ihm und flüsterte ihm etwas ins Ohr, und niemand konnte hören, was er sagte: »Wenn du deinen Freund wirklich rettest, bringst du damit das größte Opfer deines Lebens. Du mußt wissen: Dick Harding ist in Wirklichkeit Richard Arden. Er ist Lord Arden – nicht dein Vater! Wenn du ihn befreist, nimmst du deinem Vater Titel und Schloß und trittst deinen eigenen Platz ab, weil dein Vetter der rechtmäßige Erbe von Arden ist.«
»Aber wieso denn?« fragte Edred verwirrt. »Wieso ist denn er der rechtmäßige Erbe?«
»Vor drei Generationen wurde ein Baby aus eurem Schloß geraubt. Der Tod raffte die Familie dahin, und das Kind wurde Erbe von Namen und Ländereien des Hauses«, erklärte das große Muddeltier. »Der Entführer gab den Knaben einer Frau in Deptford zur Pflege, die nichts von ihm wußte, als daß seine Kleider mit dem Namen Arden gezeichnet waren und daß er an einem Band eine silberne Klapper bei sich trug. Der Mann hatte gesagt, er würde in einem Monat wiederkommen, aber er wurde in einem Zweikampf getötet. In der Nacht vor dem Duell schrieb er einen Brief, worin er seine Tat gestand, und versteckte ihn in Schloß Talbot in einem geheimen Wandfach hinter dem Gemälde einer Dame, die eine geborene Arden war. Dort ruht er bis zum heutigen Tage.«
»Hoffentlich vergeß ich das alles nicht ...« sagte Edred.

»Niemand vergißt, was ich ihm sage«, erklärte das Muddeltier gelassen. »Als die Frau in Deptford merkte, daß der Unbekannte nicht wiederkommen würde, zog sie den Jungen wie ihr eigenes Kind auf. Er wuchs heran, erlernte ein Handwerk und heiratete ein Mädchen aus der Nachbarschaft. Ihr gemeinsamer Sohn ist der Vater von Dickie. Der Name schliff sich ab, Arden wurde zu Harding. Dick Harding – Richard Arden. Der Junge, den ihr sucht, ist Lord Arden.«

»Ja«, sagte Edred gehorsam.

»Doch du darfst deinem Vater nichts davon erzählen«, fuhr die eindringliche Stimme fort, »du darfst nicht einmal mit deiner Schwester darüber reden, ehe du Dickie gerettet und das Opfer gebracht hast. Jeder Mensch bekommt in seinem Leben Gelegenheit, völlig selbstlos, völlig treu und wahr zu sein. Dies hier ist deine Chance. Du kannst sie ergreifen, aber du mußt jeden Gedanken an die Tat in deinem Herzen hüten, bis du sie ausgeführt hast, und dann erst darfst du dem Wesen, das dir am nächsten steht – deiner Schwester Elfrida – von allem erzählen.«

»Aber bekommt Elfi denn keine Gelegenheit zum Edelsein?« fragte Edred.

»Sie wird viele Möglichkeiten dazu haben, und sie wird sie alle ergreifen. Aber sie wird niemals wissen, daß sie's tut«, entgegnete das große Muddeltier ernst. »Bist du bereit? Hast du deinen Entschluß gefaßt?«

»Ich finde, es ist Vati gegenüber gemein«, sagte Edred. »Ich meine, daß er dann nicht mehr Lord Arden ist und alles.«

»Die Gerechtigkeit zwingt uns oft, andere scheinbar unfreundlich zu behandeln«, antwortete der Maulwurf. »Aber denk einmal nach: Meinst du, dein Vater würde Haus und Schloß be-

halten wollen, wenn er wüßte, daß sie jemand anders gehören?«
»Sicher nicht«, sagte Edred sofort. »Was muß ich also nun tun?«
»Als Dickies Vater starb, übernahm eine weitläufige Verwandte seiner Mutter aus Deptford die Pflege des Kindes. Sie behandelte den Jungen nicht besonders gut, und er lief von ihr fort. Diese Frau lernte später einen Mann kennen, einen ziemlich üblen Burschen, der bei einem Einbruch in Schloß Talbot eine Wandvertäfelung erbrochen und jenen alten Brief entdeckt hat, der die Wahrheit über Dickies Geburt enthüllt. Die beiden haben euren Vetter gemeinsam entführt, weil sie hofften, er würde ihnen auf einem vorbereiteten Zettel viel Geld für dieses Dokument versprechen. Inzwischen haben sie aber herausgefunden, daß ein Kind keine rechtsgültige Unterschrift geben kann, doch aus Angst vor Strafe wagen sie nicht, Richard wieder freizulassen. So liegen die Dinge. Wenn du nichts unternimmst, rührt niemand an die Rechte deines Vaters, und du bleibst Erbe von Arden.«
»Was muß ich tun?« fragte Edred noch einmal.
»Du mußt in der Nacht allein Beales Haus aufsuchen. Dort wirst du Richards Hund schlafend vor dem Kamin finden. Nimm ihn an die Leine und geh mit ihm bis zum Kreuzweg, laß das Tier dort frei und folge ihm. Steck auch ein Messer ein, mit dem man Strikke durchschneiden kann. Und bedenke: Du wirst deinen ganzen Mut brauchen. Nun sieh dir meine Gäste an!« gebot das große Muddeltier.
Edred drehte sich um, und plötzlich war ihm niemand in der Halle mehr fremd. Er kannte alle: Jeanne d'Arc und den Seehelden Drake, Elsa von Brabant, Sankt Georg, den Drachentöter, Lady Nithsdale, die ihren Gatten aus dem Tower befreit hatte, Kapitä-

ne, die mit ihrem Schiff untergegangen, Soldaten, die im Kampf um eine verlorene Hoffnung gefallen waren, Könige und Patrioten, Nonnen und Mönche, Männer, Frauen und Kinder. Alle drängten sich dicht um ihn, schüttelten seine Hand und sagten: »Mut, Edred! Sei einer von uns, sei einer von uns ...«

Plötzlich leuchtete ein ungeheures weißes Licht blitzend auf. Die Kinder konnten nichts mehr sehen, und auf einmal standen sie wieder in Edreds Schlafzimmer.

»Na los«, drängte Elfrida, »was hat es zu dir gesagt? Ihr habt vielleicht komisch ausgesehen zusammen!«

»Hilf mir lieber aus diesem Blechladen hier raus!« sagte Edred schlechtgelaunt und begann, sich aus seiner Rüstung zu befreien.

»Aber was hat es denn von dir gewollt?« wiederholte Elfrida, während sie die Schnallen öffnete.

»Das darf ich nicht sagen. Ich soll mit niemandem drüber reden, bis alles vorbei ist.«

»Also gut«, sagte Elfrida seufzend, »dann werd ich dich kein einziges Wort mehr fragen. Aber du erzählst es mir sofort, wenn du darfst, ja? Kann ich wenigstens helfen?«

»Keiner kann helfen, keiner kann raten«, sagte Edred würdevoll. »Wenn ich überhaupt etwas tue, muß ich's ganz allein hinter mich bringen.«

»Vielleicht ist dir lieber, wenn ich weggehe?« fragte Elfrida, beeindruckt von Edreds neuer Würde.

»Ja, bitte«, sagte Edred.

Als sie gegangen war, hockte er sich auf die Truhe am Fußende seines Bettes und versuchte, Ordnung in seine Gedanken zu bekommen. Das war gar nicht einfach. »Eigentlich müßte ich ge-

hen«, sagte er zu sich selber, aber jemand, der auch er war, wandte ein: »Denk doch an deinen Vater!«
Der Junge überlegte und grübelte so angestrengt, daß er ganz außer sich geriet. Sein Kopf glühte, doch Hände und Füße fühlten sich eisig an. Als die alte Köchin hereinkam, schrie sie bei seinem Anblick erschrocken auf, befühlte seine Stirn und behauptete, er hätte bestimmt Fieber. Sie steckte ihn ins Bett, legte ihm einen feuchten Umschlag auf den Kopf und packte heiße Wärmflaschen an seine Füße.
Vielleicht hatte er wirklich Fieber. Jedenfalls war er später nie ganz sicher, ob tatsächlich ein überaus höflicher schwarzer Maulwurf den ganzen Tag lang neben seinem Kopfkissen gesessen und verführerische Sätze in sein Ohr gewispert hatte – Sätze wie: Denk doch an deinen Vater ... Niemand erfährt jemals etwas davon! ... Dickie wird's schon irgendwann auch wieder gutgehen. Vielleicht hast du überhaupt nur geträumt, daß jemand Richard eingesperrt hat, und alles ist gar nicht wahr ... und: Schließlich ist's ja nicht deine Sache, oder?
Edred warf sich ruhelos hin und her, hörte das eindringliche Fiepen des schwarzen Maulwurfs und kämpfte murmelnd immer wieder dagegen an: »Ich muß gehen – Ich hab es versprochen ... Ja, ja, ich gehe!«
Spät in der Nacht, als alles im Hause schlief, stand er auf und zog sich an. Er steckte die Kerze von seinem Nachttisch samt den Streichhölzern in seine Hosentasche, schlich leise die Treppe hinunter, schlüpfte aus dem Haus und lief zu Beale.
Es war ein fürchterlicher Weg. Mehr als einmal blieb er erschrokken stehen, weil ein Ast über ihm knackte oder weil er meinte, Fußtritte hinter sich zu hören. Sein Herz klopfte zum Zersprin-

gen. Er riß sich zusammen und lief weiter, ohne sich umzusehen. Nicht einmal um den düsteren Heckenrosenstrauch neben Beales Haustür kümmerte er sich noch sehr, obwohl der aussah, als ob sich dort jemand im Schatten verbarg.

Er drückte die Türklinke nieder und schob sich behutsam ins Haus. In der Dunkelheit rührte sich etwas, eine Kette klirrte. Der Junge fuhr zusammen, aber es war nur Treu, der zur Begrüßung aufgestanden war. Edred erkannte sein weißes Fell und ging darauf zu, tastete nach der Kette, hakte sie aus dem Ring an der Wand und schlich mit dem Hund hinaus.

Edred atmete auf. Der Hund war überhaupt ein großer Trost. Später erzählte Edred Elfrida, daß alles nur Treus Verdienst gewesen wäre und daß er ohne ihn nicht durchgehalten hätte.

Sie liefen ganz friedlich miteinander bis zum Meilenstein. Dort stürmte der Hund plötzlich witternd los und übernahm die Führung. Die Leine spannte sich, und Edred hatte Mühe, Schritt zu halten. Es ging den Hügel hinauf und mitten in die Stechginsterbüsche hinein. Die Nacht erschien dem Jungen mittlerweile nicht mehr so dunkel wie zuvor. Seine Augen hatten sich an das schwache Sternenlicht gewöhnt.

Auf einmal blieb Treu stehen, schnupperte, nieste, blies die Luft durch die Nase und begann, wie wild auf dem Boden zu scharren.

»Komm, komm weiter, Treu«, flüsterte Edred, »komm, guter Hund!« Da er fest überzeugt war, Dickie läge als Gefangener in einer einsamen Hütte, brannte er darauf, ihn so schnell wie möglich zu befreien und heil und sicher nach Hause zu bringen. Er zerrte an der Leine, aber Treu schüttelte sich nur und kratzte weiter. Der Platz, den er sich dazu ausgesucht hatte, lag unter einem

Stechginstergebüsch, das dichter und größer war als alle anderen ringsum. Das stachlige Geäst stach in Nase und Pfoten, aber der Hund ließ sich nicht beirren. Er hielt nur dann und wann inne, nieste, schnaufte, schüttelte die Ohren und grub weiter.
Edred fiel das Messer ein, das er mitgebracht hatte, ein großes Gartenmesser aus der Kommode in der Halle. Er zog es aus der Tasche. Vielleicht sollte er ein paar der sperrigen Zweige wegschneiden? Möglicherweise lag Richard gefesselt in dem Gestrüpp ...
»Dickie«, rief er leise, »Dickie!«
Keine Antwort. Nur Treu schniefte und schnaubte und scharrte wie verrückt.
Edred packte einen dicken Ast und wollte ihn absäbeln, aber das trockene Holz blieb in seiner Hand, ohne daß er das Messer anzusetzen brauchte. Er versuchte es bei einem anderen. Auch der war lose. Der Junge zog seine Jacke aus, legte sie sich über die Hände, um sie zu schützen, ergriff einen ganzen Armvoll der stachligen Äste, zog daran und fiel mit Schwung auf den Rücken. Ein dickes, struppiges Zweigbündel begrub ihn fast. Treu zerrte wie toll vorwärts, und Edred richtete sich mühsam auf. Der Stechginsterbusch, den er weggerissen hatte, war als Tarnung über den Eingang eines Erdstollens gesteckt gewesen. Jachternd verschwand Treu in dem freigelegten Schacht. Edred, von ihm bis dicht an die Höhlung herangezogen, beugte sich vor, um hinunterzuspähen, dabei glitt er auf dem feuchten Boden aus, und er stürzte kopfüber in die Tiefe. Hechelnd zerrte der Hund an der straff gespannten Leine.
»Halt an, Treu, leg dich! Nieder!« befahl Edred im Flüsterton, und der Hund gehorchte wirklich für einen Augenblick. Er kam

jedoch nicht zurück zu Edred, er hielt den Kopf dicht an die Erde gepreßt und witterte aufgeregt voraus.
Jetzt konnte der Junge die Kerze gut gebrauchen. Er zog sie aus der Tasche, zündete sie an und blinzelte ins Dunkel. Vor ihm lag ein niedriger unterirdischer Gang. Wenn Edred nach oben schaute, konnte er deutlich durch das Netzwerk der Stechginsterzweige die Sterne schimmern sehen. Er stand vorsichtig auf, und sofort schoß Treu wieder vorwärts. Plötzlich wußte Edred, daß er sich in der alten Schmugglerhöhle befand, die Elfrida und er so oft vergeblich gesucht hatten.
Der Junge und der Hund arbeiteten sich hastig voran, tappten einen engen Stollen entlang, in den Fels gehauene Stufen hinab, stießen eine schwere Tür auf und gelangten in eine riesige Grotte. Irgendwo brach Wasser aus einem Felsspalt und plätscherte zwischen geröllbedeckten Ufern quer durch die weite Höhle. Und da, auf dem Schwemmsand neben dem Bach, lag etwas Dunkles. Treu machte einen Satz, daß die Leine aus Edreds Hand gerissen wurde, sprang auf das schwarze Bündel zu, beleckte es zärtlich, winselte und stieß liebevolle Hundeschreie aus, bis der an Händen und Füßen mit Stricken gefesselte Dickie sich regte. Er seufzte und wachte auf.
»Kusch dich, Treu«, murmelte er verwirrt, »still! Pst!«
»Wo sind denn die beiden? Der Mann und die Frau?« flüsterte Edred aufgeregt.
»Edred – du! Das ist großartig!« flüsterte Dickie zurück. »Sie sind in der nächsten Höhle. Ich hab sie schnarchen hören, ehe ich eingeschlafen bin.«
»Lieg mal ganz still!« sagte Edred. »Ich hab ein Messer mit und schneide die Stricke durch.«

Aber Dickie versuchte vergeblich, sich aufzurichten, als seine Fesseln fielen. Arme und Beine waren völlig steif und taub. Vorsichtig bewegte er die Finger, um sie wieder gelenkig zu machen, und Edred rieb kräftig seine Füße und Waden. Er hatte die Kerze in den Sand gebohrt, ihr zuckender Schein malte in der tiefen Finsternis nur einen kleinen Kreis Licht um die beiden Jungen. Sie bemerkten deshalb nicht, wie eine dunkle Gestalt auf sie zukam. Sie war schon ganz nahe, da schaute Edred auf und sah den gleitenden Schatten.

»Oh«, keuchte er, und Dickie, der seinem erschrockenen Blick folgte, zischte: »Da sind sie! Lauf weg! Denk nicht an mich – ich komm schon irgendwie durch!«

»Nein!« stieß Edred hervor, und im selben Augenblick erkannte er Elfrida. Sie war in den Wintermantel ihres Vaters gehüllt.

»Elfi!« riefen die beiden Jungen wie aus einem Munde.

»Na hört mal«, sagte sie, »habt ihr euch wirklich eingebildet, daß ich nicht mitmache? Ich bin den ganzen Weg hinter dir hergelaufen, Edred! Du brauchst mir gar nichts zu erzählen, und ich stell dir auch keine einzige Frage. Aber jetzt kommt bloß schnell hier raus! Los, Dickie, stütz dich auf mich!«

Sie nahmen ihn in die Mitte und schleppten ihn bis zu dem Gang, und als sie so weit gekommen waren, konnte Dickie auch seine Beine und seine Krücke wieder gebrauchen. Sie liefen zusammen durch die Nacht nach Hause. Edred trommelte seinen Vater heraus, und die Kinder berichteten ihm in fliegender Eile alles Notwendige, dann weckte Lord Arden das ganze Haus, und er und Beale und ein halbes Dutzend Männer aus dem Dorf gingen zur Höhle und fanden die beiden Verbrecher noch in tiefem Schlaf. Sie banden ihnen die Hände und brachten sie zur Stadt auf die

Polizeiwache. Als der Mann durchsucht wurde, kam der Brief zum Vorschein, den er in Schloß Talbot gestohlen hatte.

»Ich wünsche dir von ganzem Herzen Glück für deine Zukunft, mein Junge«, sagte Edreds und Elfridas Vater, nachdem er das vergilbte Schreiben gelesen hatte. »Natürlich müssen wir alles prüfen, aber ich hege nicht den geringsten Zweifel, daß du tatsächlich Lord Arden bist.«

»Ich will es aber gar nicht sein«, erklärte Dickie, und er sagte damit die Wahrheit. Freilich war es eine überwältigende Vorstellung, daß er, der kleine lahme Dickie aus Deptford, nun Lord Arden heißen und dieses herrliche Schloß besitzen sollte, aber trotzdem wiederholte er: »Ich möchte es wirklich nicht. Sie sollten es bleiben, Sir. Sie sind so gut zu mir gewesen.«

»Mein lieber Junge«, sagte Lord Arden freundlich, »ich habe mich auch ohne den Titel und ohne das Schloß recht wohlgefühlt, das darfst du mir glauben. Du sollst erhalten, was dir von Rechts wegen zusteht. Mir wird es deswegen nicht schlechtergehen.«

Die Geschichte von Dickies Rettung machte im ganzen Land die Runde. Treu und Edred wurden immer wieder gelobt, und niemand konnte begreifen, wieso man nicht vorher daran gedacht hatte, den Hund auf die Spur seines Herrn zu setzen. Außer Elfrida begriff kein Mensch, welche tapfere Selbstüberwindung es den Jungen gekostet hatte, durch die finstere Nacht zu stolpern und seinen Vetter zu retten.

Etwa eine Woche später wurde die Höhle gründlich durchforscht. Die Kinder waren mit Feuereifer dabei, kletterten überall herum und entdeckten schließlich ein sonderbares Gemäuer aus Back-

steinen, Zement und rotem Lehm. Es schloß die Felswand dort ab, wo vermutlich in alter Zeit der Fluß ins Freie geströmt war, der sich jetzt in der Finsternis verlor.
»Könnten wir ihn nicht wieder in den Schloßgraben fließen lassen?« fragte Edred. »Früher war das so. Das steht in der ›Geschichte von Arden‹.«
»Darüber reden wir später«, bestimmte der Vater, in dessen Tasche ein langer Brief seines Rechtsanwalts knisterte.

ELFTES KAPITEL

Der Lord von Arden

Viele Verhandlungen mußten geführt und Berge von Briefen geschrieben werden, ehe man sich einig wurde, wer nun wirklich Lord Arden war. Wenn der gegenwärtige Träger des Titels Einwände erhoben hätte, würde zweifellos ein Heer von Anwälten auf Jahre hinaus mit Prozessen versorgt gewesen sein, aber da ihm in seiner Ehrenhaftigkeit nur daran gelegen war, Dickie in alle ihm zustehenden Rechte einzusetzen, mußten sich die Juristen sogar mit ihrer Arbeit beeilen.

Die drei Kinder lebten einträchtig miteinander, denn Edreds und Elfridas Vater hatte zu Dickie gesagt: »Wenn sich herausstellen sollte, daß ich doch Herr hier bin, bleibst du selbstverständlich bei uns. Du besuchst mit Edred die Schule, und ich werde dich wie meinen eigenen Sohn erziehen.«

Dickie war so glücklich, wie er's sich nie hätte vorstellen können. Er hatte ein Pony bekommen, so daß sein lahmes Bein kaum störte und er die Geschwister in ihrem kleinen Eselwagen auf wunderbaren Ausflügen begleiten konnte.

Trotz aller Vergnügungen hatten die Kinder ihre Idee nicht vergessen, den unterirdischen Fluß wieder in sein altes Bett zurückzuleiten. Wenn auch der Vater meinte, die Arbeiten dafür seien viel zu teuer, ließen Edred und Elfrida nicht locker und bettelten immer wieder, und als schließlich eines Tages ein Herr mit einer großen schwarzen Brille im Dorf auftauchte, der ihre Partei ergriff, da halfen alle Einwände nichts mehr. Der Urlaubsgast war nämlich Ingenieur und stellte bei einem Spaziergang mit den Geschwistern fest, daß es nicht schwer sein könnte, den einfachen Damm einzureißen und das Wasser wieder wie in früheren Zeiten dahinfließen zu lassen – bis zu dem gemauerten Bogen.

Beale und ein zweiter Mann kamen mit Spaten anmarschiert und legten den Steinbogen frei. Er schien noch völlig in Ordnung, und nach einem aufgeregten Durcheinander liefen alle in die Höhle zurück.

Es war ein feierlicher Augenblick, als die Backsteine herausgebrochen waren und plötzlich strahlendes Sonnenlicht einfiel. Jetzt mußte nur noch der Damm niedergerissen werden, damit das Wasser aus der Dunkelheit in den hellen Tag zurückfluten konnte. Die Kinder wurden eine ganze Weile nicht darüber einig, ob sie in der Höhle bleiben sollten, wo sie beim Einreißen der Mauer zuschauen konnten, oder ob sie lieber von draußen beobachten wollten, wie der Strom ins Freie schoß. Schließlich blieben die beiden Jungen drinnen, und Elfrida und ihr Vater warteten draußen auf einem Hügel zwischen blassen Glockenblumen, wildem Thymian und süßduftenden violetten Weidenröschen.

»Bist du traurig, Vati«, fragte Elfrida während dieser träge verstreichenden Minuten, »wenn sich wirklich herausstellt, daß du gar nicht Lord Arden bist?«

Er zögerte einen Augenblick und entschloß sich dann, ihr die Wahrheit zu sagen. »Ja, es wird mich sehr treffen. Aber gerade deshalb dürfen wir nichts vernachlässigen, was Klarheit bringen kann. Denn ob Dickie den Titel bekommt oder ob ich ihn behalte: Wir wollen uns später einmal keine Vorwürfe machen müssen, daß wir auch nur die geringste Kleinigkeit übersehen hätten, die Dickies Rechte beweist.«

»Oder die deine Rechte beweist, Vati.«

»Oder die meine Rechte beweist«, sagte er. »Aber wenn er der anerkannte Erbe ist, werde ich wahrscheinlich zu seinem Vormund ernannt, und wir können weiter hier zusammen in Frieden leben. Der einzige Unterschied ist dann, daß ich wieder ein einfacher Mister Arden bin.«

»Ich glaube sicher, daß Richard Lord Arden ist«, begann Elfrida und war auf dem besten Weg, ihr ganzes Geheimnis preiszugeben, einschließlich dessen, was das große Muddeltier Edred erzählt hatte. Aber gerade in diesem Augenblick grollte es in der Tiefe, und wie ein Blitz flüssigen Silbers schoß der befreite Fluß aus der Erde. Er verbreiterte sich gemächlich zu einem See, doch dann sammelte er sich wieder zu einem Fluß, wand sich zwischen den vielen kleinen Buckeln und Hügeln abwärts und wurde mit jedem Meter seines Weges tiefer und rascher, wurde wieder zum Strom.

»Komm, Liebchen, laß uns zum Schloßgraben laufen«, rief der Vater. »Wenn wir beide uns beeilen, sind wir zuerst da!« Er nahm seine Tochter an die Hand und rannte los.

Die Flut erkannte ihren alten Weg und schoß mit Macht zum Schloß. Kurz vor dem Mittagessen stand das Gras im Graben rings ums Haus ganz unter Wasser, und zur Teezeit war der Silberspiegel schon beträchtlich gestiegen. Am nächsten Morgen umgab ein rund zwanzig Meter breiter, mit köstlich klarem Was-

ser gefüllter Wallgraben das Schloß. Ein schmaler Bach hatte sich abgezweigt und floß in vielen Windungen über die Wiesen davon.
Am anderen Morgen wurde der Strom noch einmal eingedämmt, weil die Mauern des Schlosses erst untersucht und ausgebessert werden mußten, ehe sie dem Wasserdruck preisgegeben werden konnten. Elfrida hörte, wie ihr Vater zu dem Ingenieur sagte: »Das scheint mir ein ziemlich kostspieliges Vergnügen zu werden. Ich weiß eigentlich nicht, ob ich's überhaupt machen soll ... Aber ich fürchte, ich kann der Versuchung nicht widerstehen und werde eben versuchen, irgendwo anders einzusparen.«
Natürlich trug sie die Bemerkung brühwarm zu den beiden Jungen, die in der Schmugglerhöhle hockten und fischten. »Und deshalb müssen wir unbedingt noch einen Versuch machen«, schloß sie. »Dickie, du bist doch so wahnsinnig gescheit – kannst du dir nichts ausdenken, wie wir den Schatz finden?«
Dickie brauchte nicht lange nachzudenken. »Wir könnten mit Hilfe meines Zaubers versuchen, in die Zeit zu gelangen, in der der Schatz versteckt wurde«, sagte er.
»In dem Film waren so viele Soldaten«, sagte Edred zögernd, »und es war Krieg ...«
»Ich hab keine Angst vor Soldaten«, rief Elfrida, »und du hast sowieso vor gar nichts Angst, Edred, das weißt du doch genau!«
»Nein«, bestätigte Dickie, »du kannst überhaupt keine Angst haben. Sonst wärst du nicht mitten in der Nacht zu mir in die Höhle gekrochen gekommen! – Los, kommt! Stellt euch dicht nebeneinander. Ich lege die Mondblumenkerne aus.« Während er sprach, baute er bereits die Dreiecke aus den flachen Körnern, dann ergriff er mit der linken Hand ein paar kleine Gegenstände, hielt sie

fest umklammert und wünschte sich und die Geschwister zu den Leuten, die den Schatz versteckten.
Und schon waren sie da.
Zu dritt standen sie dicht aneinandergeschmiegt in der Nische eines engen, düsteren Ganges. Männer keuchten an ihnen vorüber. Sie schleppten schwere Kisten und Ledersäcke und in Stroh und Leinentücher eingeschlagene Bündel. Ihre Kleidung stammte aus der Zeit König Karls I., das erkannten die Kinder sofort wieder. Auch sie selber trugen die Tracht jener Tage. Als der letzte Ballen vorbeigetragen und die letzte Kiste mit einem dumpfen Knall irgendwo tiefer unten auf einem Steinfußboden abgesetzt worden war, hörten die drei, wie eine Tür zugeworfen und ein Schlüssel im Schloß umgedreht wurde, dann kehrten alle Männer durch den schmalen Gang zurück, und die Kinder schlossen sich ihnen an. Plötzlich wurde das Licht der Fackel vom Tageslicht aufgeschluckt. Sie mußten ein Stück auf allen vieren kriechen, denn der enge Stollen wand sich steil nach oben. Der Ausgang führte zum Hof, dem gleichen Hof, der zu ihrer Zeit mit gepflegtem Rasen bedeckt war und nicht wie jetzt von struppigen, mit Gänseblümchen durchsetzten Grasflecken zwischen Stein- und Schutthaufen.
Zwei Männer wuchteten einen großen Stein in die Höhe, wankten unter seinem Gewicht zur Mauer und wälzten ihn auf den Boden des geheimen Ganges. Der nächste Quaderstein folgte und der übernächste. Alle paßten wie bei einem Zusammensetzspiel auf- und aneinander, und als der letzte Block in seinen Platz gefügt war, hätte niemand diese Steine von den anderen zu unterscheiden vermocht, aus denen die Mauer bestand.
»Holt Essensreste und streut sie auf die Erde«, ordnete der Mann

an, der der Anführer zu sein schien. »Dann sieht es aus, als ob wir hier gevespert hätten. Und stampft das Gras auch an anderen Stellen nieder. Ich schätze, es kann noch eine Stunde dauern, ehe sie unsern Widerstand gebrochen haben. Lauft zu eurer Mutter, Kinder. Dies ist jetzt nicht der rechte Ort für euch!«

Elfrida und Edred kannten den Weg; sie hatten ihn ja in ihrem Film verfolgt. Sie wandten sich zögernd zum Gehen, als Dickie flüsterte: »Wartet nicht auf mich. Ich hab noch was zu tun.«

Nachdem die Männer fortgegangen waren, schlich der Junge zu dem geheimen Eingang zurück. Er hatte ihn die ganze Zeit nicht aus den Augen gelassen, nun kniete er nieder und kratzte in den mittleren grauen Stein etwas mit einem der langen Nägel ein, die er mitgebracht hatte. Der erste verbog sich, und Dickie nahm den nächsten.

Da kamen die Soldaten zurück.

Eilig verbarg sich der Junge im nahen Eingang der Kapelle und sah zu, wie die Männer die Brot- und Fleischbrocken im Hof verteilten.

»Jeder Mann an seinen Posten! Gott möge uns beistehen!« rief der Anführer nach getaner Arbeit. Alle trugen jetzt Rüstungen, die bei jedem Schritt klirrten.

Als Dickie wieder allein war, kniete er sich eilig hin und kratzte verbissen mit seinem Nagel weiter. Die Luft dröhnte von Rufen und Schreien, Geschütze donnerten, Metall klirrte, und über allem lag ein ständig sich wiederholender, schmetternder Laut, als ob eine Riesentrommel tosend gerührt würde.

Der Junge zerrte ein Rasenpolster höher, um seine Markierung zu verbergen. Er hatte sie so tief angebracht, daß sie fast unter der Erde lag, von Gras und Wurzeln gut geschützt. Nun klopfte er sich den Steinstaub von den Händen und richtete sich auf. Der Schatz war gefunden, sein Versteck gekennzeichnet. Jetzt konnten sie getrost zusammen heimkehren. Ob er nun Lord Arden wurde oder nicht – er hatte in jedem Fall das verlorene Vermögen der Vorväter zurückgebracht.

Er wollte in der Richtung davongehen, die Edred und Elfrida vorhin eingeschlagen hatten. Im Bogengang des mächtigen Torturmes sah er einen Trupp Bewaffneter, und aus einem Fenster zu seiner Rechten lehnte sich eine Dame, bleich vor Entsetzen. Die Geschwister standen eng an sie geschmiegt. Dickie stürzte auf eine Tür unter dem Fenster zu, aber es war zu spät. Das dumpf dröhnende Stoßen schwoll an, und ein tosendes Krachen, ein Aufschrei aus vielen Kehlen folgten. Die mächtigen Torflügel brachen unter dem Anprall des Rammbocks, blauer Himmel blitzte im Torbogen auf, und durch die zerstörte Pforte wälzte sich mit Geheul, Geschrei und Waffenlärm eine wilde Horde von Soldaten.

Dickie vergaß mit einem Schlag die rettende Tür unter dem Fenster, vergaß Edred und Elfrida und den Schatz und daß es bei ihm lag, sich und die Geschwister wieder heil in ihre eigene Zeit zurückzubringen. Er sah nur, wie das Haus, das er liebte, zerstört wurde. Und er sah, wie die tapferen Verteidiger ihr Blut vergossen, um dieses Haus zu schützen.

Er zog den Degen, den er an seiner Seite trug, schrie gellend: »Für Arden! Für Arden!« und warf sich mit flatternden Haaren in das Kampfgetümmel. Eben setzte der Anführer des feindlichen Heeres den Fuß auf den Pflasterweg des Hofes. Doch dieser erste Schritt sollte auch sein letzter sein. Er war ein derber, bulliger Kerl in einem Lederwams und einer runden Eisenhaube. Er starr-

te verwundert dem Jungen entgegen, der auf ihn zustürmte, und lachte, doch Dickie machte mit seinem Degen einen Ausfall, wie es ihn sein Fechtmeister gelehrt hatte. Die stählerne Klinge fuhr empor und drang genau ins Herz des Mannes, der stürzte und im Fallen die Klinge aus seines Gegners Hand riß.
Ein Schrei der Wut erscholl auf der Seite der Feinde, ein Schrei des Triumphes und des Stolzes aus den Kehlen der Ardens. Neuer Kampflärm umbrandete den Jungen, und im nächsten Augenblick waren seine Hände mit einem Tuchfetzen gefesselt.

Sie warfen ihn in den Holzkeller und versperrten die Tür. Dort lag er und dachte verzweifelt darüber nach, wie er die Geschwister und sich heil wieder hinausbringen könnte. Was konnte er tun? Auf ihrer Wanderschaft hatte Mr. Beale ihm einmal gezeigt, wie man auf dem Rücken gefesselte Hände wieder freibekam. Der Junge machte sich an die Arbeit. Es kostete Mühe und Geduld, und die ganze Zeit bohrte es in seinem Kopf, bohrte und gab keine Ruhe ... Wie konnte er entfliehen? Den Holzschuppen kannte er. Die Tür war dick, und außen sicherte sie ein kräftiger Holzriegel. Aber das Dach! Es bestand nicht aus Ziegeln oder Schieferplatten, sondern es war mit Ried gedeckt.
Als er seine Hände frei hatte, stand er auf, reckte sich hoch und tastete nach den Nägeln, mit denen die Binsenbündel befestigt waren. Doch unvermittelt fielen seine Arme wieder herab. Selbst wenn er auf diesem Weg entfliehen konnte, was sollte aus Edred und Elfrida werden ...
Voller Verzweiflung warf er sich zu Boden. Er war am Ende, er wußte nicht mehr aus noch ein. Die Zeit verrann, und plötzlich

war in einem Winkel ein sachtes Kratzen zu hören. Dickie fuhr kerzengerade in die Höhe und horchte. Da wieder! Es scharrte, es schrappte ... Der Junge hielt den Atem an. Wäre es möglich, daß ihm jemand zu helfen versuchte? Nein, es war sicher nur eine Ratte. Doch im nächsten Augenblick erklang so dicht neben ihm eine Stimme, daß er zusammenzuckte und einen leisen Schrei ausstieß.

»Bleib, wo du bist, mein Junge, und halt den Mund. Ich bin's nur, das Muddeltier von Arden.«

»Oh Muddeltier, liebes Muddeltier! Du mußt mir helfen. Ich hab die beiden hier mit reingezogen – hilf mir um Himmels willen, damit ich sie wieder lebendig zurückbringe!« flehte Dickie mit neu erwachter Hoffnung.

»Das werd ich schon. Immer mit der Ruhe. Hat gar keinen Zweck, die Nerven zu verlieren«, fiepte der Maulwurf gelassen. »Das paßt auch gar nicht zu einem Jungen, der eben noch dem Tod ins Antlitz gesehen hat – wie du, mein Lieber. Ich hab 'n netten kleinen Tunnel für dich gegraben. Ja, ja, das hab ich – hier in meiner Ecke. Komm mal vorsichtig ran, so – siehst du! Wenn du da durchkriechst, bist du draußen und so sicher wie in Abrahams Schoß!«

Dickie näherte sich der feinen Stimme, und da war tatsächlich eine Höhlung, und sie schien groß genug, daß er hindurchschlüpfen konnte.

»Ich geh voran«, sagte das Muddeltier, »krabbel nur hinter mir her.« Und dann fügte es hinzu: »Ihr braucht Euch nicht zu fürchten, Lord Arden.«

»Bin ich denn wirklich Lord Arden?« fragte der Junge.

»So wahr ich lebe«, antwortete der Maulwurf. »Euer Onkel wird es Euch morgen früh mit dem ganzen Kram von den Rechtsanwälten erklären. Und jetzt kommt! Wir haben keine Zeit mehr zu verlieren!«

Dickie ließ sich auf alle viere nieder und kroch in den Maulwurfsgang aus weicher, würzig duftender Erde hinab, ein paar Meter geradeaus und ein Stück empor – und dann war er im Schloßhof, wo Edred und Elfrida schon warteten.

Die drei Kinder umarmten einander eilig und wandten sich dann an das Muddeltier und fragten: »Wie kommen wir nun heim?«

»Auf die alte Art und Weise«, sagte es kichernd, und schon schwebte aus der Höhe des Himmels ein weißer Schwanenwagen herab. »Hinein mit euch!« befahl der Maulwurf. »Mit diesen Kutschen läßt sich's ebensogut von einer Zeit in die andere fahren wie von einem Ort zum anderen. Also rein mit euch! Verschwindet, ehe euch die Soldaten zu fassen kriegen!«

Die drei drängten sich in den Schwanenwagen. Die weißen Schwingen breiteten sich aus, und das Zaubergefährt erhob sich in die Lüfte. Nur ein einziger feindlicher Posten bemerkte die Flucht. Geistesgegenwärtig blies er Alarm, aber das brachte ihm nur eine Kopfnuß ein, denn als die Wache heranstürmte, war nichts mehr zu sehen.

Die Schwäne glitten rasch durch den dunklen Himmel, die Kinder konnten nicht erkennen, wohin die Reise ging. Die Luft strich eisigkalt an ihnen vorüber. Plötzlich flimmerte ein tröstliches Licht auf, sie hielten in der Schmugglerhöhle und verließen den wunderbaren Wagen genau auf dem Fleck, wo Dickie die Mondblumenkerne ausgelegt hatte. Schwingenrauschend entschwanden die Schwäne, und die Kinder gingen, so schnell Dickies kranker Fuß es zuließ, heim.

Im Schloßhof untersuchten sie die Ruine des Kapelleneingangs, und Edred fand die Spuren der Zeichen. »Ich hol mal rasch einen Meißel!« sagte er und lief eilig fort. Als er zurückkam, lag Dickie auf den Knien vor der Mauer, hatte mit den Händen Gras und Moos weggekratzt und die Stelle ganz freigelegt. Da waren die Buchstaben. R. A. und die Jahreszahl. Während Dickie die Neun von Neunzehnhundertsoundsoviel eingekratzt hatte, war er ein- oder zweimal ausgerutscht, so daß die Ziffer mehr wie Fünfzehnhundertundetwas aussah.

»Komisch«, sagte Edred nachdenklich. »Das hat doch immer schon hier gestanden. Wir haben's mal entdeckt, als wir nach dem Schatz suchten. Ganz am Anfang, weißt du noch, Elfi?«

»Jedenfalls stammt es von mir«, erklärte Dickie entschieden. »Und jetzt laß mich mal anfangen.« Er nahm den Meißel und setzte ihn geschickt in einer Fuge an, drückte und bohrte und schob, bis sich der Quaderstein ein wenig nach vorne schob und sich anpacken und herauszerren ließ. Dahinter gähnte eine finstere Höhlung. »Es stimmt«, rief der Junge aufgeregt, »es stimmt! Ich kann die Tür fühlen.«

»Sollten wir jetzt nicht Vater dazuholen?« schlug Elfrida vor. »Er würde sich bestimmt freuen!« Sie lief davon und platzte in den stillen Frieden der Bibliothek, wo Lord Arden vor einer Unmenge von amtlichen Briefen und Schriftstücken saß und mit seinem Rechtsanwalt, einem rundlichen, vergnügten Herrn in einem Tweedanzug, ein ernstes Gespräch führte.

»Wir haben gerade den Schatz gefunden!« rief Elfrida. »Komm und schau ihn dir an!«

»Was für einen Schatz denn? Und wie oft habe ich dir gesagt, daß ich beim Arbeiten nicht gestört werden möchte, Kind!«

»Ja, ich weiß«, sagte Elfrida kleinlaut, »ich hab nur gedacht, es würde dir vielleicht Spaß machen. Wir haben im Hof eine zugemauerte Stelle entdeckt, und dahinter ist ein Gang. Ich bin ganz sicher, daß dort der Schatz liegt, den sie versteckt haben, bevor die Soldaten von Cromwell das Schloß eroberten.«
»Das ist so eine alte Familiensage«, wandte sich der Vater an den Rechtsanwalt. »Sie müssen verzeihen, wenn bei meinen Kindern zuweilen die Begeisterung über die Manieren siegt. Du hast vergessen, Mr. Roscoe zu begrüßen, Elfrida!«
»Guten Morgen, Mr. Roscoe!« sagte das Mädchen strahlend. »Ich bitte um Entschuldigung, aber Sie wären sicher nicht böse, daß ich gestört habe, wenn Sie wüßten, wie wichtig der Schatz für uns ist!«
Der Anwalt lachte herzlich. »Ich bin an vergrabenen Schätzen im höchsten Maße interessiert. Es wäre mir eine große Ehre, wenn ich an der Suche teilnehmen dürfte.«
»Das ist jetzt gar keine Suche mehr«, sagte Elfrida, »wir haben den Schatz ja endlich gefunden. Aber vorher haben wir ewig lange herumgestöbert. Ach Vati, komm doch! Du würdest es später schrecklich bereuen, wenn du nicht dabeigewesen bist!«
»Wenn es Mr. Roscoe tatsächlich nichts ausmacht«, sagte der Vater nachgiebig. Die beiden Männer folgten der ungeduldig vorauslaufenden Elfrida lächelnd. Aber ihre wohlwollende Überlegenheit geriet rasch ins Wanken, als sie durch das Loch spähten, das Edred und Dickie unterdessen um zwei Steine erweitert hatten, und in der Düsternis das verblichene Grau einer alten Holztür erkannten.
In kurzer Zeit waren mit vereinten Kräften alle Quader weggeräumt.

»Wir werden einen Schlosser holen müssen«, meinte Lord Arden.
»Wartet!« schrie Elfrida. »Da ist doch so ein großer Schlüssel mit Wappen, wißt ihr – in der Eisenkassette. Ob der nicht ...?«
Sie lief wieder davon und holte den Schlüssel. Er mußte allerdings erst mit einem tüchtigen Schuß Öl und danach mit großer Geduld behandelt werden, ehe er sich im Schloß drehen ließ. Doch dann lag der schmale Gang vor ihnen, dicht verhangen von staubigen Spinnwebschleiern. Mit Besen und Laternen, niesend und hustend gelangten sie endlich vor die Tür der eigentlichen Schatzkammer. Ein zweiter, ähnlicher Schlüssel paßte, und da, in dem verborgenen Gewölbe, ruhten tatsächlich in Stroh und Leinwand gehüllte Bündel und Ledersäcke, waren Truhen und Kisten übereinandergestapelt.
Mr. Roscoe, der mit seinem Fahrrad ins Schloß gekommen war, fuhr in größter Geschwindigkeit zur Bank von Cliffville, damit ein paar Herren nach Arden kämen und die Wertsachen abholten. »Ich werde auch sicherheitshalber einen Polizisten mitbringen«, rief der Anwalt, ehe er sich in den Sattel schwang. »Schaffen Sie bitte nichts heraus, ehe ich nicht mit ihm zurück bin! Der Eingang muß gut bewacht werden!«

Als der Schatz schließlich zutage kam, sahen der Polizist und ein Bankdirektor, die gesamte Dienerschaft, alle Beales samt Treu und das halbe Dorf zu, denn die aufregenden Ereignisse im Schloß hatten sich rasch herumgesprochen.
Goldenes und silbernes Tafelgerät wurde geborgen, Schmuck und Prunkrüstungen und eine Rolle alter Pergamente, von denen

Mr. Roscoe behauptete, sie seien mehr wert als alles andere zusammen, denn es waren die Eigentums-Urkunden bedeutender Liegenschaften.

»Und jetzt«, schmetterte Mr. Beale, »jetzt ein Hurra für Lord Arden! Er soll sich lange an seinem Reichtum freuen! Hipp, hipp, hurra!«

Fröhlich stimmten alle in seine Hochrufe ein.

»Ich danke euch«, sagte der Vater von Edred und Elfrida, »ich danke euch von ganzem Herzen. Ihr sollt alle an diesem Fund teilhaben. Die alten Ländereien stehen zum Verkauf, sie werden zurückkommen, und jedes Haus auf dem Grund und Boden von Arden wird in Ordnung gebracht werden. Das Glück und der Wohlstand aller im Dorf sollen Glück und Wohlstand von Schloß Arden sein.«

Abermals erschollen Beifallsrufe, aber der Vater erhob die Hand, und seine nächsten Worte fielen in tiefes Schweigen. »Ich muß etwas bekanntgeben«, sagte er, »und das kann ich ebensogut jetzt gleich tun. Dieser Herr hier, mein Anwalt Mr. Roscoe, hat mich heute morgen davon benachrichtigt, daß ich nicht Lord Arden bin.«

In der Menge erhob sich lautes Gemurmel, doch er fuhr ruhig fort: »Ich habe keinen Anspruch auf den Titel, mein Vater war nur der jüngere Sohn«, sagte er, »aber da der rechtmäßige Erbe als verschollen galt, gelangte der Besitz zunächst an mich. Doch der echte Lord Arden lebt, er ist der Enkel des damals entführten Kindes. Ich kenne seine Geschichte, und ich bin stolz auf ihn.«

Er legte seinen Arm um Dickies Schultern, der, auf seine Krücke gestützt, sehr blaß neben ihm stand. »Hier ist Lord Arden, der nun sein Erbe antritt.«

Zwölftes Kapitel

Ausklang

Aber Dickie war nicht glücklich.
Er wollte Arden nicht auf Kosten derer besitzen, die er am meisten auf der Welt liebte.
Immer wieder mußte er in den folgenden Tagen darüber nachgrübeln. Und obwohl sein Leben in der Traumwelt zur Zeit Jakobs I. im Vergleich zu seinen jetzigen Zukunftsaussichten als Erbe eines berühmten Namens und eines bedeutenden Besitzes nur bescheiden gewesen war, so überschattete die Erinnerung an jenes Dasein als einfacher Richard Arden seine ganze Freude an der Gegenwart.
Wenn er nun alles wieder aufgäbe! Wenn er in die sichere Zuflucht zurückkehrte, die ihm immer offenstand – in die Vergangenheit? Gewiß, das Hier und Jetzt gegen das weit Entfernte, das fast Vergessene einzutauschen, wäre ein Opfer. Bei der Vorstellung, die lebendigen, greifbaren Freuden des Heute zu verschenken, erschien Dickie jenes andere Leben, das ihm einstmals alles bedeutet hatte, sonderbar verblaßt und traumhaft. Aber er konnte sich noch genau daran erinnern, daß ihm früher einmal das Dasein zu Jakobs I. Zeiten als das Schönste und Köstlichste von

der Welt vorgekommen war und welche Überwindung es ihn gekostet hatte, es Mr. Beales wegen auch nur für kurze Zeit zu verlassen. Nun, um Mr. Beale brauchte er sich keine Sorgen mehr zu machen. In diesem Fall war die selbstgestellte Aufgabe erfüllt. Was hielt ihn also noch?

Die Überzeugung, daß sein Verzicht die einzig richtige Lösung sei, wurde in Dickie immer mächtiger. Er mußte in das weiße Landhaus am Fluß heimkehren und durfte nie mehr in die Gegenwart zurückkommen. Aber er konnte nicht einfach verschwinden, denn dann würden sie ihn endlos und unermüdlich suchen und niemals wissen, daß er für immer gegangen war. Er mußte den Anschein erwecken, daß er – Richard, Lord von Arden – tot war, so daß Edreds und Elfridas Vater den Titel ohne neue Schwierigkeiten tragen konnte.

Unter vielem Kopfzerbrechen baute sich Dickie einen Plan zurecht, wie er die beiden Kinder davor bewahren könnte, allzu unglücklich über seinen Fortgang zu sein, und er entschloß sich schließlich, sie einzuweihen. Es dauerte eine ganze Weile, bis er alles sorgfältig und fehlerlos durchdacht hatte. Aber eines Tages war seine Entscheidung getroffen. Er bat die Geschwister, mit ihm in die Höhle zu kommen, und als sie nebeneinander im weichen Sand neben dem unterirdischen Fluß hockten, platzte er heraus: »Paßt mal auf – ich werde doch nicht Lord Arden.«

»So ein Unsinn! Daran kannst du ja gar nichts ändern«, sagte Edred überlegen.

»Doch, kann ich wohl. Weißt du noch, wie ich in die Zeit von König Jakob I. gegangen bin und dort gelebt habe? Dahin will ich wieder zurück. Für immer.«

»Das darfst du nicht«, widersprach Elfrida, »ich sag's Vati!«

»Das habe ich befürchtet«, sagte Dickie ruhig, »und deshalb will ich das Muddeltier bitten, mir zu helfen.«
»Ach, aber Dickie«, jammerte Elfrida, »dann siehst du uns doch niemals wieder. Hast du dir das überlegt? Was willst du denn ohne uns anfangen?«
»Das ist gar nicht so schlimm, wie du denkst«, erwiderte der Junge. »Die Elfrida und der Edred, die in jener Zeit leben, sind genau so nett wie ihr ... Ich hätte hier niemals richtig glücklich sein können – nie!« fuhr Dickie fort. »Aber dort wird es mir vielleicht gelingen. Dort habe ich eine Mutter. Und ihr werdet an mich denken, nicht wahr? Und jetzt gehe ich.«
»Aber doch nicht so schnell!« flehte Elfrida. »Kannst du nicht warten und dir alles noch einmal überlegen?«
»Ich hab es mir schon den ganzen Monat lang überlegt«, sagte Dickie müde und begann, den Mondblumensamen zum Muster zu legen.
»So«, seufzte er, als der schimmernde Stern fertig war, »das weiße Siegel und meine Glöckchen nehme ich mit. Nachher könnt ihr die Kerne einstecken und heimgehen. Wenn jemand fragt, wo ich bin, dann sagt ruhig: In der Höhle. Sie werden mich später suchen kommen und meine Kleider finden, und dann werden sie glauben, daß ich schwimmen wollte und dabei ertrunken bin.«
»Ich kann's nicht aushalten«, schluchzte Elfrida, »ich will, daß du bleibst!«
»Ich werde doch nicht wirklich sterben, Schäfchen«, tröstete Dikkie. »Eines Tages werden wir uns bestimmt wieder einmal treffen. Menschen, die sich liebhaben, begegnen sich immer wieder. Das hat mir die alte Kinderfrau gesagt, und sie weiß alles. Auf Wieder-

sehen, Elfrida«, er beugte sich zu ihr und küßte sie. »Auf Wiedersehen, Edred, altes Haus. Wenn du nichts dagegen hast, gebe ich dir auch einen Kuß. In der Zeit, in die ich zurückkehre, küssen sich auch erwachsene Männer. Raleigh und Drake zum Beispiel.«

Dann sagte Richard mit fester Stimme: »Und jetzt lebt wohl!« Er trat in die Mitte der Dreiecke aus Mondblumenkernen und sprach langsam: »O liebstes Muddeltier von Arden, erfülle mir noch einmal meine Wünsche, ein letztes Mal. Ich möchte, daß Edred und Elfrida niemals von meiner Tat erzählen können, und ich möchte, daß sie in einem Jahr alles vergessen haben und daß sie meinetwegen keinen Kummer leiden, denn ich werde sehr glücklich werden ...«

»Ach Dickie – tu's nicht!« riefen die Geschwister wie aus einem Munde, aber er fuhr schon fort: »Ich wünsche, daß mein Onkel das Schloß in alter Pracht erstehen läßt. Ich wünsche, daß er die Armut lindert. Ich wünsche, daß er so für die Zufriedenheit der Bauern von Arden sorgt, wie ich es auch getan hätte.«

Er nahm seine Kappe vom Kopf, zog Mantel und Schuhe aus, warf die Kleidungsstücke zur Seite und holte noch einmal tief Atem, ehe er vollendete: »Ich wünsche, daß ich in die Zeit von Jakob I. zurückgehen kann, daß ich dort mein ganzes Leben verbringe und dem Hause Arden Ehre mache ...«

Edred und Elfrida rieben sich blinzelnd die Augen. Dickie, der Glöckchenstab und der weiße Siegelstein waren verschwunden. Nur der Zauberstern aus Mondblumensamen schimmerte im Sand.

Die Zeitungen schrieben: *Tragischer Badeunfall. Lord Arden ertrunken. Bis heute konnte die Leiche nicht geborgen werden.*
Natürlich nicht.
Die Erwachsenen wunderten sich nicht allzusehr darüber, daß die beiden Kinder schwiegen. Sie hielten es für eine Folge der plötzlichen und schrecklichen Erschütterung. In der Kirche berichtete ein Grabstein davon, daß Richard, der sechzehnte Lord von Arden, beim Baden ertrank. Die Geschwister lasen diese Inschrift ein Jahr lang an jedem Sonntag und wußten, daß sie nicht der Wahrheit entsprach. Als jedoch die Mondblumenkerne aufgegangen waren, als die Mondblumen geblüht und neuen Samen im Schloßgarten verstreut hatten, war dieses Wissen ihrem Bewußtsein entglitten, und sie unterhielten sich oft voll Trauer und Zärtlichkeit über ihren geliebten Vetter Dickie, der ertrunken war. Langsam erlosch auch die Erinnerung an die Reisen aus ihrer eigenen Zeit in die Vergangenheit.
Doch wenn Edred und Elfrida auch viel vergaßen, so blieb doch Dickie selber ihrem Herzen immer nahe, Dickie, der ihretwegen das Leben in der Gegenwart aufgegeben hat, Dickie, der wieder Wams und Halskrause trägt und dem ein zierlicher Degen an der Seite tanzt.
Hochgewachsen, auf zwei gesunden Beinen, stark und schlank, bietet er der alten Kinderfrau seinen Arm, um mit ihr zwischen den gestutzten Hecken im schönen Garten von Deptford zu lustwandeln. Nachdenklich sagt er: »Ich hatte als Junge seltsame Träume, Amme, Träume von einem anderen Leben, als dieses hier ist.«
»Vergeßt sie«, antwortet die Kinderfrau. »Träume gehören zum Werden eines jeden rechten Menschen. Ihr seid bald erwachsen.

Vergeßt die Träume Eurer Kindheit und bewährt Euch als Mann zum Ruhme Gottes und des Hauses Arden. Eure Träume mögen eine Verheißung des künftigen Lebens sein. Verglichen mit ihm ist alles Menschenlos auf Erden – nur Traum. In jenem Leben aber werden alle, die sich lieben, einander wiederfinden und zusammenbleiben in Ewigkeit – in jenem Leben, in dem die schönsten und erhabensten Träume aus irdischer Vergänglichkeit mehr sind als Träume.«